中国人民解放军日本籍老战士回忆录丛书

漫漫中国路

[日]元木和男 著
程津庆 译

學苑出版社

图书在版编目（CIP）数据

漫漫中国路 / (日) 元木和男著 ; 程津庆译 . -- 北京 : 学苑出版社 , 2019.9（2020.5 重印）

ISBN 978-7-5077-5826-9

Ⅰ . ①漫… Ⅱ . ①元… ②程… Ⅲ . ①回忆录—日本—现代 Ⅳ . ① I313.55

中国版本图书馆 CIP 数据核字 (2019) 第 228068 号

责任编辑： 杨　雷
编　　辑： 张敏娜
封面设计： 陈　曦
出版发行： 学苑出版社
社　　址： 北京市丰台区南方庄 2 号院 1 号楼
邮政编码： 100079
网　　址： www.book001.com
电子信箱： xueyuanpress@163.com
联系电话： 010-67601101（销售部） 67603091（总编室）
经　　销： 新华书店
印 刷 厂： 北京建宏印刷有限公司
开本尺寸： 1/32
印　　张： 10.125
版　　次： 2019 年 11 月第 1 版
印　　次： 2020 年 5 月第 2 次印刷
定　　价： 45.00 元

序

这是由十多位特殊作者所撰写及口述的一套特殊的回忆录丛书。之所以说其特殊，是因为作者及口述者为日本人，他们在抗日战争期间及战后以不同途径加入中国共产党领导的革命武装，成为中国人民解放军日籍战士，阶段性参加了抗日战争、全程参加了解放战争和新中国初期建设，为中国革命和建设做出了贡献。1953年至1958年期间，这些在我国的日籍留用人员分批返回日本。回国后，他们中的一些人相继发表了不少演讲、文章和回忆录，本套丛书所收录的是其中部分回忆录。在书中，这些日籍老战士以质朴的文字详细记述了他们在我国、在我军的经历，真实感人，具有特别的史料价值。

长期以来，中国政府和军队对这些日籍老战士的贡献多次给予了充分肯定和高度赞扬。2015年9月，国家主席习近平在出席中国人民抗日战争暨世界反法西斯战争胜利 70 周年纪念活动时明确表示："中国人民永远不会忘记，世界上爱好和平与正义的国家和人民、国际组织对中国人民抗日战争给予的宝贵支持。"并亲自向包括日本人小林宽澄在内的曾帮助和支持中国抗战的国际友人或其遗属颁发纪念章。为体现中方对这一特殊群体的关心，中国国际友好联络会等民间机构多次邀请、接待和走访慰问日籍老战士及其家属，收集了大量相关文章资料，策划并指导了本套丛书的翻译出版工作。

翻译出版这套回忆录丛书，主要有以下三个方面考虑：一是该丛书突出记述了日籍老战士在我军工作期间思想认识上的转变。他们在中国共产党政策的感召下，幡然悔悟，毅然加入到反对日本军国主义、法西斯主义斗争的行列，生动证明了我党政治工作的强大生命力。二是这套丛书详细记述了日籍老战士投身中国革命和社会主义建设的工作经历和贡献。他们中既有在前线浴血奋战的战斗员，也有随军医生、护士、炊事员和担架员等。回到日本后，他们中不少人用亲身经历揭批日本军国主义，反对战争，主张和平，并为中日友好事业奔走呼唤。他们的榜样作用，对当前及今后有针对性地加强中日民间友好工作有重要的启迪作用。三是这套丛书详实揭露了二战期间日本发动侵略战争并祸及被侵略国和日本人民的罪行。包括血腥的殖民开拓政策、残暴压榨和屠杀平民、灭绝人性的活体细菌实验、诱骗日本妇女及强征中、韩等国妇女充当慰安妇等。前事不忘，后事之师。正确对待和深刻反省日本军国主义的侵略历史，是建立和发展中日关系的重要政治基础。铭记历史教训，对于发展健康稳定的中日关系，维护亚洲和世界和平具有重要现实意义。

本套丛书的翻译工作委托中国翻译协会军事翻译委员会具体组织实施，并得到了有关单位领导和专家的指导与帮助。参与翻译与校对的全体人员以高度的历史责任感，团结协作，高标准地完成了全套丛书约220万字的译校任务，终以丛书形式出版。在此，对所有参与翻译出版的各界人士表示衷心感谢。

在翻译过程中，为客观反映作者的立场和观点，我们对原文中的有关用语和观点，如“满洲”“日中战争”等，未做技术处理。

由于水平及时间所限，错误和不当之处，敬请读者不吝指正。

《中国人民解放军日本籍老战士回忆录丛书》

编审委员会

二〇一七年三月

目录

屈辱的岁月

随着日本战败的日益临近，在伪满[1]的日本人的境况也开始有了变化，青年人充军上了战场，壮年人也被征兵送往边境执行警备任务。留在家里的只有未成年的孩子、衰弱的老人以及家庭主妇。

同中国内地相比，伪满的生活一直是较为舒适的。然而，战败在即，空气中弥漫着紧张的气氛。令人胆寒不已的是，为了对付苏联军队的坦克，在伪满的日本人进行着一种被称作“人体炸弹”的战术训练，经过训练的人在身上捆满炸药，埋伏于草丛中，伺机跳到坦克履带

---

① 译注：伪满（伪满洲国），包括今中国除关东（今旅顺和大连）以外的东三省全境，以及蒙东和河北省的承德市。

下引爆，同坦克同归于尽。这一时期，美国人的B-29轰炸机已经开始对奉天（译注：今沈阳）进行轰炸，每天都有坏消息传来。局势在变化，中国人、朝鲜人的态度及话语也在发生变化。战败是日本帝国主义的末日。随着这一天的加速到来，对此翘首以盼的中国人、朝鲜人面对日本人的态度渐渐变得蛮横起来，很难用语言形容。

我住在距离中朝边境重镇临江城大约35千米的一个名叫湾口屯的小村落（译注：日本人称作部落，下同）里。那里有隶属于伪满制铁公司的湾口煤矿。在煤矿一带散布着中国人、朝鲜人的村落，每个村落的人口都非常少，而且多位于密林深处。在我们来到之前，这里几乎没有一条可以称作道路的路。原因很简单，这里以前是一片沼泽，所谓的路是由散铺在沼泽上的一些木板及树的枝桠连成的。在靠近村落的地方，地面露着河马头大小的土包，人在上面行走的时候，要像兔子奔跑时那样跳来蹦去。经过这些土包的时候，如果不加快速度的话，这些土包很可能因为难以承受人的体重而下沉，常常有速度慢的人脚陷泥沼。唯一的办法就是在土包下沉之前，快速通过这种地带。沼泽中有茂盛的白桦树，白色的树干同树下的绿草相映衬，非常美丽。另外在沼泽边沿的丘陵上，密集地生长着原始针叶林，它们遮住了太阳的光线。

山上能够采集到葡萄、核桃、蘑菇等野生的可食植物，深山里更有野猪、黑熊、狼等凶猛的野兽出没。动物很多，特别是野猪，常能看到一二十头一群的野猪在山间活动。在寒冷的冬天，我们时常到深山里打野猪。

有山的地方随处可见裸露出来的黑色的山脊。用手拂去山体表面的泥土后，立刻会发现煤层。煤层已经延伸到了地表。煤质上乘，发着闪闪的黑光。

这里的山全部都是煤山，而且一座连着一座。看到这样丰厚的资源，我想每个人都会感到震惊。当我们为了开发这些资源而来到这个地方的时候，这里还没有电、也没有水。大约用了一年的时间，我们才解决了这些问题，开发作业也进入了正轨。公司的日本职员及其家庭定居在了这里。随着日本人人数的增多，警备也得到了加强。我们对原有的村落进行了修补加固，在村落四周用六米长的原木圈起了围墙，围墙四角建有瞭望楼。只留前后两道门可以出入。除这两道门以外，难以想象从其他方向可以进出我们的村落。村落中居住的几乎全都是日本人，还有极少数经商的朝鲜人。另外，充当警卫的中国人及得到特许的中国人被允许居住在里面。

在村落的一角是我们这些单身汉的宿舍，宿舍周围散布着公司的办公设施及中国工人的宿舍。隔着一道山谷，在对面的山脚下居住着被称为“青年奉公队员”的中国人。他们的人数非常多，有1000人左右，被以军队的方式组织起来，编为小、中、大队。这些人在日本帝国主义发动的侵略战争中被强迫组织起来，成了为战争服务的工具。他们之中有当地人，有吉林省人，但大部分据说是从吉林省的蒙江县招收来的。考虑到战败的时候，这些“奉公队员”有可能发生动乱，公司便把他们及早遣散回乡了。当时的中国人对日本人还没有产生敌对的情绪，因此，在得到一些抚恤金后他们很快都走了。另外，大部分被公司雇佣的劳工也遵从工头的命令纷纷返回了家乡。最后留下来的是土生土长的当地人、朝鲜人以及公司的日本员工。日本人在转移的时候，出现了非常麻烦的问题。虽然日本员工的人数不多，但加上妻儿老小也有几百人之众。这几百号人连同家私用具一起搬迁的话，不是一件容易的事情。搬迁工具以及目的地都还没有明确，可不搬迁的话，战败后日本人继续在状况闭塞的湾口屯生活，简直是不可能的事情。早日下山是所有日本人共同的愿望。但他们也不愿轻易放弃常年累月辛苦积攒起来的私家财产。

为了满足大家的这些要求，我们几名青年队员受命同退伍军人野村少尉一同前往总公司进行交涉。因为没有任何交通工具，我们必须先徒步走几十千米的山路，越过一道叫作枫叶岭的山梁，才能到达有铁路的地方。

从这个地方抵达总公司所在地二道江，还有十几千米的路程。路不近，而且时刻伴随着危险。这个叫湾口屯的地方只有一条南北走向的山路，路途中稀有人烟。

这里的森林地带曾经是共产党游击队的重要根据地。林地中随处可见被截成一米来粗、十来米长的巨木。有很多已经腐烂了，上面生长着野蘑菇。据说这些树木是游击队截断的，他们冬天利用雪道将木头运进城，或在林内加工成板材、燃柴，以同外界交换生活物资。

进入林中，可以见到各种各样的动物。窜来跳去的松鼠，给我们的内心带来了些许慰藉。偶尔树上会掉下东西来，拾起来一看才知道原来是核桃。不由自主的向上望去，就会发现停留在树梢的松鼠，可爱的小眼睛正向下张望着，它在寻找刚刚掉下去的核桃。看到松鼠那无忧无虑的天真表情后，行路的劳累及烦恼在不知不觉中忘却了。这就是身在自然的乐趣。

然而，现在不是考虑这些乐趣的时候。我们几人急速穿过沟底的山道，越过枫叶岭，来到了最初的目的地——石人沟。在石人沟稍事休息后又越过了另一个分水岭。我们到达矿业所的时候，天已近黄昏了。当天夜里，我们住在一个朋友家里。距离朋友家不远处是矿业所所长的公馆。令我们震惊的是，所长公馆已经被抢掠一空了。

朋友们都说湾口屯迟早会出事。如果可能的话，留在湾口屯的日本人最好尽早全部撤离到总公司，或是干脆离开这一地区。

矿业所也没有足够的汽车，但负责人说会给我们安排马车用来搬家。经过交涉，矿业所答应给湾口屯的日本人每家派一到两辆马车。得到这个承诺后，我们无心停留，天一亮就又急匆匆地返回湾口屯。

湾口屯的人们正在焦急等待着我们的音信。回到驻地后，我们迅速向大家介绍了矿业所的现状以及交涉结果，转告大家要赶紧做好搬家的准备。人们纷纷抱怨搬家的马车太少，吵吵嚷嚷乱作一团。

这种时候最难让人理解的是就是家庭主妇们了。有人提出要把所有的家庭财产带走，包括所有的食品，甚至连家里淹渍的咸菜都想带走。对这种人来说，一两辆马车当然不够。她们似乎还没有意识到日本已经战败，思想依然停留在日本可以支配一切的时代。可是，日本的支配已经结束了。我们拼命想说服众人，当务之急是带上必备及贵重物品尽快离开这里，集中到日本人聚居的城镇去。然而，“欲无止境”这句话在此时此刻才能领会到它的真正含义。每个人都希望尽量多地将自己的财产带走，就这样，时间在争吵中过去了。

几天后的一个晚上，湾口屯做出了再次派人前往总公司进行交涉的决定。正在这个时候，屯里来了几十个不速之客。他们原是戍卫伪满与苏联边境的日本军人，本想经由朝鲜返回日本，但在中途迷了路。在山中转了几天后，突然发现了我们村落的灯光，才投奔到这里来的。

经过长途跋涉，他们已疲劳到了极点，而且饥肠辘辘。如果这个灯光是朝鲜人或是中国人村落的灯光，等待他们的将是巨大的危险。因此，他们提心吊胆地靠近村落，将身子隐藏在排水沟中，小心观察着周围的情况。直到发现村落中传来说话的声音，而且是日本话，他们一颗悬着的心才放了下来。

这一群人，既有刚刚来东北的年轻新兵，也有老兵，以技术兵居多。他们当中的很多人在后来的岁月里，参加了解放军，一起同甘共苦。其中，包括田口、室濑、金子等人。因此，我们的这次相遇可以称得上是命运的安排。

他们压根没有想到，在这样远离城镇的大森林深处，居然居住着如此之多的日本人。太令他们激动了。村中公共浴池的热水洗去了他们逃亡生活开始以来积累下的疲劳，丰盛的美酒佳肴又让他们大快朵颐。他们已经几十天没有吃一顿像样的饱饭了，那天夜里，每个人都欢畅无比。

当时我们的集体宿舍非常宽敞，即使再住进三四十人仍然绰绰有余。当战败的消息传来的时候，公司向每个员工预支了六个月的工资，加上人们纷纷将存款及公积金取回手中，每个人手头上都至少捏着几千元的巨款。另外，配给所又给家家户户分拨了足够量的大米、面粉、食用油及压缩食品。因此，根本不存在粮食短缺的问题。人们只是在心中祈祷着能够早日离开山沟，前往大城市，继而回到祖国的怀抱。这是每个日本人发自内心的愿望。然而，主妇们似乎仍然在担心今后的生活，家有老小的员工们对待事物的态度也同我们这帮单身汉大有不同。

当大家紧张地进行着出发前最后准备的时候，情况又有了新的变化。有消息说，因为治安的急速恶化，日本人之间的联络要暂时中断。也就是说，要停止搬迁。这可是个大问题。这样一来我们几百口日本人就要被孤立在大森林和中国人之中。连大城市的治安都如此恶化，更不用说只有少数人居住的大山之中了。接下来将要发生什么事情，每个人都难以预料。矿业所的干部们也在考虑如何能使我们安全转移，但他们也没有周全的办法。日子就这样一天天的过去了。直到有一天，几名士兵来到了村里。他们带来指令让我们上缴所有旧日本军遗存下来的诸如弹药、枪支、日本刀之类的武器。上缴的手榴弹、手枪、步枪、日本刀被集中到了广场上，其中有几把日本刀质地非常精良。有些人不想将家藏的宝刀交给别人，事先自己把刀刃用金属管砸坏了。

在性命交关的时刻，保护自身的唯一武器也被没收了，前途难以预测，不安和焦躁在日本人中间蔓延。有的人忍耐到了极限，终于开始发火了："当时一家有一两辆马车就不错了，可以逃到总公司，至少也可以逃到日本人多一点的地方，你们还不愿意，还嫌没法拉那些破衣烂被，还有那些没用的烂泡菜坛子，现在满意啦，你们说现在怎么办？" 但这种时候说什么都迟了。大好时机已经过去。这种马后炮一点用都没有。有人提议"我们现在要考虑的是将来该怎么办"。大家都在想，幸亏刚刚有几十名日本兵加入了我们的行列，如果团结一致的话，也许会找到什么出路。这个时候，所有人都没有意识到，事态进一步恶化了，危险正一步步地向我们这些日本人逼近。

我们这些人，无论公司职员、主妇还是士兵们都处在异国他乡。日本人这一共通点使大家消除了隔阂，所有人前所未有地团结在了一起，一种互帮互助的气氛凝聚着我们。士兵们纷纷集中到配给所及仓库去帮助整理物资，日本人之间的关系一时间变得非常融洽。时间过得飞快，一转眼到了 9 月。湾口屯已经开始下霜，早晚非常寒冷。山上的草木渐渐枯黄，沼泽地里的绿草也失去了春夏时节的颜色。往年的这个时候，已经开始做过冬的准备了。然而，突如其来的日本战败以及治安状况的急剧恶化，使人们对将来担心不已，没有人有心思做过冬的准备。

不测事态还是在没有任何前兆的情况下发生了。随着一片吼叫声，周围村庄的中国群众像疯了一样闯进了村子。冲在最前面的一队人手里挥舞着棍棒农具，紧跟在后面的是老人、妇女和儿童，甚至有人赶着马车冲了进来。我们的单身宿舍就在村落大门的近旁，可以清楚地看到这些人。“如果敢过来，就用棒球棒揍瘪他们。”我一边下着决心，一边持棒和同伴守在了门口。宿舍门口迅速汇集了一堆棍棒、空酒瓶之类的东西。但是，那些人们没有进来，也许他们已经事先了解到这里已被士兵和青年人守死了。最初进来的人当中，已经有一部分人怀抱肩扛着大件行李向大门外走去，他们的身影在月光中清晰可见，看得最清楚的行李是白色的铺盖。

又过了很长一段时间，当地民众开始冲击我们的宿舍，开始了群殴。正当众人打得乱作一团的时候，忽然背后传来了一声刺耳的枪响。回头看时，我们惊呆了！枪口喷射着橘红色的火焰，有人正在朝我们宿舍开枪，子弹打在玻璃窗上，锵锒响声过后，玻璃片迸得满地都是。是警察在向我们开枪。这样抵抗下去太危险了，有人喊了声“还不快跑”，随着这声大喊，所有人都逃向了宿舍背后的荒草丛中。大家打算在草丛中静等一切的结束。然而，丝毫没有停止的迹象。当地民众们先是搬走了宿舍中能够搬走的所有东西，接下来，为了抢夺个人随身携带的金钱及贵重物品，他们的目光又转向了逃往草丛中的人。他们用长木棍在草丛中乱捅，希望能把藏身其中的日本人找出来。最后，为了更有效地寻找隐匿者，他们排成一排，一面用长木棍乱捅草丛，一面向前推进，做所谓的地毯式搜索。

这时，草丛中站起一个女孩，向警察的方向走去。刚刚走了几步就发出了撕心裂肺的惨叫声——枪响了，女孩倒下去了。她呻吟着呼喊着自己的父亲："爸爸，我被枪打中了！"我同另外一名日本人实在看不下去，冒死从草丛中跳出来，急速将这个女孩送到了医院。医院同样受到了冲击，药品、医疗器械散落得满地都是，惨不忍睹。医生从散落的物品中找到纱布，蘸上药，敷在了女孩的伤口处。女孩的右大腿处被子弹击穿了一个洞，她疼得又哭又喊，被子弹贯穿的伤口必须用药品消毒。

后来才听说，那女孩是女中一年级的学生，她父亲是学校的食堂负责人。原先在她父亲手下工作的炊事员，在日本战败的时候辞掉了炊事员的工作，改行当了警察。女孩了解这段往事，想着这个人一定会帮助她，才朝警察的方向走去。没想到不但没有得到帮助，反而被射伤了。幸好没有伤到骨头，幸好不久她就痊愈了。之后，我曾和女孩一家共同度过了将近一年的难民生活，她的腿没有留下任何残疾，非常正常。有时问她腿怎么样了，她就挽起裤腿让我看她的伤口。现在想起来，她的伤口非常大，伤口的皮肤皱在一起，留下一块难看的伤疤。

医院里挤满了伤病员及前来避难的人，成了真正的难民收容所。医院中伤病员及小孩的哭声喊声，让人难以安静。医院外的人们正把我们的财物在马车上堆成小山一样，紧张地往自家搬运。儿童、妇女、老人们也抱着大包小包，脸上洋溢着欢快的表情，一边走着，一边说笑着。看着这种景象，我深深体会到了作为战败国国民的滋味。

三三两两又有一些日本人来到了医院，大家互相确认着自己的朋友和邻居，为平安重逢而感到万分庆幸。但也有很多人依然不见踪影。我们一些体力充沛的年轻人自告奋勇前去寻找这些人。然而，在草丛中、房屋天井旮旯寻找遍了，也不见他们的踪迹。种种迹象表明，这些人很可能在混乱中翻过村落的木栅栏，爬山涉谷逃往日本人集中的矿业所方向去了。在这些人当中，有人为了向其他日本人通知自己逃亡的方向，用白色的棉布条在经过的路上留下了路标。难以确定这些棉布条是哪个人留下的，我们顺着这些棉布条开始了搜寻，并且一直进到了大山的深处。时断时续的棉布条有时出现在险要的悬崖上，有时又出现在难以涉足的密林之中。我们这些参加搜索的人原本个个都是衣不遮体，在山林中攀高下低地行进，磕碰得伤痕累累。但是，大家惦记着同伴的安全，没有人计较个人得失。

没有参加进山搜索的人们也没有闲着，几百只眼睛从村子眺望远山，希望能观察到走失的日本人的踪迹。有时眼睛产生了错觉，看到似乎有人在远山的岩壁上移动，于是招呼周围的人们去看。或许这是寻友心切产生的错觉，也或许这是民族意识激发出的情感。已经过了24个小时，如果藏身在村落附近，这时也该找到了。但如果远遁他方的话，找到的可能便微乎其微。人们抱着一线希望拼命寻找，但结果一无所获。绝望中，人们一齐向远山大声呼喊："快回来吧！快回来吧！"没有人回答，传入耳际的只有大山的回声。最终，我们打消了寻找的念头，纷纷下山回到了村里。大家只有在心中默默祈祷同伴的平安。

一个月之后，我们集中到了烟筒沟。临江附近的日本人也已先期到达了这里。在这里，我们见到了数名在湾口屯行踪不明的同伴。据他们讲，那晚他们先是隐藏到了草丛之中，随后就看到当地民众开始从各家屋中搬运物品。于是他们也抱起铺盖，装扮成村民模样混出村外，逃到了大山里。起先从山上观察着村中的动静后辗转逃往了临江方向。

有一组人在去临江途中又遇到了危险。据说一帮农民把他们截住，先是抢光了所有衣服，接下来拳打脚踢，一直被打得失去知觉。睁开眼睛的时候，天正下着小雨，脸上被殴打的伤处红肿不堪。被寒冷的小雨淋过后，反倒感觉大脑清醒了几分，于是打起精神继续向前走去。已有整整两天没有吃任何东西了，饥饿是最令人痛苦的事情。拖着饥饿的身体四处寻找能吃的东西，然而，在荒无人烟的深山之中哪里找得到食物。正在犯愁的时候，忽然发现了一条小溪流，于是冲上前去痛饮了一番。之后，借着星光再次出发向临江城走去。不幸的是又一次遇上了农民，在一片“日本鬼子，打日本鬼子！”的呼喊声中，再次受到了激烈地殴打。最后，身体只剩下爬的力气了。

有了这番经历，白天隐藏在山石树木背后，一动不动，饿了以水充饥，晚上才出发，避开民家，顺着山谷行进，夜晚周围时时传来狼嚎的声音，让人毛骨悚然。临江附近的中国人发现日本人后，把情况通报给了当地的公安局。之后，才有了他们集中到烟筒沟的结果。那七天对他们几人来说是生死攸关的七天。不管怎么说，他们把命保住了，这是不幸中的万幸。

另外一组逃亡的日本人，翻过枫叶岭去了石人沟方向。这组人在途中同当地人遭遇，和他们进行了激烈地打斗。这组人虽然勇敢，但是寡不敌众。之后，他们遭到了公安局的拘捕，在猪圈中被关押数天后才被放还。就这样，这些逃出村落的日本人在经历千辛万苦，付出巨大牺牲后，才终于抵达日本人集中的地域。

然而，也有藏匿在村里未被寻人队发现的日本人，他们一个姓通口，另一个姓藤田。通口一开始就迅速藏进了房间天井里。当地民众发现他的藏身之处后，用长竹竿向上乱捅。他因此受了重伤，不能移动身体。就这样在惊恐和伤痛的双重困扰下，一直蜷缩在天井旮旯，直至后来被发现送往医院为止。

藤田是很早就来到伪满的日本人之一，有关中国的知识非常丰富，并且熟知东北人的习惯。那晚之后他就失去了踪迹，众人分头去找又找不到他人在哪里。直到天近黄昏的时候，藤田才颤悠悠地来到了医院。浑身的衣服已经湿透了，而且奇臭无比。但他本人似乎没有意识到自己身上的恶臭。原来，从那天夜里开始，他一直隐藏在自家的茅厕之中。他潜入粪池，缩起身子，一直让屎尿淹到脖颈处。这就是他浑身恶臭的原因。他的夫人尖叫着跑上前命令他把全身的衣服脱下，光着身子，从头到脚先泼了几桶水后，像刷洗一件物品一样，把他刷洗得干干净净，才让他进到屋里来。即使这样，屋里好像还是散发着一股厕所的臭味。据藤田说，根据他的经验，过去当地的土匪抢劫人家的时候，一般不进到茅厕里去。所以才藏进茅厕之中。但又担心万一当地民众走错门进了茅厕该怎么办，最后，干脆藏进了粪池里，而且是藏到角上只露了个头在外边。听到这里，在场的人全都笑了。然而，笑声之中掺杂着作为战败国国民内心深处的凄惨悲凉。

第二天，村里的日本人终于聚齐了。从那晚开始，所有人都是粒米未进。也许是因为恐惧感使人们的胃肠麻痹了，没有要求食物的欲望。这时人们突然感到了饥饿的滋味。可是手头上没有任何可以充饥的食物，于是大家解散，分头回家去寻找能吃的东西，然后将搜寻到的物品集中到医院。集中到的物品被平均分配，先是儿童，接着是女人，最后是我们这些相对精力充沛的年轻人。

回家一看，哪里还有两天前的影子。物品家具能拿的全部都被拿走了。平日里打扫得一尘不染的房间里蒙上了一层泥土和灰尘，“和平”的生活从此离我们远去。摆设在家中的人偶被折断脑袋，扔在地上；主人爱用的茶碗被摔出了豁口。大家怀着孤寂悲伤难以名状的心情，在支离破碎的家中寻找遗留下来的物品。有人从屋角找到了芋头和蔬菜，有人从砸烂的水缸背后找到了咸菜，还有人从废酒瓶中找到了不知什么时候灌进去的菜油。

就这样，从数十户家庭之中寻找出的食品，堆积到医院广场后，居然有相当多的数量。

这样一来，米、油、面粉、蔬菜什么都有了。众人支起大锅，倒上油，炸了些天妇罗，又用大米做了些饭团，边做边让儿童和妇女先吃。本来还想着多做一些食物，为第二天做准备，但在做这些准备的时候，四周又聚集来了很多农民，他们在远处觊觎着我们的食物。过了数分钟后，突然有人发出了进攻的暗号，这些农民再次蜂拥而上，我们收集来的食品被抢走了，刚刚做好的天妇罗和饭团也被抢走了。这些辛辛苦苦寻找出来的救命干粮，在转眼之间就被抢得精光，我们也再次变成了一无所有。

衣服被剥光了、食品也被抢光了，我们毫无抵抗能力，年轻的士兵们个个怒火中烧。他们愤怒地嚷着：“把我们日本人当成什么了？这个仇一定要报！”其中几人向后山奔去。不久，他们抬着一个大木箱子回来了。打开一看，里面是日本制的手榴弹，摆放了满满一整箱。他们说要拿着这些手榴弹去袭击当地人居住的村子，并称坚决不能容忍这种哄抢财产，甚至抢走贴身衣服、抢走救命干粮、不给我们留下任何东西的行为，他们要杀死那些人。

这一号召得到了年轻人的积极响应，我们相继把手榴弹攥到手中，大概有30发。这时年老怕事的老人们纷纷上前来说服我们，然而我们丝毫不动摇。大家计划先攻入村子中心，然后将他们集中在数个场所，再用手榴弹把他们全部炸死。那些年纪大的部长、课长们担心那些村民反扑，那时留下来的妇女、儿童和老人们该怎么办？可是我们丝毫听不进去。日本已经战败了，湾口屯的日本人处于孤立无援状态。财产全部被洗劫一空，衣食住毫无着落，寒冬即将来临，我们该怎么办才好。这样屈辱悲惨的活着，跟死了又有什么区别！

我们提出，如果害怕当地民众反击的话，不能参加这次攻击的妇女、儿童及老人请就地自杀，或者我们先用手榴弹将他们杀死，然后再对村落进行攻击。这样的话，我们也没有牵挂了。最后大家决定，不能参加攻击的人全部集中到医院的一间空房之中，在集中的人当中，以妇女居多，还有很多不懂人事的孩子。接下来，又一次进行了表决。无论是内心希望集体自杀的人，还是内心不想死的人，所有人都没有提出反对意见。对自杀这一决议全体赞成。集中在大房间中的妇女和儿童，不知是受够了这种生不如死的生活，还是被年轻人的气魄所震慑，甚或是对将来的生活没有考虑的余地，每个人都对自杀表现出坚定的意志。其中，还有人死意已决，催促我们快点动手，这无疑增强了我们的决心。部长、课长们再次站了出来，他们要到公安局进行一次交涉，要求我们在他们回来之前不要动手。我们被他们的诚意所感动，狂怒的我们开始渐渐安静下来，妇女们赴死的决心也渐渐软化了。

在部长、课长们的劝说下，我们取消了攻击的计划，并且打消了自杀的念头。交涉的结果，公安局作为应急，为日本人提供了玉米粉以及每人两条用来遮羞的麻袋。玉米粉用大锅熬成粥，解决了大家的饥饿问题。一条麻袋在底部中央及两侧开了三个孔，用来通过头和上肢，形状很像女人穿的连衣裙。另一条麻袋将其中部剪成“V”字形，缝成了裤子。有了裤子和上衣，我们终于结束了裸体状态。

麻袋衣物把皮肤扎得像针刺一样疼痛，麻绳把皮肤磨得通红，但有东西遮盖身体总比只穿一条短裤强多了。身体再疼再痒，除了忍耐别无他法。湾口屯 9 月开始下霜，10 月开始下雪，冬天到来后，气温很快会降到零下几十摄氏度。非但没有交通工具，就连道路都会被重重隔断。日本人全员的衣食住没有保障，在这种情况下，人们的首要愿望，就是能尽快离开坐落于密林之中的湾口屯。

没有人能够预测这一愿望是否会实现，但希望还是存在的。首先是数百名日本人向 70 千米之外的临江方面转移。困难就在眼前，但长期在此地居住下去，无疑等于自入地狱。所有人都深深认识到，只有南下才是唯一的生路。所有人的唯一希望就是离开这片土地。

人在不名一文、衣不遮体的时候，不会产生任何欲望，过一日算一日，得过且过。只要能早一天离开这个地方就行了。在这期间，考虑的就是如何打发空虚的时间。有一名曾当过兵的人的故事，就是一个很好的例子。这个人在同日本只有一水之隔的济州岛服役的时候，迎来了日本战败。因他的未婚妻当时在湾口屯，他没有回到日本，而是顺朝鲜半岛北上，越过鸭绿江，进入临江地区，接着又深入大山，来到了湾口屯。在途中经历了千难万险，才来到情人身边。

这个人负责为我们做玉米粥的晚饭。他经常在众人正吃饭的时候，用木勺舀起玉米粥一边咕嘟咕嘟向碗里倒，一边嘟囔着："快瞧，这粥像不像婴儿拉的稀屎！"接着还问大家："怎么样，好吃不好吃？"以此来给大家取乐。很长时间以来，人们已经忘记什么是欢笑了。他的话让很多人笑得把饭都喷了出来。从他的声音中可以领悟到，人无论在何种苦难景况之下，都不应该悲观，应该努力在现实生活中寻找明亮的事物。

经过同公安局交涉，日本人终于可以离开湾口屯了。我们这些年轻人用担架抬着病号和伤员，开始了几十千米的旅程。

在凹凸不平的石子路上，大家埋着头吃力地走着。几个钟头之后，远处突然扬起了灰尘，几台卡车迎着我们的方向驶来。车停下来了，原来是临江公安局前来迎接我们这些难民的。如果步行到临江的话，至少还需要好几个小时的时间。背着孩子的大人们非常疲惫，抬着担架的年轻人们也非常吃力。在这种时候眼前突然出现迎接我们的卡车，肮脏不堪的脸上露出了喜悦，大家纷纷登上卡车。坐车和步行真是有天壤之别，不到两个钟头就驶进了临江城内。

卡车最后停在城中心的广场上。城里的居民一下子拥来了很多，他们像看怪物一样上下扫视着我们这些衣衫褴褛的日本人。但我们早已麻木了，丝毫没有羞耻的感觉。大家唯一的愿望就是能尽快前往日本人集中的地方。然而，接下来的却是公安局的人的讲话。大家的心思丝毫没有放在这里，所以公安局的人说了些什么早已记不清了，只记得当时好像在说临江地区公安局的领导已由八路军代表担任。大家在临江稍事停留后，将被转送到临江腹地的烟筒沟。临江地区一带的日本人全部集中在那里。

据说，当时我们的景况之惨超出了所有人的想象。现在回想起来，仍然让人心痛不已。

难民生活

从临江城顺着山谷向上走 8000 米，就到了烟筒沟。这里不像中国人聚居地那样有很多房屋，也找不到商店。烟筒沟原来是伪满的煤矿所在地，因此有很多煤矿职员的住宅、单身宿舍及福利设施。临江地区的日本人之所以大部分被收容到这里，很可能是因为这个原因。我们是最后来到这里的，居住的房间似乎在我们到达之前就被分好了。

房子是以前居住在这里的日本职员的住宅，三间屋子分别有四席、六席、八席榻榻米（日本人习惯用榻榻米计算房间大小，一席榻榻米大约有 1.5 平方米）。大家按顺序挤进房间，这时才发现里面非常拥挤，只能坐着而无法躺倒。像仓库里堆东西一样，我们被堆进了房间。在这里没有男女之分，房间里既有年轻夫妇，也有老人和孩子。我们到的最晚，早到的人已经在这里生活一月有余了。聚居在这里的人也是各式各样，有的人穿着整齐，有的人持有食品，令人惊讶的是，还有的女孩子留着光头。然而，可以肯定的是所有人都没有大件行李。所有人当中最惨的要属我们这些从湾口屯来的人了。

这一天，每人配给了一块用没有脱壳的黄米捏成的饭团。饭团的个头之大简直令人吃惊。黄米是公安局发给我们的。难民们每天轮流值日做饭，把没有脱壳的黄米蒸熟做成饭团分给大家。没有菜，仅仅蘸了一点盐巴的饭团吃到口中“嚓嚓”作响，简直难以下咽。饭团凉了以后就开始变散，会散成一堆熟米渣子。与其说这是人饭倒不如说是鸡食。有些来得早的人不知从哪里弄来了用猪肉、大豆、辣椒炒成的类似大酱的下饭食品。装在瓶子中，每顿吃饭的时候，稍稍挖出一点分给老人和孩子。我偶尔也有机会得到一点，放在饭团上，小口小口地吃下去，味道可口得难以用语言来形容。直到现在，每当吃大酱的时候，总能想起当日分给我那种食品的好心大妈。

我们这些年轻人谁都吃不下用带壳黄米做成的饭，于是打算想办法试着把米壳脱掉。有人在后山发现了一台过去中国人使用的石磨。这台石磨直径有一米左右，我猜想可能是用蒙着眼的牲口拉的磨。过去，在中国的农村，经常可以看到牲口拉着磨咕噜咕噜转的光景。当时心里想，驴拉磨的时候，老是在同一个地方转圈，难道它们不厌烦吗？现在不同了，我们也要充当驴的角色了。石磨的上半部分中间横着一根木头，我们几个人一起上去推这根木头，但太重了，动不了。于是在木头的一头儿系了一条粗绳，然后几个人一起用力拉，石磨终于开始转动了。开始拉着石磨，感觉还挺舒服。但转了几十圈以后，脑袋发晕，一阵阵地犯恶心。这时，一位中年日本人走上前来告诉我们："你们这么干不行，拉磨的时候不要看眼前，眼睛要盯着远处，这样才不会头晕。"然后还给我们示范了一番。可我们照着他说的干了，脑袋照样发晕。没办法，找来数十人增援，几人一组轮流拉磨。从这一天开始，我们再也没有吃过带壳的黄米。

由于我们这些年轻人的努力，人们的伙食得到了改善，我们也因此受到了所有人的称赞。无论如何，难民生活是非常艰苦的。日本战败的前后，生活水平像天堂与地狱一样出现了巨大反差，所有的生活都回到了原始时代。只有盐巴和黄米的生活持续了一个月左右以后，人的身体很自然的开始渴求糖分。但是，这里不可能得到蔗糖。于是人们把目光投向了收割后留在田间的玉米杆和高粱杆。大家进到农田中，拔起留在下面的半截玉米杆、高粱杆，剥去外皮咀嚼芯部。微微能嚼出一点带着甜味的汁液，让舌头和咽喉感到少许润泽。终于找到补充糖分的办法了，大家如饥似渴地拔着、吃着。后来，为了更进一步地改善生活，我们又把农民留在地里的白菜根和田间地头的可食用野草收集来用盐腌成咸菜的代用品，把葡萄叶晒干制成卷烟。

在烟筒沟生活了20多天，偶然遇到了一个意想不到的人。他就是以前在湾口屯曾经为单身宿舍烧洗澡水的中国少年，他同时承担着送午饭以及冬天烧火坑等杂活。已经有三个月了，从分开后就再也没有见过他，也再没有想过他的事，没想到在这里又见面了。

我走到了这个少年的面前。他一看到我就脱口而出我在湾口屯时的外号：“小大人儿，你还好吧？”我回答：“除了穿着麻袋，其他倒没事。”

他显得高兴极了，兴奋地说：“太好了，听说了湾口屯的事，我很担心你呢。”我不由自主地说了声谢谢，接着问他：“那你怎么样？”少年灿烂地笑着回答：“我们全家都好，现在搬到临江了。”

少年打开身上背着的大包袱，从里面取出了一套过去的工作服和十来张烧饼递给我。我半信半疑地问：“这是给我的吗？”得到的回答是肯定的。我感动地流出了泪水，紧紧握着他的手问："你是怎么知道我在这儿的？"少年说："我在临江听别人说，从湾口屯收容来的日本人个个儿光着身子赤着脚，像一群乞丐，后来都到了烟筒沟，我寻思着说不定'小大人儿'也在里面，所以就找到这里来了。"他接着说，"有什么困难的话尽管说，你以前对我很好，我也会尽我所能帮你的。"

我深情地凝视着他的脸庞，少年不足12岁，本身过着十分贫穷的生活，而他却将从自己牙缝中挤出的有限的食品慷慨给了我，从他的话语之中能够感到他的真诚。我从内心感激他，难道真的应了"天上掉馅饼"这句话吗！我感到终于得救了。我当着少年的面迅速脱掉麻袋，换上了工作服。少年抬头看着我，脸上露出了满意的笑容。

实际上这套衣服是我们公司发给中国劳工的用粗布织成的工作服。保温效果很差，刮大风的时候寒气飕飕地直刺肌肤，所以工人们都不太喜欢穿。但就这衣服也比麻袋片好多了。穿到身上既温暖又不扎皮肤。我感到自己又变成一个人了。还有饼子，已经有好几个月没尝过饼子的味道了，吃到口中香甜无比。当然不能自己一个人独吞，我把饼子分给了和自己一起受苦受难的同伴，让大家共同咀嚼欢乐。人要积德这个道理在少年这里得到了验证。

在那之后，少年又来看了我两三回，每次都给我带来一些点心或烧饼。尽管他总是穿着破旧的衣衫，但他的内心世界是充实丰富的。再后来，日本人离开烟筒沟的时候，没能见他最后一面、没向他道谢成了我一生的遗憾。

别了，难民生活

终于，我们开始从烟筒沟向位于二道沟的总公司转移。儿童、病人及老年人需要我们这些年轻人的帮助。我们用担架抬着走不动的老人及病号，先把他们送到了临江，大家再从临江坐货物列车前往二道江。到达二道江后又走了一段坡道，才来到了建在山麓的青山寮。我们在一间大屋里等待安排。从湾口屯、烟筒沟两个矿区集中来的人们，被分配住进了各个家庭。过去担任公司领导职务的人及资历老的职员，依靠亲戚朋友的关系，很快进入了新的家庭。

然而，时间过了很久，依旧没有人来点我们这些年轻人的名字。按说，这一路上出力最多的要数我们了。

照顾病人，用担架抬着他们上坡下坡，累得筋疲力尽，好不容易抵达日本人聚居区了，结果却没有一个人高高兴兴出来欢迎我们。原本满以为在这里会受到日本人亲人般的接待，没想到第一天就出现了这种尴尬局面。总公司的人们依然过着正常的生活，我们这些不名一文的不速之客同他们形成了鲜明对比。看来我们得到同情的希望不大。

那天晚上，在吃了一些饭团后，大家卸下大屋子的窗帘权当被褥裹在身上，杂七杂八地倒地睡了一夜。在此之前，大家一直睡的是小房间，互相挤在一起也不觉得怎么寒冷。然而，这个大房子空空荡荡的只睡了几十个人，夜晚寒气逼人。我们感觉自己被人愚弄了，有困难的时候当那些人的替身，当幸福降临的时候那些人又跑得比谁都快，然后装出一副对以前的事情一无所知的表情。于是我们暗下决心，如果是这样的话，以后管他是不是日本人，管他是病人还是老人，就是他们跪地请求，也决不再为他们做出牺牲。自己的路要靠自己走。

第二天，公司的干部们终于在大屋子露了面，给我们每个人分配了宿舍。这个时候，那些先期入住各户家庭的人们早已洗澡更衣，开始品味新生活的喜悦了。

我被分配到了经理部长的家里，四间屋子原先住着夫妻俩及他们的独生女儿。后来湾口屯的一家子又加了进去，再后来是我和另一位青年。一个大家庭形成了。原本寂静的家也变得热闹起来。主人的心情非常不快，不但没有和我们说话，甚至连招呼都不想打。虽然日本战败了，然而在这种凄惨的环境之中，人与人之间的等级观念、差别意识依然强烈地存在着。

这家主人每天夜晚一个人静坐在大客厅中朗诵长歌，白天在街上闲逛。从拾柴禾到烧洗澡水，家中各式各样的杂活都留给了我们。其中，包括制作冬天取暖用的煤球。做煤球是各项工作中最辛苦的工作了，先挖来红土，再和煤粉兑水混合在一起，用力把它们团成球状，然后阴干。因为没有手套赤着手捏煤团，手冻得通红通红的，像针扎一样刺骨的疼痛。现在依然记得，无论是下雪还是刮大风，从来没有休息过，做出的煤球摆满了院子。每天做完煤球后，接着还要做饭，还要去偷烧洗澡水用的柴禾。把旧电线杆子砍倒，或是把人家正在施工的建筑物的木窗子扳下来用作烧柴。洗澡水烧好后主人先洗，接下来是他夫人、女儿，再次是那家外来户，最后才能轮到我们。这时候，洗澡水早都凉了。吃饭时，夫人总说“你们年轻人要多吃点，放开吃”，然而，我们清楚她嘴上那样说，心里其实根本就不那样想，所以每天都饿着肚子。

对于年仅 17 岁的我来说，没有比饿肚子更让人痛苦的事情了。我下定决心过自立的生活，于是离开了那个人家。战败后很多日本人的住宅变成了空屋，我同好友室濑找到一个破旧的工人住宅，开始了我们自给自足的生活。在这里无须顾虑他人，也没有必要向谁低头。每天外出干一些杂活，挣一些小钱，只要能把生活维持到返回日本之日就可以了。每当想到这些，内心就有了几分宽慰。做饭用的炊具也不难收集，锅用日本军的钢盔来代替，碗是从日本人废弃的房屋中拾来的，筷子是用树枝削成的。简陋的家当加上孑然一身开始了自立生活，结果比想象要好。

随着岁月推移，财产家当渐渐多了起来，生活也变得宽裕了许多，心态开始平复下来。同我们恰恰相反的是，原先住在二道江的人们的钱袋、粮袋都眼看着快见到底了，生活渐渐不安定起来。总的来说，越是家里人口多，将来的生活就越是不安。归国的日期一天不确定下来，生活就要维持一天。没有饭吃，就达不到归国这一目的。然而，吃饭问题是所有问题中最难解决的问题。

在这一点上，我们这些年轻人一人吃饱全家不饿，没有身后的顾虑，加上出去靠体力打点零工，生活上一时半会儿没有太大的困难。可是，一些家里小孩多的主妇和寡妇，为长期打算，已经开始了沿街叫卖的行动。我们居住的又旧又脏的住宅内每天有难民不断涌入，有一天，一个 20 岁出头的寡妇，身上背着个吃奶的孩子，一手领着一个半大小孩，另一只手拎着一口破锅和一个装食物的袋子，来到了我们这里。她微微鞠了个躬，说了声“请多多关照”，就进到了大屋里面。她的头发束在脑后，穿着一件用薄毯缝成的外套。睫毛又黑又长，长着一双大眼睛，那是一位非常美丽的少妇。在我们的屋子里，美女和老人是没有区别的。无论男人、女人、儿童、婴儿，一到晚上统统席地而睡，不可能有像样的铺盖。谁要是有一条军用毛毯的话，那就要算是贵重物品了。几乎所有的人都没有铺盖，只穿着身上的衣服睡觉。孩子因为缺奶，夜间经常啼哭，吵得人难以入眠，迷迷糊糊的一直挨到天亮。孩子哭的时候，那位少妇总是抱歉的对大家说，“对不起、对不起”，看着她可怜的样子，更加让人难以入眠。

有个叫渡边的青年，一次夜晚睡迷糊了，上了趟厕所回来后倒头就睡在了人家女人的旁边，因此吃了白眼。而一到早晨，大家忙着做早饭的时候，那个女人又把夜晚的事情抖了出来，给大家充当笑料。那个女人长得很像演员森光子，非常漂亮，她还经常照顾我们这些年轻人的生活，在我们中间很有人缘。我们因为做活忙，晚上回来迟的时候，给我们又是准备晚饭又是沏茶，是个心眼儿很好的人。每日给我们准备的小菜也从不重样，非常怀念她为我们做的可口的蛋黄酱。同时，她也是一个非常乐观的人，在那段阴暗的日子里，为我们带来了快乐和光明，记得她是一位前日本军官的妻子。

那个带着孩子的年轻寡妇，每天早晨简单吃过饭后就背着婴儿，一手牵着半大孩子开始了沿街卖点心的活计。先是到生产点心的店铺进点心，接下来就沿街叫卖，一直到日落都不停歇。每当她带着孩子归来的时候，看一看她箱中残留点心的数量，一天生意的好坏就可想而知了。将所有点心全部卖出的日子几乎没有。可能这个妇人每天中午都不吃午饭，带着两个孩子沿街叫卖的生活已经使她身心憔悴。只有在她将点心卖得的所剩无几的时候，才能看到她脸上无以比拟的笑容。那个时候，人们能从她身上感到对明天的希望。相反，当她带着一大堆没有卖出的点心返回的时候，身体疲惫、脚步沉重，甚至连给孩子做晚饭的力气都失去了。不知为什么，她的孩子从来不闹着吃点心。也许是孩子在努力控制着自己的欲望，知道如果自己吃了这些要卖的东西，母亲就无法维持家计了，因此从来不提出这个使母亲为难的要求。孩子的这种心情使大人们感到心痛。

有一天，母子三人回来得很晚，并且带回了很多没有卖出的点心，肯定这一天买点心的人非常少。于是我们担心地问余下这么多点心怎么处理？年轻妇人沮丧地答:“这些点心明天就没法卖了。”随后又小声说，“不好意思，你能不能买一点儿我的点心？”直到今日，虽然生活在一间屋子里，她还从来没有向我们推销过她的点心。看来她是在万不得已的情况下，才说出口的。“好吧，你的点心我们全买了，不过，你去给我们烧些茶来，我们大家正好肚子饿着呢，大家一起吃吧！”于是母子三人包括大房子中的所有成员一起吃上了点心。年幼的孩子露出了开心的笑容，高兴地边吃边抬头看着他母亲说“真好吃”，妇人鞠着躬，一边道谢一边微笑。自从一起在大房子居住以来，第一次看到了她们母子发自内心的笑容。那两张毫无掩饰的脸庞令我难忘，我对她说：“加油干吧，如果点心剩下的话，我们随时都乐意买。”妇人忙歉意地说：“怎么好老给你们添麻烦呢。”我又说：“这有什么，反正在二道江赚的钱又拿不回日本去。我们这些单身汉在哪里花钱还不都一样。不如买你的点心。”那时，从她的脸上读到了喜悦，就像是溺于汪洋的人见到了救命的小舟。在她鞠躬的时候，束在脑后的长发披到了双肩，那姿态像女学生一样纯洁美丽，又黑又大的双眼烙印一样烙在了我的心底，久久不能忘怀。

随着难民生活的持续，卫生条件每况愈下，人们开始患皮肤病，到处蔓延着疥疮。我们的大房子中也有一位朋友患了疥疮，非常痛苦。既没有药也没有医院，不知用什么方法能够治疗。我们决定修一间公共浴室。一大堆生手聚在一起齐心协力，搭起火炉，周围围上板子。但令人发愁的是找不到用以充当浴盆的油桶。这时有人说公司的储物仓库里有空的汽油桶。于是大家去调查了一番。的确，那里有空的汽油桶，但是，比普通的汽油桶又大了一号。这时又有人说桶大了才好呢，于是大家决定将这种汽油桶弄回来。

但是，在仓库附近有八路军士兵拿着枪警戒在那里，被他们发现那就糟了。白天目标太大，于是众人决定晚上开始行动。当太阳落山，四周暗下来后，几个人相约来到仓库附近，大家蹑手蹑脚，把竖着的空桶不出声的扳倒下来，抬着往回运。在返回途中，快速移动油桶势必目标太大。于是大家花了很长时间，一点一点地挪动，冒着生命的危险把油桶搬了回来。当时如果被发现的话，一颗子弹就会把我们送到另外一个世界去。用偷回的油桶，我们终于做成了一个非常气派的公共浴室。

接下来缺的就是药品了。我们把附着在老电线杆上的电线割下来，从中取出硫黄投入浴盆中。疗效显现了，在洗浴几次后，皮肤病居然给治好了。在没有浴室的时候，患者整夜挠着皮肤，渗出血脓的患处难以愈合。如果不对化脓的地方进行处理的话，就会沾得衣服里外都是，洗都洗不掉。那种条件下当然没有绷带，只好用旧纸贴在患处。时间一长，渗出的脓血同纸粘在一起，根本无法扒掉。这种病似乎经常在手脚关节处发生。在患处贴上纸后，关节就无法弯曲，只能直着关节走路。每当走的时候都会发出“嚓嚓”的声音，而且走路的姿态也非常古怪。常人很难想象患病者的痛苦。

自从有了浴室，大家的皮肤病纷纷痊愈了。人们在感叹浴室带来的舒适感受时，给他人烧洗澡水的悲惨经历，也随之仿佛成了遥远的过去。

离开建筑设施先进的旧日本公寓，自己选择来到了简陋的棚户区，虽然简陋，但在这里过上了无拘无束的生活，在这里没有必要每天看别人的脸色行事。数月之前，这里住的是中国苦力们。房屋内空气污浊，阴暗潮湿，每当下雨的时候，屋内会滴滴嗒嗒漏雨，角落里长期准备着接雨用的水桶、盆子之类的容器。都是人，人与人之间在生活上竟有着如此巨大的差别。棚户工曾经是日本剥削压榨中国劳苦大众的见证，战败后的日本人对这一事实有了切身体验。然而，体验这一事实的却是同样被虐待、生活在贫困中的我们这些年轻人。历史具有令人难以置信的讽刺性，当时我们非常迷茫，不知应当把愤怒归咎给谁。

在环境恶劣，卫生设备全无，营养严重缺乏的贫困生活中，理所当然，病人、老人及孩子要在生存竞争中落伍。我们的居住地周围本是风光秀丽的原野，到处开着野花，鸟雀众多。在短短的数月之间，棚户区后及青山前增添了很多新坟。长眠在这些坟墓中的几乎都是正在吃奶的孩子及上了年纪的老人。多数人没有能力举行葬礼或是火葬，孩子的丧事最是简单，在地上挖个坑埋进去草草了事。坟墓顶上只放几块小小的白石子，甚至没有墓标。离别的场面凄惨无比。父母们那种无法将自己孩子的遗骨带回故国的悲凉心境，简直难以形容。类似这样的贫穷父母成千上万。随着时间的推移，战后的生活重负伴随着内心的悲痛，压得人们喘不过气来。

那是一个冬日，邻家的老人离开了这个世界，参加葬礼的不足 10 人，老人的家属无论如何希望将他的遗骨带回故国。然而，火葬需要一大笔钱，贫穷的难民当然负担不起。大家劝说老人家属打消这个念头。但他们的意志非常坚决。老人的家属不知从哪里弄来了木材和铁板，我们将那些材料搬往墓地附近的原野，开始火葬的准备。先将板铺在地面上，然后在铁板上垒起木材，把尸体平放在木材上后，再在上面垒一些木材。最后，在木头搭起的火葬架周围堆上麦秸，浇上油，点着火。伴随着木材爆裂的声响，火越烧越大，火焰煌煌炙人。

有个人咳嗽了一声后说：“老人要是全身火葬，烧得特别快。”听他的口气，好像对火葬非常懂行。大家按照他的意思，用长木棒将尸体一会儿翻过来，一会儿正过去，一会儿又横着烧，但收效都不很明显。特别是尸体腹部内脏器官，燃烧时会发出声响。这个时候，发生了一个特别奇怪的景象。那一天没有刮风，但烧死人的烟雾却没有升向天空高处。青白色的烟像雾一样平摊着在地面附近缓慢而行。

凝视着烟雾，我忽然觉得人生真是难以预测。这位老人60年的人生，在一间破旧的棚屋中，在没有僧侣引导的情况下，寂然地走到了终点。也许他做梦也没有想到是我们这些与他素不相识的人把他火葬在异国他乡。也许，这就是这位老人的命运。但是，在日本战败后，这就是这些无辜善良的人们被残酷现实扭曲的命运。我们一边在心中默默地祈祷着这样的日子不要重演，一边同死者家属将遗骨收进做工简陋的骨灰盒。

难民宿舍区有一天突然出现了几个腰里别着二八盒子枪的八路军士兵，他们挨家挨户地查看各个房间。当轮到我们房间的时候，站在门旁的我无意间和他们打了个照面。其中一名士兵在矿山时代曾经是我的部下。于是我问："你有什么事儿吗？"他反问："佐佐木在不在这里？"我回答说："离开湾口屯后，我还没见过他。"他恶狠狠地说："要是见到他，我非拿这把枪把他毙了不可。"他对我的态度倒没有太大的变化。我向他抱怨说："你瞧我们住的这地方，一下雨房顶就漏水，房子里通气也太差，天一冷，可怎么生活呀？”“怎么生活？我们过去的条件还不如这里呢，有什么不可能的。”他没好气地说完后就离开了我住的屋子。可以看出，他对当初日本的侵略怀有极度仇恨。我想也许他是为了报仇才参加八路军的。他所提到的佐佐木，是当年湾口屯矿区劳务科的负责人。佐佐木曾经利用自己的地位克扣中国劳工的工装，并将给劳工的面粉发给日本人，做尽坏事。也许他们知道真相后想把佐佐木找出来算账。战败后有很多日本人被杀，而这些被杀的日本人几乎都是曾身居要职或是当过警察，负责过劳务工作的人。

难民宿舍的生活是悲惨的，但它也是人们怀着归国的希望努力劳作一天后放松休息的场所。在这里有喜悦、有痛苦，在这里还可以看到人世间百态。数月之后，人们终于迎来了期盼已久的被遣返回祖国日本的日子。但是，我们这些年轻人受到突然爆发的国共内战影响，在日本人居留民会的安排下，作为东北民主联军（八路军）的协力队员被派往前线。无论发生什么事情，首当其冲做出牺牲的总是我们这些年轻人。那些中年指导者利用他们令人可憎的智慧，为了达到自身的幸福而把我们当成了垫脚石。尽管多次被他们欺骗、多次被他们背叛，当他们强调老人及儿童未来的时候，我们无法拒绝，只好接受他们的安排。这到底是年轻人所持有的正义感还是封建的人情论，是我们无知还是对方狡诈，最终我们接受了这一事实。就这样，有妻室的人以及中年人留在了后方，年轻人被卷入了不知何日方休的国共内战的旋涡之中，大家怀着回归故乡的梦想向前线出发了。

我时常怀念在肮脏潮湿的难民宿舍中度过的那段时光；怀念靠卖点心度日的年轻寡妇和她的孩子；怀念那位向众人进述半夜里有人躺到她身上逗得大家哈哈大笑的美丽的大婶；怀念那位非要将自己父亲的遗骨火化后带回日本安葬的老兄……过去的日子时常一幕幕出现在眼前。没有送别的宴会，留下一句“我走了，祝你平安回到日本”就踏上了征途。让我深深留在印象中的是，当告别的时候，那位年轻寡妇深深地鞠着躬，对我说了声：“对不起！”我了解当时她的心中所想。因为她知道，她们的归国是以青年们牺牲自身加入民主联军为条件取来的。头脑中时常一幕幕的出现那漫长而短暂的相逢别离的场景。“相逢是离别的开始”，这句话正是当时的真实写照。后来听传言说她们搭乘第一次遣返船从葫芦岛出发，顺利回国了，反正今生不会再相逢。这就是被深埋在历史中的同那些贫穷而弱小的人们用爱和情紧密连结在一起的我的人生第一幕。

通化事件

这次事件使日本人付出了惨痛的代价，也前所未有地激怒了民主联军。事件的本质是非常无耻的。蒋介石一方的特务，协同一部分日本军国主义残存兵力，觊觎刚刚建立的共产党政权，发动了这场旨在为国民党对解放区进攻充当内应的“事件”。

1946 年 2 月 3 日是个令人难忘的日子。那天是中国的阴历新年，通化事件又被称作“二三事件”，那是因为它发生在 2 月 3 日。那一年是东北的中国人从日本军国主义统治中解放出来后过的第一个新年。人们个个欢欣鼓舞，家家户户都在忙碌着置办年货，做着过年的准备。同时，那一年是日本战败后在华日本人过的第一个新年。

同殖民地时代的风光劲相比，简直有天壤之别。尽管是寒酸无比的新年，但大家都在想这大概是在异国他乡度过的最后一个新年了，所以，也或多或少地准备着。与人们的良好愿望相悖，“事件”的准备也在暗地里悄悄进行着。二道江和数里外城内（通化市）开始了紧密联系，联络员多次出现在我们的宿舍区。在一家织袜厂，他们以帮助找工作为名，鼓动年轻人前往通化。

在饥饿寒冷中过着动荡生活的年轻人一听说有这种好事，立刻就信了他们，动身去了通化。这些联络员受到他人指使，负责把年轻人集中到通化市内，并策动他们参加“事件”。后来“事件”受到镇压，从二道江前往通化的年轻人手持铁镐，冲进位于龙泉宾馆的司令部时，遭到射杀，并有大批人员被捕。当时参加“事件”被射杀的人当中，听说还有我的几位朋友，长崎县出身的立石就是其中一位，那一年他 18 岁。

2 月 3 日，昨夜的一场大雪使通化山野房屋成了银色的世界。只有人来人往的道路暴露出用煤渣铺就的黑色路面，黑白的对比更加增添了清晨的寒意。我像往常一样生旺炉火，在房间里摊着玉米面煎饼。摊好两张煎饼正准备吃早饭的时候，无意间向窗外扫了一眼，这时突然发现外面情况不对，道路的交叉口已被民主联军士兵戒严。宿舍区以及远处的夜莺台、浅野水道附近，也是每隔五六十米就有一名士兵在站岗。以前从来没有发生过这种事情，一种不详之感油然而升。心中盘算着到底发生了什么事情。

反正不会是什么好事情，不管怎样先把肚子填饱再说，于是赶紧抓起饼子往嘴里塞。这个时候，门突然被撞开了，数名士兵穿着棉鞋冲进了铺有榻榻米的房间，用枪指着我们，大声喊道："不许动！"接下来他们命令除妇女和儿童以外所有的男人到户外集中。我们出到房外后，立刻有一群士兵拥上，拿细绳把我们结结实实反绑起来。就这样，在还没有弄清是怎么回事儿的情况下，我们突然被捕了。

我们在士兵的看押下排成了一排开始移动，最后被押到了以前配给所储存粮食的仓库。这座仓库位于宿舍区的中心，钢筋水泥结构且窗户很少，正好适合用来关押犯人。进到仓库后，才发现这里已经关着几十个人了。其中，有的人正恐惧地瑟瑟发抖。配给所的仓库已经满员。据说还有一部分日本人被关押在宿舍区或是地下的蔬菜储藏库中。也就是说，居住在二道江的日本人中的所有男人都被抓了。当时在二道江居住了多少日本人已经不得而知，但至少有几千个男人。

这天夜里，在仓库中站立着捱了一夜。次日早晨天麻麻亮的时候，士兵命令我们统统到外边去。身体已经麻木得不听使唤了，两手仍然被紧紧地缚在背后。我们依照士兵的命令，来到外边。两侧被荷枪实弹的士兵严密戒备着。他们个个目光炯炯。在士兵的呵斥声中，我们排成长长的一列，脚上穿着木屐或草鞋，在寒冷和恐惧中颤抖着，走在尚有积雪的昏暗的道路上。走了一段时间后，前方终于停了下来。

我们到了旧迎宾馆的大门前。这时候天已经大亮了，周围环境看得非常清楚。迎宾馆的观礼台上，站着数名士兵和干部模样的人。他们在大声喊着什么话。队列前头有两名日本人被拖了出来。士兵们脱掉两人帽子扔到一边，然后被推到了观礼台的附近。两人似乎被命令开始向前行走，刚刚走出十来米远枪就响了。随着枪声他们向前扑倒在地。也就是说，他们被枪毙了。这一幕结束之后，我们又被押回配给所的仓库。原来这次外出就是为了让我们看枪毙人的残酷场面。

据传，死者被枪毙的理由，仅仅是因为当士兵进入他们家门时，两人手持木棍进行了反抗。后来听被杀两人的同僚说，他们两人一点不会说中国话，曾经在旧日本军队中当兵，来东北不足一年。他们是从苏联逃到二道江的。来到此地之后，一直生活在日本人中间，所以没有机会学习中国话，同时也没有接触中国人的机会。当中国士兵突然进入他们家的时候，由于紧张而发生了上述的误会。他们没有反抗的意思。回想起来真是可怜可叹。

回到仓库后，等待我们的是可怕的审讯。两只手腕被紧紧的绑在背后，而且捆绑得非常紧，以至于血液不能流通，十指变成了紫色，无论触摸他人还是碰到物体都没有知觉。另外，每30分钟还要被重新捆绑一次。原来，士兵们知道随着手臂扭动绳扣会渐渐松弛下来，所以算准时间，每隔30分钟就有士兵上来，先把我们像赶鸭子一样赶到仓库一角，接着一个人一个人地拉出来把绳子重新捆绑结实，最后赶到仓库的另外一角，末了还要再查看一次。检查完毕后，把面相凶恶的人、旧军人以及同警察有关的人传唤到小房间中进行审讯。这个时候，大家才知道通化发生了“事件”。

小房间的审讯结束后，我们再次被带回冰冷的仓库。外边的气温已经降到了零下20摄氏度以下，加上墙壁像被冻透的冰板，更加让人觉得寒冷难耐。我们两手发麻，感觉麻痹，身体僵硬地摇摇欲倒。这样过了一天又一天，我们没有得到任何食物，大家在饥饿和痛苦中挣扎着。有一次，我旁边的人提出想去小便，于是士兵把他带出去。但是他迟迟小便不出来，站在背后监视他的士兵就把捆绑他的绳扣放松了一些。但他还是不出来，士兵愤怒地把他搡倒在地。摔倒的同时，他的脸也被埋在雪里。

乘此机会，他赶快吞了几口雪。但后来可就遭罪了。回到仓库后，士兵一边怒声呵斥，一边拳打脚踢。士兵和看守同声指责他撒谎，是想借机逃跑。而他本人其实根本没有逃跑的意思，只是因为口干舌燥，加上捆绑手腕的绳子陷入肉里疼痛难忍。如果当时遇上凶恶士兵的话，也许一发子弹就要了他的命。冒那么大的危险仅仅只为吃口雪润润喉咙，想起来让人觉得可悲又无可奈何。

世界真的很小。在负责绑绳的士兵中，居然发现了我的一位熟人。他曾经在湾口屯做过苦力，当时因为我们年龄相仿，我对他颇为照顾。他在仓库中负责看管我们。在昏暗的灯光下，他夹杂在十几名士兵当中，背着枪，正在一个人一个人地检查着绳索的捆绑情况。突然，我们的目光相遇了。他吃惊地向后退了一步，我也吃了一惊。没想到在这里能遇见他，但我一眼就认出了他是谁。

我毫不犹豫地小声对他说："我什么都不知道，绳子绑得太紧，血都不流了，快帮帮我吧！"他没有吱声，只暗暗地给我递了个眼色，那意思是说"别着急，呆会儿我想办法"。当其他人快要结束工作的时候，他瞅准时机来到我的身后，装出用力捆绑我的样子，偷偷将绳结松开了少许。所有人的检查结束后，除留下几名士兵看管，其余士兵从仓库离去。他也随众人离开那里。其后再也没有在我们的监舍见到过他。也许在很多地方都囚有日本人，他们轮番要到各处去巡查。

绳扣被解缓后，全身似有一股缓缓的暖流开始流动起来。手指尖也有了知觉，当确认手还在自己身上的时候，别提有多激动了。用力用指头掐了掐大腿，腿部也还有疼痛的感觉。当时如果不同他不期而遇的话，肯定还要忍受更长时间的痛苦。对我来说，他暗中施助的行为简直像是长夜过后的太阳。我一直发自内心地感谢他。人与人之间的友情和信赖，应该是超越民族，超越一切的。这件事告诉了我什么叫友情永存。有情有义的中国人，我永远都不会忘记。

后来禁闭我们的场所从配给所转移到了宿舍区内。太平洋战争时期建造的日本人住宅，两户相连的时候通常建有通往邻家的通道，这样在出现紧急情况时，无须出到户外，就可以逃到邻家避难。通道通常建在壁橱内，每次能容一人通过。这是个公开的秘密，负责警备的士兵们也十二分地清楚。所以，当关押我们的时候，他们把除门以外所有的出入口包括窗户和前面提到的通道，都用木板钉得结结实实。另外在大门口外，有士兵架着轻机枪守在那里，后门外也有持枪守卫的士兵。要想逃出去几乎不可能。

有一个长着麻子、面相非常凶恶的士兵，不时的挥舞着一把日本军刀恐吓我们，让我们招出“事件”参与者。我也曾受到他的胁迫。他用刀背在我的脖子上上下拉着，厉声问:“你知道谁参加‘事件’了吧，不老实交代就用这把刀砍掉你的头。”我感觉全身的血已变得冰凉，当时真的以为冰凉的日本刀会喀嚓的一声将我劈成两半。没有人知道接下来还会发生什么事情，大家在恐惧和不安中低着头沉默不语，也一动不敢动。房间中寂静得令人毛骨悚然，仿佛看到地狱之门正在缓缓开启，要将我们吸入。

一次，负责警戒壁橱洞的哨兵打翻了取暖用的火盆。被风一吹洞中开始冒烟。渐渐地壁橱中窜出了火苗。我们吃惊地想，是不是要烧死我们。正在这时，不知谁喊了声“他们要烧死我们”，就在那一瞬间，靠近窗边的人用力将身体撞向窗户，打算破窗而出。室内一时间乱作一团。站在门口的士兵向屋顶连开数枪，大喊着让众人安静。接着又指示大家一齐灭火。这时才弄明白原来不是要杀我们，于是大家镇定下来，开始灭火。但两手还被捆绑着，没办法，大家只好用脚用力将火踩灭。一场惊吓过后，所有人脸色苍白，面面相觑的景象至今难忘。

每一天都在不安中度过，当时的心理状态已经不能正确判断事物的是非了，在那种情况下突然发生这种事故，所有人第一感觉是将要被烧死。也许是自己做过亏心事，当年，日本军国主义者就是用这种手段杀害了无数无辜的中国人，回想当时，日本人的以己之心度中国人之腹，我对日本人内心世界的贫瘠感叹不已。

在经过五天地狱般的生活后，调查的结果渐渐明朗起来。同“事件”有关的人员及同“事件”无关的人员被区分开来，开始了二次调查。一部分人被带往通化市，另一部分人员被释放。我属于被释放的人员，第二周被释放回家。说是回家，其实家中没有人等着我，等着我的只是空空如也的房子。尽管如此，仍然激动得热泪盈眶。

当听到被释放的时候，欢乐感同饥饿感一起拥来，肚皮和后背好像被粘到一处。欣喜之余想奔跑回家，但腿脚怎么都不听使唤，只好像上了年纪的老太太一样弯着腰，一步一步向家中挪去。很久没有脚踏实地的感觉了，一步步踏在地上的足音都令人难忘。在回家的路上，我突然想起被捕的那天早晨，家里还留着没有吃完的玉米饼。没吃完的饼子在狱中曾经数度从眼前闪过。我曾经想过，如果能够出狱的话，第一件事就是先把那块饼子吃掉。好不容易挪到家里。没有人为我的平安出狱而欢喜，也没有人在家中等着我归来，等着我的只有寒冷、寂寥又没有人气的空房。自制的炉子仍像两周前被捕时一样，放在房间的一角，但那块心中挂念的玉米饼却不见踪影。

听到我进门的声音，隔壁的大嫂赶了过来。她安慰我：“安安全全回来就好，别的人还都没被放出来呢。”她还告诉我，很长时间没有进食的时候，猛的吃东西一定会把肠胃弄坏。并且教我要分阶段进食浓汤、稀饭或米饭。她的这一不经意的行为至今仍深深印在我的心里。最初的那口浓汤像清泉流入久涸的沙漠季节河一样，携着一股暖流流入了胃肠的每一个缝隙。急急地喝下浓汤后，身体开始变热，四肢也轻松了许多。这是两周以来第一次以自由之身悠然地坐在榻榻米上进食，可口的食物使我无限满足。

被释放后，一些事情慢慢地明白过来，“事件”发生当日，夜里八点左右，我房间的电灯曾经亮过三次。当时虽然觉得有点奇怪，但想到战败后变电所经常发生故障，也就没有太在意。实际上电灯亮灭的事情，在通化和二道江全地区都发生了。也就是说，那是“事件”开始的信号。另外，参加的人员事前进行了秘密联络，为了在“事件”开始后能准确确认敌我身份，他们在着装上也做了规定，参加的所有人员都腰系带子，并在上面别了一条白毛巾。这种装束是参加“事件”的记号。后来仔细回想一下明白了许多。不光是本地的年轻人，通化和二道江做行脚商的人当中也有很多人参加了“事件”。

当时不理解他们为了什么目的策划了那次“事件”，只知道“事件”开始几小时后，就遭到了民主联军的镇压。通化附近当时驻扎着大批国民党军队，“事件”主谋者似乎意欲在通化发起，然后同国民党军队会合，进而一举攻占民主联军司令部。我的友人立石也参加了那次“事件”，据说当时他手持铁镐冲进司令部，当冲至二楼的时候被士兵开枪打死。民主联军一阵炮轰过后，“事件”被镇压了。在没有得到国民党军任何帮助的情况下，计划完全失败，参加人员也当场全部被捕。

“事件”被镇压月余之后，一名叫管沼的日本军少尉回来了。谁都不清楚他是从什么地方怎么回来的。只看到他的脸部肿胀发紫，一只手拄着根木棍，手臂上伤痕累累，两腿也肿得简直要把裤管撑破。发现他的时候，他正无力地倚靠在我宿舍的门口。看到他的样子，我吃了一惊，急忙把他扶进房内坐下。一个月之前他那样威风英俊，现在简直变成了另外一个人。我穷得揭不开锅，但给他冲杯茶还是有的。他品着茶感叹地说：“真香啊。”接着又说，“能活着回来真是幸运，很多人都死了。”

“事件”前日，我们还在邻居家聚会，一起唱歌，一起闹，一起回忆故乡，一起谈论苏联边境发生的事情，现在还有几人能回到这里来呢？想到那些永远都回不来的友人，我不由热泪盈眶。即使是那些只有一面之交的友人，他们的音容也令人难忘。

通化地区曾经是共产党游击队的主要活动地区。在伪满时代，东边道地带发生旧日本关东军与游击队之间的交火，简直是家常便饭。市民之间有左右之分，而且当时支持游击队的老百姓非常多。关东军为了破坏游击队同老百姓的团结，有时故意当着老百姓的面将游击队员的头砍掉，就像杨靖宇那样，然后把人头挂在城门上示众，手段非常残忍。军国主义、帝国主义的种种暴行，对于全市市民来说就像昨天发生的一样历历在目。八路军当中很多士兵是为了为亲人兄弟报仇雪恨，为了一扫民族之恨才参军的。以他们当时的思想状态，还没有能力区分谁是敌、谁是友，谁是真正的罪犯。恰恰在这个时候发生了“二三事件”。

理应在半年前就消亡的日本军国主义，突然死灰复燃，士兵和市民敌忾之心为之膨胀，结果失去了正确判断事物是非的能力。正因为在通化市民、八路军的士兵甚至是指导部门还没有进行充分的思想总结的阶段发生了，所以才导致大量与事件无关的日本人的牺牲。这次事件的主谋藤田大佐应承担主要责任。那些事与愿违悲惨死去的日本人让人可怜。我由衷地祈祷他们在天国的冥福。

我在二道江生活的不足一年时间里，体味了多样的人生。然而留在记忆中的尽是些苦涩的往事，我绝不留恋那里。那一年的夏天，我参加了民主联军的协力队。

列车冒着黑烟呼啸着向南行进。当时谁都没有料到自己不会再乘这趟车返回通化。正因如此，从协力队员的脸上看不到悲壮的表情。每个人都相信协力只是一时的事情，等任务完成后大家还会同日本人一道从通化二道江返回日本。然而同协力队员的良好愿望相反，随着中国内战的激化，情况正不断向对民主联军不利的方向发展。

大栗子沟

回到阔别五年的地方，有种劳燕归旧巢的感觉。车站、道路、人家依然是从前的样子。鸭绿江对岸朝鲜境内的山峦也像从前那样依旧黛绿。临岸的朝鲜山峦映射在湛蓝的鸭绿江水中，显得格外美丽。山脚下一条细长的道路一直延伸到远方。我的记忆被再次唤醒，走过这条道路去朝鲜村落买粮吃的日子仿佛就在昨天。那一年我 14 岁，经常因吃不饱肚子而委屈地流眼泪。

远离祖国和父母，寂寞的时候总是登上大栗子沟建有神社的那座草木荒凉的小山，消遣时光。那座小山现在已经被开垦出来种植蔬菜。1942 年（昭和十七年），我乘船离开日本，最初的落脚点就是大栗子沟。初次踏上异国的土地，一切都十分新奇。广袤无垠的玉米地和高粱地，湛蓝宽阔的鸭绿江，顺江而下的木筏，眼中一派浪漫的异国情调。时间过了五年，这里的自然风光依旧，发生变化的只是人。五年的岁月，以日本发动的太平洋战争的失败为分水岭，情况发生了巨大变化。伪满制铁公司大栗子沟矿业曾经将生产出的优质矿石运往鞍山制铁所，然后再输送到日本的八幡制铁所，对日本工业的发展发挥了巨大作用。同时，作为日本的国家重点企业，它在侵略战争中也扮演了难以估量的重要角色。

曾有数千名劳工在矿山工作，他们中有白俄罗斯人、朝鲜人、蒙古人和中国人。不同国家不同民族的人们在这里被强迫过着奴隶般的生活。其中待遇最悲惨的是那些中国军队的战俘以及由工人贩子领来的特殊工人。

关东军将侵华战争中的战俘送到矿山最危险的环节去工作。他们中有很多人是八路军和十九路军的官兵。他们被称作“辅导工人”，不同于其他普通工人，被收容在周围布有电网的宿舍之中。宿舍周围还有矿山警察队的严密戒备。他们的早饭除一块用玉米面蒸成的茶碗大小的窝头和一片咸菜外，别无他物。早饭结束后，排成一列被带往矿山。他们被安排在危险最大的区域终日进行艰苦的体力劳动。一天的劳动结束后，再被带回被电网包围的宿舍中去。他们在任何情况下都不被允许外出。矿山的各个山头也是每隔一二百米就有一名矿山警察持枪守卫，昼夜实行严密警备。如果发现逃亡者，立刻射杀。

尽管如此，仍然偶有逃亡者出现。有的在逃亡途中被射杀，也有人幸运地逃离虎口。成功逃亡的原因，大致是因为在距矿山后山数公里处是共产党游击队的控制区。同俘虏接触的过程中，发现他们大多数终日都默默地干活。沾满污垢的身体穿着破烂的军服，在零下 20 摄氏度的寒风中进行着超体力的劳动。在极度寒冷的冬天，劳动的艰辛程度可想而知，然而，从他们锐利的目光和极度克制的表情中，可以看到他们怀有某种自信和希望。

在他们的工作现场，常常可以看到用灯黑书写的诸如“打倒日本帝国主义”“法西斯必将失败”之类的标语。对于当时还年轻的我来说，难以理解标语的意思。现在回想起来，他们在政治上、思想上都有很高的觉悟。他们预见到了在不久的将来日本帝国主义一定会崩溃。也许正因如此，他们才有意不采取破坏工具及同日本人正面对抗等行为，默默地劳作着。也就是所谓的潜入地下，保存实力。

开春后天气好的日子里，我们这些员工也会相约到矿山的后山春游。在没有高大乔木的秃山上开着铃兰、百合、芍药等各种各样的鲜花，像花田一样美丽。即使到了夏天，山间的岩石仍留着未化的残雪，像砂糖一样洁白，每当登山口渴的时候，掬一捧雪放入口中，冰凉气会一直渗到心底，让人感到舒服无比。在阳光地带，有时更能看到成群的松鼠在岩石尖部嬉戏。一副悠然和平的景象。但我们总是在一定的范围内活动，谁都不会走到山林深处，因为那里有共产党游击队出没。

东边道地带（现中国吉林省）是共产党游击队、抗日游击队的根据地。中国电影中反映东北地区抗日斗争活动的故事，大部分就发生在这一地带。这里是无数英雄出生的地方，同时又是他们牺牲的地方。记得有一部描写女游击队员《八女投江》的电影。故事的大致内容是，抗日妇女游击队员被日本侵略军追击，最后走投无路被赶到了松花江边，身后是日本军的追兵，面前是宽广的江河，在进退两难的时刻，为了不当日本军的俘虏，她们挽起手来一起跳进了滔滔浊流，结束了年轻的生命。这是一部描写不屈不挠斗争精神的影片。记得我曾经为这些年轻美丽的女性的英雄形象而感动、流泪。这部电影告诉我们什么是中国人民30年代最重要的任务。

本书前文所述的杨靖宇司令就曾经在这一地区同日本军英勇斗争，是侵略军闻之胆寒的英雄之一，关于他有很多脍炙人口的故事：他有着卓越的战术思想，同时也是一位百发百中的神枪手。据说有一次，一位战友前来拜访他。他想置办一些好菜来招待这位战友，但手头上没有任何食材。只好包饺子，但饺子馅中没有肉也不好吃。于是他提着手枪跑到后山，啪啪几枪打下几只山鸡，终于饺子馅中有了肉。还有一个传说，杨司令在进攻日本军集结场所的时候，总是骑着马身先士卒，在最前面指挥战斗。在发起进攻之前，杨司令能电光火石般的两枪打断通往集结场所的电线和电话线，使日军与外界失去联系。后来，他们的部队被给养所困扰，杨司令下山筹粮的时候，同他联络的农民突然叛变，偷偷向关东军告了密。他的居住地被发现后，遭到了军队和警察的重重包围，并进行了激烈的枪战。他用自己心爱的两把手枪顽强地进行抵抗，但后来因为负了重伤牺牲了。他的人头被砍下，挂在通化城门的入口处示众。据说当时在他的胃里，没有发现一粒粮食。从这些传闻可以看出，东边道一带的游击队，克服各种困难，为中华民族的独立，进行了艰苦卓绝而又充满自信的斗争。

叫大栗子沟的小镇，是位于两山之间谷地上的小集镇。由于两边的山上发现了质地优良的铁矿石，这里才渐渐发展成现在的小镇。被两山所夹的河川边，曾经是日本军枪毙游击队俘虏的地方。当地的中国人暗地里把大栗子沟称作杀人沟，似乎是在暗示他们反抗日本侵略军的意志。

在学校上学的时候，就学到了在东边道一带埋藏着储量丰富的矿产资源，并享有很高的国际声誉。为了获得这些资源，美国曾派遣调查团对这一地区进行调查。但正是因为这一地区游击队活动频繁，才让美国没有实现开发的计划。对此，日本的支配者一方面盛赞游击队从美国人的手里保住了丰富的资源，一方面又对游击队进行了残酷的镇压。尽管如此，勇敢的游击队员们仍然前仆后继，持续对日本侵略者进行反抗。

大栗子沟和小栗子沟相距不过数里，但小栗子沟却非常危险，以致日本人难以接近。随着战败的日益临近，乡村小镇大栗子沟渐渐热闹了起来。原来住在新京的伪满皇帝一行把宫内府搬到了大栗子沟。其中包括皇帝溥仪以及一位姓张的国务总理。这里距朝鲜只有一江之隔，鸭绿江对岸当时是日本的统治区，从那里逃往日本非常方便。但是已经迟了，苏联红军从海参崴及清津方向登陆，朝鲜北部已处于被占领状态。军部和宫内府只好改变方针，经由通化去了奉天（今沈阳）。当从奉天飞机场准备乘飞机逃往日本时，被逮捕了。他们的逃亡非常仓促，以至于在大栗子沟的馆舍附近遗留下很多政府要人的徽章和器物。

我们的宿舍被安排在他们曾经居住的馆舍对面一栋未完工的建筑物里面。每天要走路去食堂吃饭。饭食由协力队员值日准备。工作内容，首先是对宿舍区周围进行扫除，其次还包括搬运过冬用的煤炭以及粮食等一些杂活。白天用抬筐运煤的劳动是纯体力劳动，汗流浃背，非常辛苦。太阳落山，四周开始黑下来的时候，铁定要到火车站那边去干活。每当这个时间，货物列车运送的粮食就到了。难以理解为什么每天总在这一时间火车到站，反正每天都来。货物几乎都是用麻袋装着的大米。我们要把这些大米搬运到旧警察署的拘留所里去储存。从火车站到拘留所大约有 2000 米的距离。把从火车上卸下来的大米装在大架子车上，没有马，只好人力推拉着进行搬运。车轴上早已经干得没有油了。拉起来嘎嘎吱吱响。连推带拉好不容易到达仓库以后，还要背着米袋上台阶，再向里面走才能到达放米的地方。

这种劳动是一天之中最重的体力劳动。每一口麻袋容纳的大米重量都在 100~120 千克，多的时候能达到 130 千克。这种麻袋两人一组进行搬运，由一个人帮忙放在另一个人的肩上，扛麻袋的人最辛苦。麻袋的重量会一直传到腰上。把麻袋背在肩上，艰难地挪动着脚步，上台阶的时候，因为身上的重量太大，以至于两腿不断发抖，抬不起来。憋足了力气也许能背上一两回，但到第三回的时候，腿好像已经不是自己的腿了。那是因为上台阶的时候总是不断地由一只脚承受 100 多千克的货物。我根本背不动那么重的东西。一旦麻袋在中途掉到地上，两三个人都抬不起来。那些提前完成任务的人总是热心地从后面帮忙托一把，以帮助力量小的人完成工作。回到宿舍经常已经是夜里九十点了。宿舍里当然没有任何洗浴设备，只好带着一身臭汗一觉睡到天明，第二天再重复同样的工作。

日子在一天一天过去，大家的身体渐渐感到有点吃不消了。要想保住自己的身体，最重要的是要吃饱饭。在民主联军的食堂，主食可以尽情地吃，但菜却只有每人一碗。因为每天干的都是重体力活，大家都吃得很多。一碗菜不足以帮助咽下大量的主食，更何况主食是玉米窝头和高粱饭一类没有菜就咽不下去的粗粮。于是大家想了一个能获得两碗菜的绝好办法。

由于打饭的窗口是个仅能容纳碗盘传递的窄小窗口，站在窗内的人看不到窗外人的面容，但他们却可以从服装和身形来判断外面的人。因此，我们通常是穿着衣服先领一次菜，然后再光着上身领一次菜。有时遇到被炊事班叫去帮忙的情况，临回来的时候，还能顺手捎带一些食品，藏在衣服下面带回宿舍吃。有一次运气好，居然从厨房中偷到了有营养的鸡蛋，遗憾的是，鸡蛋在半路上被挤破了，弄的满肚皮都是蛋清蛋黄，黏糊糊的非常尴尬。总而言之，在那段日子里，对我们来说，每天最重要的事情是如何填饱肚子，我们全部的心思智慧，都集中到了那上面。

最初我们还都规规矩矩把大米从车站搬运到仓库，但由于总是夜里上工，我们开始计划如何利用黑暗来偷盗大米。搬运途中，我们把装米的麻袋撕开一个大口子，脱下自己的上衣把两条袖子绑起来，将大米灌满袖筒后，绑紧扔进草丛中。负责押运大米的只有几名士兵，但板车却有十来辆。因此，偷盗起来几乎万无一失。当板车到达仓库后，负责人肯定会检查大米件数，也肯定会询问为什么有的米袋破了。我们可以回答，装车的时候就已经破了。即便对我们进行身体检查也不会发现任何证据。我们当然会安全返回。返回宿舍的途中，我们把扔在草丛中的大米捡起，然后一起回宿舍用偷来的大米做夜餐。第二天上工的路上，会发现前一天晚上从扎破米袋的地方开始一直到仓库，留着一条粗粗的由米粒组成的白线。让人看了可惜，于是大家又一起动手，把米粒都收集起来拿回宿舍去吃。尽管我们做了坏事，但那都是在饿得没有办法的情况下，才干出来的，我们虽然不能对自己的行为心安理得，但也谈不上反省愧疚。

干了整整一夏天的重体力活，终于天气开始变凉，秋天临近了。田里的玉米棒越来越大，已经是收获时节。再过些日子，就会看到树叶在寒风中上下飞舞，那将又是一个冬天。从秋天到冬天仅仅一步之遥。夏天的时候，我们来到大栗子沟，每个人当时都坚信，冬天一定能够回国。几乎所有的队员都是单身，只有一小部分队员已经结婚，儿女们在日本等着他们。早日归国是每一个协力队员渴求的愿望。有一天夜幕降临的时候，大家开了个会，从队员中选出代表。他们上路了。

当时，不能确定具体谁在主持通化当局的工作。另外，还有一个叫杉本的日本人也在那一地区。数日之后，代表们回来了。据他们带回的消息称，遣返日本人归国的工作行将开始。但是，我们这些协力队员不在遣返之列。听到这个消息，大家都异常愤怒。这不是在欺骗我们吗？我们的协力只是临时的，而不是永远的。但愤怒也没有用，因为我们自己没有能力掌握自己的命运。

这样的日子又持续了两个多月后，协力队终于迎来了第一次转移，具体说是那些年龄大的人被转移到通化二道江地区。我们这些余下的年轻人只有等待第二次转移了。这一时期，又有很多伤员、士兵、医生、护士集结到了大栗子沟。伤者大多是在战斗中负伤的，其中不乏重伤员。这些伤兵形形色色，有的拄着拐杖，有的脖子上挂着绷带。同时，可能是为了补充协力队员第一次转移后的人员不足，有很多朝鲜的少男少女加入到我们的行列。协力队员从那时起，告别了重体力工作，开始了炊事员以及照顾伤病员起居餐饮的工作。我也是这些人中的一员，从此我们的命运迎来了重大转折。

同遗留日本人的相遇

当我们的工作转为炊事工作后，我同本田、平林、片山、田谷、增田、浅井、室濑、久保、水越、金子、大月、柴田、三上、门屋和斋藤等人在同一间屋子起居。在司务长的指示下，我们分成了主食、副食、挑水三个小组。大家谁都没有从事这项工作的经验，要想一次将30千克的米成功地蒸成米饭，简直是不可能的事情。

好几次将锅底烧糊，经历了一次次失败，终于在一周之后漂亮地蒸出了米饭。从米袋的标签可以看出，这些米来自台湾。也许这些米是当年日本军收集来的，但它们通过怎样的途径辗转来到大栗子沟，就不得而知了。回想一下，上次夏天半夜里往警察署仓库中搬运的大米，很可能是同一批大米。台湾的大米中混有很多沙砾和石子，要想去除它们可不是一件容易的事。先准备一盆水，用一种把葫芦劈成两半制成的叫瓢的容器舀上米，一点一点地在水中筛动。米粒因为轻随着水流走了，沙砾石子留在了瓢底，这样两者就分离开了。记得冬天的时候做这项工作，手总被冻得通红刺痛。

将不幸负伤倒地的士兵救出战场转送后方，是担架兵的任务。在战火极度激烈的时候，即使发现伤兵，想赶到他所在的地方也非常困难。尽管匍匐前进，一旦被敌人发现，马上会遭到集中射击。在这种情况下，一般是单兵向负伤兵接近，用带子将伤兵固定好后，躲避开敌人视线，隐蔽地将他拖向后方，然后放在担架上送往后方医院。有些伤兵被发现时已经因大量出血而死亡，还有一些在被往回拖的途中，因再次中弹而战死。担架兵的工作非常重要，他们必须把伤员从战场送到野战医院，再从野战医院送到后方医院。

有人曾告诉我这样一件事情，有一位级别很高的干部负了伤，先把他从前线送往野战医院。但因伤重难以治疗，又有指示必须立刻送往后方医院。后方医院距离前方有很长的距离，如此长的距离要用担架抬着伤员到处找医院非常辛苦，但不运送又不行。警卫患者的通信员吵嚷着要不快点送往医院的话，人就没命了，一路呵斥着“不要走，跑起来，跑起来”，一路上没有吃饭也没有休息。好不容易找到了一家医院，那家医院又以缺乏药品和器材为由，让他们去找别的医院。当时他感到时间过得真慢。换过来说，躺在担架上的伤员更加痛苦，在生命的边缘徘徊。正因为有着对伤员深厚的同情心，他们才忍住了肩臂的疼痛，才有了迈动灌铅似的双腿的力量。往返于前线和后方运送伤兵的山崎和后藤等担架队员，后来因为过于深入后方，没有能够再次返回前线，成了后方医院的炊事员和杂役。就这样，很多日本人有着离奇的命运。

更令人吃惊的是，汇集在大栗子沟的日本人中，有很多年轻女性。其中很多人还没有从女校毕业，或是刚刚毕业，她们正处在豆蔻年华。难以理解她们为什么会在这里出现。据说她们大部分来自沈阳、本溪。民主联军在那一带出没的时候，她们被几个医院收编。内战爆发后，国民党军对解放区的进攻不断升级，医院的医生、护士也被迫转移。民主联军感觉到技术人员同医护人员的不足，于是向日本人居留民会提出人员协助的要求。

当时的日本人居留民会因为日本人归国问题悬而未决，也没有立刻答应要求。他们首先采取了自愿报名的方式，但人员募集情况不是非常理想。民会的干部为此非常头痛。最后，他们把问题推给了各家庭。或是父亲、或是儿子、或是女儿，反正一家得出一个人。考虑到只是短期行为，往往是儿女代替父母参加了民主联军。从某种意义上来说，这种协力类似于替父从军。

然而事与愿违，她们协力时间被无限期拖长，地点也不断变更，渐渐地同家庭失去了联系，最后，被国民党军的进攻所逼迫，连行李都顾不上带就逃出驻地。她们越过高山，翻过峡谷，不断逃亡。进攻还在加剧，她们在没办法的情况下渡过鸭绿江逃到朝鲜境内，后来又通过比较安全的途径，才辗转来到了大栗子沟。她们本是住惯了大城市、享受惯了安逸生活的闺秀，然而，此时此刻从她们身上却丝毫见不到昔日的踪影。从她们的背影中可以看到，她们心中的惆怅。纵观她们的经历，大致可以分成两类。一类是作为在留日本人及其家庭的替代参加协力工作的；另一类是医院被接收后强制留用的。第二类的人继续从事她们原来的工作，而第一类人因为没有技术，成了医院内的护理员，也就是陪床。

照顾患者生活的工作成了这些女孩一生中最初的工作。她们的痛苦辛酸是一般人难以想象的。更何况要照看异民族的患者，这更令她们苦恼。但是她们并没有就此沉默。在撤退途中，她们也多次计划过逃亡，但多以失败告终，最后又被解放军收容回去。曾经有一个女孩和她的恋人约定好了会合的时间和地点，打算一起远走高飞。她避开众目，走过危险的铁桥，克服了很大困难，才去到会合地点，但看不到恋人的影子。一直等了很久，恋人始终没有露面。周围已经渐渐黑了下来，非常可怕。没有办法，她一个人又哭泣着回到了医院。

还有一位护士，因为部队不断转移，不但归国遥遥无期，同父母距离也越来越远，为此她心情非常烦躁。为了平息心中不平，她把怒气全部发泄到患者身上，对待他们十分粗暴。对方是身体不能动的伤员，她于是肆无忌惮地、有时故意把绷带缠得过紧，让患者遭罪，或是在用担架抬运患者的时候，故意将他们颠落在地。患者因为疼痛经常哀求她抬担架时小心一点。患者中除普通士兵以外，还有很多干部。无论对方是士兵还是干部，她认为自己至今不能回国的原因，是因为民主联军不信守诺言。因此她将所有不满和愤怒发泄向了最为痛苦而且毫无抵抗能力的伤病员。倍受煎熬的是那些患者，他们在身体不自由的同时，还受着肉体和精神的折磨，也许他们的心中在流泪。

有很多日本人曾经尝试过这种无谓的抵抗。在大栗子沟，我也曾有过和她们类似的行为。那是从重体力工作转换成炊事工作时的事情。平时准备米饭的时候，总是先把米淘洗得干干净净，把石子沙砾都拣掉后才放到锅上蒸。偏偏有一天突然心情不好，把米草草用水冲了冲，也没有拣砂就倒进锅里，锅中米汤沸腾着，还给锅里又加上了一撮土。开饭的时候装出一副什么都不知道的样子把饭分给大家，眼看着饭锅见了底。

时间过了不久，一大堆伤兵愤怒地拥进了伙房。有的拄着拐杖，有的脖子上吊着绷带耷拉着胳膊，他们向司务长嚷嚷：“你自己尝尝这饭！”司务长镇定地想问个究竟，但他们情绪激动，话也越骂越脏。没有办法，司务长只好吃了一口饭：“这不好着呢吗？”他边咀嚼边诧异的反问众人。众人喊着：“你再吃、接着吃。”司务长于是又吃了一口，嘎巴一声他吃到了沙砾。他才发现米饭中有很多沙砾。于是认同了伤兵们的意见，并向他们道歉。但伤兵们并不肯就此罢休。他们认定不是米不好，而是蒸米饭的人使了坏。司务长费了很大的劲才使大家的情绪稳定下来。然后命令我们炊事员重新备饭。这次我们把石子沙砾挑拣得干干净净。伤员们盯在那里一直到新的米饭蒸熟，他们端着喷香的米饭高兴地回了各自的房间。这次没有人返回来发牢骚，一名患者还代表其他伤兵来表扬了一句：“这次的饭好得很。”

当患者代表返回后，我被司务长叫到房间接受批评。他严肃地问道：“以前从来没有发生过这种事情，你给我个解释。”我直率地回答道：“本来说好了让我们回国的，但你们一直没有信守诺言，我就是要弄点事情出来让医院发愁，这样的话，医院可能把我解雇，这是一种抵抗。”司务长看着房顶笑了起来。他说：“通过这种手段不可能实现你们的要求，你们现在不能回归日本，是因为客观形势发生了变化，等形势好转后，一定会送你们回国。刚才那些伤兵们的情形你也看到了，那些刚从前线下来的伤兵带着杀气，出了事该怎么办？弄不好不但回不了日本，还可能被当成反动分子执行死刑。”临了他警告我：“以后不要再发生类似的事情。”

虽然是轻率地反抗，但情绪上平和了许多。事后仔细想想，自己不但给司务长招来了很大的麻烦，更重要的是把珍贵的大米浪费掉了。那时才意识到了事件的严重性。在以后的日子里，再也没有发生过那样的事。同司务长共事的日子非常短暂，当医院从大栗子沟向长白山撤退的时候，他又奉命去了前线。

司务长离去后，当我再度反思往事时意识到，其实他是一位非常有能力，非常了不起的干部。当时事件发生的原因在我，但当众他却对我的错误只字不提，一味地说自己不对，并向伤病员道歉，保护了我，同时事后对我也不是厉声责骂批评而是谆谆教导，引导我去努力工作。这种治病救人的做法，说明他忠实地贯彻了解放军的路线政策。后来，在无意识中我变得努力工作，职务也渐渐发生了变化，从炊事员到司务长代理到院部出纳又到文化教员。在部队的立功运动中，开始崭露头角，每年都受到表彰。1947 年成为模范工作者，第二年立了一小功，第三年又立了一小功，1950 年被推举为大功候补，当时的竞争对手是一位曾经参加过两万五千里长征的老马夫。虽然同大功失之交臂，但军人大会表决的时候，我们难分高下的场景令我至今记忆犹新。

日本人的这种变化不仅仅是我一人，同时包括从事护理员和护士工作的女孩子们。病人伤口疼痛的时候，她们会彻夜看护，手术血液不足的时候，自愿将血输给患者。当时的中国人普遍没有输血观念，因年轻看护女性的输血而得救的中国士兵有相当多数量。很难说清是什么促使她们那样做，她们怀着超越父母兄弟亲情的工作热情，投入到看护的工作中。至今我仍记得一件发生在护士身上的事情。夜间查床的时候，忽然一名重病号非常痛苦，仔细观察后才发现原来他的喉咙被痰塞住了，自己吐不出来。据说一位护士将自己的嘴对在患者的嘴上为他吸出了痰。如果当时发现晚一点的话，也许这名患者就没命了，但如果不对患者实施正确救治的话，结果还是一样的。

正因为遇到了这样的好护士，患者才被从生命的危机中解救出来。那些年轻女性的献身行为，是不计任何报酬的、超越民族国界的。她们的爱心像春天山野中盛开的无名野花，默默散布在广袤无垠的大地上。

10 月的大栗子沟早晚温度很低，已经有了冬天的感觉。风吹在身上寒冷无比。千疮百孔的起居室刮着飕飕的过堂风，只铺着一层薄被褥睡在没有榻榻米的木地板上，更增加了寒意。从板缝中吹上来的寒风让人难以入眠。对于体弱多病的人来说，那是一个痛苦的冬天。浅井和本田患有严重痔疮，每次他们去厕所以后，便器里总是流满鲜血。有时他们甚至处于贫血状态。随后上厕所的人总是为他们流血之多吃惊，有人担心地问他们："没事儿吧，要不要紧？"所幸他们的情况比人们想象得要好些。因为还有更令人担心的事情，那就是难以拭去的对前途的不安。

可能因为营养不良，我的肛门上也肿起了一块硬包。开始的时候还挺小，渐渐地开始变大，并且像西红柿一样肿得通红。无论站着还是躺着，都非常难受。同屋的人帮忙挤了几次，但只挤出了表面的脓，而根部的溃脓不能根除。如果放任不管的话，有时正在工作的时候脓包自己裂开，脓水染得满裤裆都是。在那个部位长东西让人实在害羞，但又实在折腾得没有办法，最后不得不去看医生。

治疗室是以前日本人的旧宅舍改造成的，里面几乎没有任何医疗设备。进到里面之后，坐下来按顺序等待。

等待的时间太长了，臀部的皮肤开始绷紧，伤口被挣破了，红色的脓水喷了出来，染脏了裤子。于是慌忙喊医生，有位叫泽田的医生走过来，让我趴在床上，脱下裤子。我遵命做了，泽田医生用力挤压患处，看来是想把脓全部挤出来。但他用力非常大，以致令人疼痛难忍。泽田医生似乎也意识到了这一点，于是安慰说："一定要忍着，如果不一次把痔核挤出来的话，过后还会再长出来。"说完后还是接着继续用力挤脓。挤着挤着只听噗的一声，被称作痔核的东西蹦了出来，红肿的患处像泻了气的气球似的，立刻瘪了下来。医生说："这下没事儿了。"然后又给我敷上了药。也许是因为当时的痔核太大了，至今我的臀部仍留着伤疤。每当看到那块伤疤，就能回忆起当日在大栗子沟曾经为我疗伤的泽田先生、矢野先生。

还有一个不能忘记的人是田口。第一次见到他是在湾口屯，后来我们又一起经历了难民生活以及通化事件。他曾经身陷爱河，爱人是一位自湾口屯以来一直同他在一起的、原籍熊本县的美丽姑娘。他们曾经相约要在二道江结婚。那个姑娘留在了二道江，而田口却作为协力队员被安排在大栗子沟。二道江和大栗子沟之间有数十公里的距离。连接两地的只有两条废弃的铁路和一条路况险恶的翻山小路。两地之间的距离虽然不是远不可及，但因为不通铁路让人感到非常遥远。

期待已久的日本人遣返工作开始后，日本人从通化二道江出发，经由葫芦岛回国。她的亲人朋友纷纷满怀希望精神焕发地踏上了归途。她曾一次又一次地送别亲朋。那个时候，能够早一天早一分钟归国是所有日本人共同的愿望。然而她的愿望被感情所取代，内心燃烧着对田口的深爱，留下来等待着有一天能和田口携手踏上祖国的土地。令人遗憾的是一直等到最后一班列车即将出发的那一刻，依然没有见到爱人田口的身影。

在悲痛中她留下了一封信，无奈地登上最后一班列车，离开了二道江。那封信中这样写道："等你等到最后一刻，依然没有见到你的身影。没办法我走了，请原谅我。"她离开同恋人一起生活的充满回忆又充满悲伤的小城，回到了故国日本。得知这个消息后，田口的情绪变得萎靡不振。战败使他感受到了身体和内心同时失去自由的滋味。在异国的土地上上演了这一幕令人撕心裂肺的民族悲剧。

那个时候，身体肥大的田口被称作"大胖子"，而懂得中国话的我被称作"翻译"，这是中国人给我们起的外号，我们俩在队中都很有人缘。

我们真正接触到伤病员是在大栗子沟。那所医院作为最初的后方医院，发挥了它应有的功能。尽管如此，患者的人数之多仍然超出了医院的承受能力。为此，有很多前方送来的伤病员因为得不到应有的治疗而相继离开人世。

这些牺牲者被杂役班的日本人装进宽大的木棺，抬到被绿树点缀的山边，进行掩埋，山边多了很多新坟，杂役班的人还要巡视那里，考虑下一个坟墓在哪儿选址。面对这种现状，让人感到时局凄凉。药品和器材的缺乏，使医护人员承受着来自技术和精神双方面的煎熬。

在大栗子沟的工作比想象的还要短暂，因为我们立即又撤退了。这次是向长白山方向撤退。随着寒冬的逐渐临近，向长白山深处撤退，即使对我们这些男性来说都是非常严峻的考验。更何况那些女性，苦难程度可想而知，险恶环境笼罩着她们弱小的身躯。

出发的时候，考虑到年长的医生和一部分护士的身体情况，让他们乘雪橇转移。但大部分成员将铺盖和医药用品堆在雪橇上，用身体拉着或拖着雪橇，开始了漫长的旅途。从大栗子沟出发数小时后来到临江，休息不久后又再次开拔，这时候，天空中国民党的军用飞机不断盘旋，似乎在侦察我们的行踪。离开临江，穿过山间狭窄的谷道，即将到达烟筒沟的时候，一座岩石出现在眼前，挡住了我们的去路。前一天下起的大雪使原野山峦成了银色的世界。眼前的这座山也是一片白色。银白的山上露着点点黑斑，那是树下和岩石凹处没有被雪覆盖的泥土和岩石。

这座山过去被称作南岗，是长白山火山喷发时岩浆凝固生成的岩石山。山顶非常平坦，在天气晴好的日子里，登上山顶能够眺望到远处海拔 2744 米、覆盖着积雪的长白山。日本战败之前，山顶上还有人家居住，并且有数家店铺。当我还是技校生的时候 ，学校经常有低年级学生被指派到山顶的店铺买烧饼，其实是一种用玉米面烙成的大饼。说是让上午赶回来，常常过了中午还不见人影，可见这座山即使是年轻小伙子，攀登起来也不轻松。

登上山巅之后，顺着同长白山相反的方向望去，朝鲜的景色尽收眼底，那边亦是一番绝景。平坦的岩石向远方延伸，在岩石山的断口处一股湛蓝的清流向安东方向奔涌而去，那是俊美如画的鸭绿江。在这片岩石山下，掩盖着储量无尽的煤层，煤层也长长地延伸着，一直延伸到长白山的脚下。

南岗的相对高度大约有 500 米，或许还要更高一点。有一条长蛇似的盘山道路一直通到了山顶。我们必须把沉重的雪橇一直拖到山顶。在我们到达之前，似乎已经有人上了山，道路两侧残留着雪橇的痕迹。仅仅看一眼山顶，就足以令人愁眉难展了，但我们必须得登上这座山。大家数人一组分在雪橇的前后，有人拉有人推，嘿哟嘿哟地喊着号子，流着汗水向山顶前进。

由于我们用力踩地，积雪嘎吱嘎吱地发出了声音，像哭声一样哀伤。经过了很长时间，利用喘息的机会回头看看后续部队，他们也已经到了我们的下方。按距离来说，我们已经走了相当长的一段路，但如果算起高度来，我们仅仅登高了几十米。看来还差得远，我们只好再次打起精神向山顶移动。拉着雪橇登山，需要付出超常体力，因此，尽管当时的气温已经是零下 20 摄氏度，身上仍是热腾腾的，并且渐渐口干舌燥。但这里不可能有水，于是或是把头埋在雪中，或是嚼口雪解渴，费尽千辛万苦之后终于到达了山顶。这里的山顶已经看不到美丽景色了，四周是一片昏暗的高原。一些废墟散布在山顶各处，丝毫嗅不到人烟的气息。要是有人家，即使是一户人家也好呀，至少可以让我歇歇脚，喝杯热茶暖暖身子，但仅仅这么一个小小的要求也得不到满足。

靠在雪橇上向来时山下望去，山下人家的点点灯火映入眼帘。在我们即将下山的方向，很远的地方，也能看到忽隐忽现的油灯光在闪烁。一想到必须走到明天才能有休息的地方，身体顿时失去了走路的力气。腰已经快要累折了。这时候，不知谁喊了声“出发了。”那声音听起来是那么无情。尽管如此，我们也不能一直待在山顶不走，于是大家又打起精神向山下出发。记得下山的时候，大家一起唱起了歌：“橇铃寂寞的响动，覆雪的荒野，小镇的灯光，翻越了这座山，看到他国的星星冰冻在国境上空。”这是一首歌名叫《边塞小城》的流行歌曲。歌词非常浪漫。白色的雪道在星光照耀下向远方延伸而去，看上去非常美丽。为了不让雪橇滑走，大家合起力来踏稳脚步顺着坡路向山下走去。有好几处地方一不留神也许会掉入深不见底的山谷，因此大家走起路来都格外小心。休息时还在啼哭的女兵们已经擦干了泪水，口中哈出的白气在发梢上结成了白霜，文弱女子变得坚强起来。暴风造坚木，严酷的自然环境使这些姑娘们受到了磨炼，使她们日渐坚强，南岗的雪道成了她们人生新的起点。

在昏暗的夜道上经历了长时间的流汗、干渴、饥饿折磨后，终于到达了一个小村落，一个极度贫穷的小村落。散布在雪道两侧的民屋，其破败程度令人吃惊。很多房屋已经废弃了，似乎没有几个人住在这里。我们必须在这里驻扎一晚。因为接着走的话，就是走到天亮，我们也走不到下一个村子。进村之后，先遣队的士兵前来迎接我们，并且进行了房屋分配。优先考虑医生和护士，最后是我们这些从事杂役和炊事的男性。分配给我们的房屋是连老百姓都不住的已经废弃了的大房间。

尽管如此，这个有房顶的建筑物对我们来说已经不错了。那天晚上，大家在大屋子中央生起篝火，和衣倒地睡在火堆周围，度过了难熬的一夜。熊熊燃烧的木柴叭叭作响，不断有火星迸向四周，夜里有几次被其惊醒急急弹去身上的火星。但也有人因为昏睡而连衣服被烧得冒烟了都浑然不知。睡眠的时间是短暂的，紧接而来的是一个清爽的早晨。前一天的疲劳得到了些许缓解，精神也好了许多。抬头向前夜翻越的南岗山巅望去，大家不由得交头接耳啧啧感叹。这时在宿舍前的道路上，护士们在药房采购铃木的带领下，正做着体操活动身体。看来所有人都安全无事，这比什么都重要。

在老百姓家里，我们吃了这天的早饭。这是行军以来吃上的第一顿热饭。大饼子、咸菜还有热汤，尽管内容和平常没有变化，但吃起来格外香甜。用过早饭后又出发了。我们的旅途是没有目的地的旅途。不安之情难以掩饰。所幸听士兵说以后再也没有南岗这样的山要翻了，大家感到谢天谢地。拉起雪橇，我们继续向纵深撤退。进入山地后，道路上的积雪显得格外美丽，周围的景致像是妆束整洁的女人，看不到丝毫凌乱。在这条银色的道路上，我们拽着雪橇，踢着雪向前行进。这里留下了我们充满汗水和泪水的足迹。把青春的烦恼一并丢弃在这里，向着未知的地方走去。

随着我们进入深山，饮水开始不便，干粮也渐渐不足起来。苦难的生活似乎一步步向我们靠近。我们终于到达了一个位于相对来说比较宽广的河边的村子。这里有很多人家，看来是个较有生气的农村小镇。在这里我们休整了五天。我们这些闲不住的年轻人吃过晚饭以后，跑到冰冻的河面上去玩棒球。球是用枯草绑成的，断树枝成了球棒的代用品，于是我们开始了冰上棒球。所有人都到这个冰雪操场参加比赛。问题是即使打到了球，冰太滑了也不好跑垒。但一滑就能滑出 5~10 米远，这样也行。于是击球手击打到球后，一个助跑紧接着就向一垒滑去，逗得大家哈哈大笑。对我们来说，那次冰上棒球赛是第一次，也是最后一次。

当我们忘情地游戏着棒球的时候，年轻女队员们爬上小山，她们在大声呼喊着什么。因为距离太远了，听不清内容，从山谷的回声中只听到她们在喊“妈妈”。记得她们当中有广田、小美、小百、小黑、渡边、前田等很多人。她们在经过漫长旅途和贫困生活的煎熬后，已经疲惫不堪，同时也对没有希望的将来充满着不安，在这种时候，她们想起了自己的父母兄弟，她们在对着祖国日本的上空，也许是对着生养自己的奉天、本溪的上空，呼喊着母亲。喊声因流泪而颤抖不已。喊声过后她们似乎在哭泣，后来擦干泪水后又接着呼喊，声音时大时小，最后成了长长的悲声并渐渐消去，直至没有了声息。

她们下山后又回到了大屋里。尽管她们流泪、叫喊、呼唤亲人并不能帮助她们实现埋藏在内心的愿望，但却可以暂时减轻她们内心的痛苦，成为她们精神的支柱。这种解脱的方法使我们看到了她们坚强的一面，同时也刺激了我们男性。归国后，我们在两年一次的“长白会”（战友会）上聚首，那些当日在山顶哭泣的小姑娘们现在都当了母亲或是祖母。每当我们彻夜追忆30年前往事的时候，不由得泪水横溢，感叹一起度过的充满辛苦的青春时代。再深谈一步，又会回忆起成为他乡永远不归人的松田等一些友人。永远长眠在那片大山、峡谷、丘陵的友人们，他们今天在哪里呢？希望长白山的月亮能告诉我们。一个个日渐苍老的面庞同他们的青春时代总在我脑海中交错出现，怀念随着年轮的增长越刻越深。

在经过五天的休整之后，我们再次开始向内地出发。这次的旅途，应该说撤退，是没有终点的撤退。但解放军的干部们却充满信心地不断向我们打气。他们说战争一定会取得胜利。战争结束后我们就可以离开中国回日本去。并要求我们要努力贡献力量。但是，日本人当中没有人相信战争会以解放军的胜利结束。事实上正是因为吃了败仗才有了现在的撤退。解放军没有一件像样的武器，用的大都是日本军遗留下来的旧装备。同解放军相比较，国民党拥有飞机、坦克、榴弹炮等先进的现代化装备。我们不相信解放军能胜利还有其他的理由，在撤退途中一直和我们一起行动的班长，忽然不见了踪影，这不得不让我们怀疑他是开小差了。但作为我们，同解放军同生存共进退是我们的宿命。怀着复杂的心情，穿越了一个又一个村落，我们不断移动着。不知过了多少天，当我们最终到达了最初的目的地六道沟的时候，已经是晚上 8 点以后，天已经黑透了。

河边散落着许多人家，这是一个细长型的小街，顺着山边一条道路一直通往长白山。这里的山水人家，使人联想起日本的田舍风光。已经是晚上 10 点左右了，三三两两的人家依然透着油灯的光亮。当接近街口的时候，街边的民房中忽然传来了熟悉的日语声。这简直令人难以置信，但仔细听来，里面的人说的正是日语。我们暗暗惊讶，难道已经有别的日本工作队员先期到达了这里。后来才了解到，这支部队的队员大部分来自南芬、安东附近，他们从其他方向赶到了六道沟。

他们同样也是因为受到国民党军的攻击才撤退到这里来的。部队也一样是第 29 后方医院，我们是三所，他们是二所。我们驻扎在距离小街出口较近的地方。院部设在小街的中心部，是医院的中枢部门，干部们大多集中在那里。桥本、胜野、高科、坂入、河野等几个日本人作为炊事员在那里工作。

来六道沟的日本人着实不少，在这个中国人的小街上日本人随处可见，不管怎么说，这样一来，我们的底气似乎足了一些。小街上每周赶一次集。地点就在街心建有砖土结构瞭望楼的广场上。每当逢集的日子，各式各样的生活用品和小吃摊子把广场和街道挤得满满当当，热闹非凡。我们要买东西的话肯定是买香烟，对其他商品一概不闻不问。尽管如此，大家为了看热闹还是喜欢在集市上逛。日本人习惯扎堆活动，因此，在集上经常能看到一堆一堆的日本人夹杂在中国人当中买东西，见得多了，有时真会产生回到日本的错觉。

从大栗子沟到六道沟的行军路上，有一件事令我难以忘怀。那是有关增田君的故事。据增田说，我们在日本战败之前就认识了，但我的记忆一直比较模糊。按增田的说法，在湾口屯工作的时候，他曾经数次和我打过照面。我们的工作单位虽然不同，但上班的路上偶尔会擦肩而过。他曾经这样描述对我的印象。尽管互相之间没有打过招呼或交谈过，但经常能够看到三个年轻人总是一起走在路上，其中的一个人就是我。我当时完全没有意识到增田的存在。第一次意想不到地听到增田说这些话，是在大栗子沟的一个寒冷刺骨的夜晚。

增田带着他 4 岁大的孩子小良，在大栗子沟参加了协力队。他的夫人在日本战败的那一年抛下他和可爱的小良离开了人世。一个男人拉扯着幼小的孩子同我们一起在炊事班劳作，非常不容易。每当结束一天的工作之后，增田总是用饮酒来麻醉疲惫不堪的心。还不知道体谅父亲苦恼的小良每当看到父亲饮酒，总是一副厌恶的表情。

入冬以后，我们的房间难以想象的寒冷。寒风从没有玻璃的窗户中飕飕地往里灌。房间里没有任何取暖设施，木板上铺着一床薄铺盖，冷得让人难以入眠。对小孩来说更有其他影响。因为经不住寒冷，小良每天晚上都会尿床。一到早晨被子上总能看到新画的“世界地图”。小良委屈抽泣的声音，让房间里的每个人都心痛，在小良的哭声中默默晾晒湿被褥的增田的背影看起来无精打采。那是一个失去妻子的男人的可怜背影。我们的心也像针刺一样难过。

这对可怜的父子像在战败后的荒波中摇曳不定的枯树叶。他们的命运正反映了被遗忘在他国的日本人可悲的一面。

和我们在同一房间中生活的，还有一位一喝酒就疯狂跳朝鲜舞蹈的大叔，以及被痔疮折磨得终日哭啼的浅井。患痔疮的浅井战败前曾经是名士兵。每当醉酒以后，他总是嘴里唱着“早春的前线，初开的梅花”。还有农民出身的押久保，此人平常为人老实优雅，但喝了酒就会变成另一个人。

他喝酒以后，常声称如果八路军不让他回日本的话，他就要把八路军的米全部吃光，还要把发的钱全部攒起来不花，而使八路军经济崩溃。于是他每次都吃很多饭，并且把发的钱一分都不浪费，全部存了起来。为此其他的日本人对他议论纷纷。

还有一位叫门屋的人，他无论痛苦的时候还是悲伤的时候，都没有一句怨言，总是以做诗和俳句来解忧。他随身总是携带一本已经破旧发黄的芥川龙之介的书，那是他心灵的朋友。蓄着胡须的斋藤抱着吉他，常常坐在院子里弹一首名为《影子》的曲子。在结束一天的工作之后，大家经常在一起谈论有关故乡和各自将来的话题。越谈越是心痛，越谈越是想哭，常常一聊就聊到天明。

出发的命令又来了。对我们这些单身汉来说，无论到哪儿都无所谓，大家总归是听天由命。但对增田来说就不同了。部队会向哪里行军，撤退到哪才算完事，对于这种前途不明的出发命令，他感到万分不安。考虑到带着不满 4 岁的小良在冰天雪地里没完没了地退却不太可能，他向我们透露了想杀死可爱的小良再随队出发的想法。

这下事态严重了。小良的哭哭啼啼和尿床的习惯，对增田说也许难以忍受。但对于同居一室的我们来说，小良的存在无异于暗暗长夜中的一座灯塔。坚决不能让他杀掉可爱的小良，于是，大家一起找增田谈话，询问他事情的原因。原因终于弄明白了，一是因为八路军的撤退不知到什么时候才能结束，二是因为带着小良一起出发的话，会给我们招来数不清的麻烦。问题主要是这两点。

关于第一点，谁都说不清楚，没有人知道战争什么时候能取得胜利。但对于第二点，我们告诉增田不用担心小良为我们添麻烦，我们齐心协力的话，困难一定会被克服。大家终于说服了增田，约定无论遇到怎样的困难，无论走到哪里，走多少年月，都要带着小良。增田也终于像从长长的噩梦中睁开眼睛一样，同意了我们的要求。

终于等来了出发的日子。出发之前，我们用门屋的被子把小良裹起来，为了不致冻伤，又在上面卷了一层毛毯，把大人的防寒帽扣在他的头上，然后把他紧紧的固定在了雪橇上。就这样，大家齐心协力，花了数日时间，拉着雪橇来到了六道沟。但到了六道沟后才发现，本来应该是紧紧拴在雪橇上的小良竟然不见了！只剩下了干干的雪橇，这让大家大吃一惊。

因为是半日夜里行军，小良什么时候掉了下来谁也说不清楚。不管怎样，现在只有迅速返回寻找小良，除此之外别无良策。所幸的是，在不远处的隧道中部发现了滚落的小良。可能是用被子和毛毯厚厚地裹了好几层，小良对自己滚落也不知不觉，正香甜地睡着觉。小良睡觉的表情既可爱又可怜，参加寻找的所有人员怀着复杂的心情端详小良的睡姿。之后，大家立刻将小良再次绑在雪橇上，充满喜悦地返回了宿舍。这里，时间已经是夜里 12 点以后了，但也许大家由于找回小良的喜悦冲淡了长途跋涉的疲劳，舒适地度过了抵达六道沟后的第一个夜晚。

增田父子在归国以后，利用他们掌握的技术，双双在水道局里供职。在数年前的一次聚会中，父子二人精神饱满地出现在会场，令旧友们欢喜万分。他们生活得非常幸福，那在六道沟是想都不敢想的。但岁月不饶人。在持续冷夏的 1980 年 8 月，增田抛下由他一手带大的孩子小良，结束了他 68 年的生命。在那苦难深重的战后岁月里，在广阔的中国，曾经从北方走到南方的当时年仅 4 岁的小良，如今已经年近 40 了。他已经长大成人。想到他那早逝的双亲，我内心期盼他能够长远生存下去。

在六道沟曾经参加寻找小良的人当中，还有一位同增田年纪相仿的人片山，可惜他没能看到小良长大成人后的样子，在湖南省沅陵，因为汽车事故，他早早结束了他35岁的生命，临终前不断地叫喊着：“我想回日本，我想见我妻子。”片山的坟墓至今仍然应该留在沅陵的小山丘上。记得在他的墓碑上用非常美丽的文字书写着“革命烈士”四个大字。

在解放战争的年代，增田、片山这两位社会经验丰富的前辈，对我们这些年轻人无论在日常生活方面，还是在一般常识方面，都给予了无微不至的关怀。每当遇到挫折的时候，他们总能给我们做通思想工作。日本战败后，大多数年过中年的日本人先于我们这些年轻人返回了祖国。像这两位那样年龄，成为协力队员并从事军队工作的人少之又少。他们是非常宝贵的人才。被命运捉弄，两个人分别长眠在了不同的土地上。现在只能默默地祈祷他们在天国的冥福。

错草顶子和二道北上

被称作错草顶子的小镇，是坐落在很久以前长白山火山爆发时熔岩形成的岩石山上的一个细长型的村子。在距此 1000 米左右的山下方，有数户农家静静分布在覆满白雪的广袤高草上，那里的名字叫二道北上。我们炊事一班被分配到那里。分宿是在 11 月中旬。原野被白雪所覆盖，厚厚的积雪已经让人分不清草木的容颜，走起路来也非常困难。我和门屋、上田、江尻、本田、三上、斋藤、室濑、田屋、押久保、河野、平林、片山、金子等人被分配住进了贫穷的老百姓家中。这一时期，因为没有患者，我们也没有什么工作可干，每天无非自己做饭吃，然后全体休息，过着一种非常轻松舒适的生活。

于是，我们没日没夜地坐在火炕上，或是练习卷烟卷，或是用打牌、下棋来消磨时间。也有人不喜欢这些游戏，干脆到外边去滑雪或是打雪仗。

但是，在这里我们也曾遇到过头疼的事。那就是这里完全没有水。早起之后只好用雪来擦脸，水珍贵。于是每天早晨起床后大家都集体出动，把大筐子架在雪橇上到远处去拉雪。然后在大锅下生起火，把雪倒进锅里融化。满满一大筐子雪化成水后也没有多少。没办法，只好再拉，再化。只有确保有水才能做饭，因此拉雪是我们的一大工作。

工作结束，饭也吃过以后，腿脚不灵便的中国班长教我们唱八路军的歌。大家要在寒冷的屋外围成圈练习。有时全员一边唱歌一边还要像裹脚老太太走路一样晃着腰跳舞，中国称其为秧歌。

在这里发生过一件大事。以前曾经做过车站站长、年纪也比较大的江尻，一天夜里突然胃疼，后来发展到咯血，痛苦地在房间来回打滚。大家都非常担心。但我们住在既没有医生也没有护士更没有任何应急药品的孤零零的高原。在油灯光亮的照射下，江尻脸色苍白，看起来痛苦万分。但我们却束手无策，只能眼巴巴的看护着他。

但是不能这样一直等下去。尽管是深更半夜，我们必须尽快同山下取得联系，或是请来医生，或是拿到急救药品。否则江尻也许会在疼痛中死去。商量的结果，由我和以前曾在开拓团学过一点医术的上田做联络员，去找医生。外边非常寒冷，积雪也很深，我们向着罕有人烟的谷道出发。医生们居住在距离我们很远的山下谷地。外边非常黑，只能借着积雪的微弱反光前行。

从我们的驻地往山下看去，同山下的驻地之间有相当大的落差，长长的崖道一直向山下延伸。因为路不熟，一路上跌跌撞撞，有时候屁股被树桩磕得生疼。费了很大的周折，我们才来到了医护人员的驻地。因为不清楚医生们到底居住在哪家屋里，我们只好一家挨一家地敲着老百姓的大门寻找。在一间屋中，我们找到了布施、武田两位医生和护士们。当我们把江尻的病情说明之后，他们没有人表示出打算出诊的意思。没办法，我们拿到药和注射器后，又急急忙忙地从来路返回。

途中不时传来狼叫的声音，着实让我们吃惊不小。在开始登山的时候，我们终于又看到了远处自己驻地的灯光。“终于回来了，江尻也有救了。”正当一颗心将要放下的时候，上田突然喊了声：“有狼！”本来万分着急，需要尽快赶回去，但现在前方突然出现了狼，没办法，两个人只好隐起身来观察狼的动静。时间一点一点地过去。但一直过了很长时间，狼在那里仍然一动不动。

我们也觉得非常奇怪，于是一点点向狼靠近，仔细一看，才发现原来是前方的土坡有一部分没有被雪盖住，在白雪的反射下，看起来像一只狼的形状。

原来是自己吓自己。两个人抚着胸口快步跑进了江尻的房间。进屋之后，上田立刻给江尻注射了刚刚取回的药品。不知是药生效了，还是在经过长时间的痛苦折磨之后江尻已经疲惫不堪了，总之，不久江尻就沉沉睡去。第二天早晨起床的时候，江尻的病痛已经消失得无影无踪。大家都为他高兴。

有了这样一个结局愉快的经历，山下的护士和我们之间渐渐开始了交往。每当有什么事情要和山下联系的时候，我们总是把书信也一同带去。因为是团体通信，内容也非常有趣。有一次我们的书信是这样写的："现在日本那边的情况是一卡车女人等一个男人，你们这种小样，才不会有人娶呢！"之后迅速就收到了她们的回信："癞蛤蟆想吃天鹅肉，就是跪在地上求，也没有人会嫁给你们。"就这样，山上和山下的书信交锋一直持续了好几个礼拜。当新年临近的时候，我们的驻地搬到了更高处的错草顶子。

在这里，医生、护士和炊事员的宿舍被安排得很近，在久违之后日本人又集中到了一起。护士中有二道、前田、百武、渡边、广田、小黑、大眼等很多人。在女孩子当中非常流行一种叫站住不许动的游戏，我也曾参加过两三次这种游戏。

无论什么时候，大家的谈话始终围绕着什么时候能回国这个中心展开。大家不断地猜测着，但遗憾的是始终没有得到正确答案。值得庆幸的是，错草顶子和二道北上不同，因为这里有水井。但每次都要冒着生命危险去汲水。水井位于镇中广场，直径两米多，井深七八米左右，周围没有护栏。提水的时候不免四下泼溅，溅出的水把井口四周冻得溜滑。一个不小心，很可能连人带桶落入井底。那是一个非常危险的地方。

尽管如此，一想到不需要再去化雪，而且有了充分的水能使用，我们都很庆幸。炊事班的人把它当作治疗用水，护工们把它当作洗涤用水。虽然取水带有危险，但始终没有发生什么事故，想来这应该是大家在井边齐心协力，应用智慧的结果。

在错草顶子的生活只持续了很短一段时间，但却给我留下了深刻的印象。从高原眺望美丽的长白山，能使我想起日本的富士山。一户户排列有序的民房被白雪覆盖，一条小路将各家的房屋连在一起，再加上挨家挨户查房的护士们出现在视野的时候，形成了一幅无比浪漫的图画。那景象一直萦绕在我的脑海里。

自从我参军以来，在这里第一次迎来了中国的新年。

按东北人的习惯，他们在新年的时候要扎花门、踩高跷。但这里的老百姓太少了，没办法踩高跷。所有的人被动员了起来，在村子的入口处完成了一个大花门，花门中间大大地书写着迎春二字，周围用纸花装点得五彩缤纷。这个花门是日本人和当地老百姓协力制作成功的。还有一项是吃饺子，遗憾地是我们没有搞到饺子馅的重要材料——猪肉，因此，饺子不怎么好吃。但作为猪肉的替代品，记得我们饱餐了一顿麅子肉。

在这里想提起一件稀罕事儿。新年将至的时候，田口班长、我以及另外一位中国班长上山去打野猪。正当三个人分散开来寻找猎物的时候，田口班长突然不见了踪迹。大声喊他也不见有回音。找来找去才发现他掉进了捕熊的陷阱之中。原来他掉下去之后，怎么爬都爬不出来。虽然放声喊我们，但陷阱太深了，我们也没有听见。所以找了很长时间才发现他。直到我和班长找来长树枝，才把田口班长从陷阱中拉了出来。如果当时没有发现他的话，他无论如何凭自己的力量是爬不上来的。幸运的是，那个陷阱中的装置非常粗糙。一般的陷阱，表面都会用树枝和雪装饰起来，陷阱中密密麻麻的插着竹签。熊落入陷阱的时候，由于它自身的重量，身体会被竹签扎透。这一天没有打到任何猎物，但由于田口班长没有受伤，我们仍然感到庆幸不已。

在二道北上的日子里，既没有电也没有水。错草顶子总算有水了，但却缺乏充足的蔬菜。每天过来过去都是马铃薯和胡萝卜。偶尔能吃上一顿自制的豆腐已经算是美味佳肴了。豆腐是我们“当牛做马”拉着石磨做出来的。高原的生活的确严峻，因此，当野菜从融雪中露出头角，早春到来的时候，我们高兴极了。

在枯燥无味的生活当中，也有令人爆笑的事情发生。一段时间，有个从前线下来的士兵和我们住到了一起。他个子很低，略带臃肿的脸上长着一对暗淡无神的眼睛。他的视力非常差，似乎只能看到眼前的东西。但他本人好像并不介意，也不影响同我们逗乐。这个士兵的眼睛很像石斑鱼眼，所以我们给他起了个“石斑鱼”的外号。

在结束一天的工作之后，为了打发时间，我们总是向石斑鱼打听关于战斗和战场的事情。每当这个时候，石斑鱼总是洋洋得意地打开话匣。内容特别有意思。由于民族的不同，形容事物时的表情和发声就产生了差异。当说到敌机出现的时候，日本人发出“噗——”的声音，而他发出“嗯——”的声音，学机关枪响的时候发出“库库库，咔咔咔”的声音，我们没有听惯那种声音，于是被逗得哈哈大笑。并且在学看见敌机后躲避的样子时，为了逼真，他竟从炕上跑到屋子当中演示，非常有意思。每当他给我们学一边打着机关枪一边俘虏敌人，或是投掷手弹爆炸的景象时，总是露出一脸得意之色。

同他聊天的时候，漫漫长夜让人觉得短暂起来。仿佛忘记了不幸的现实，忘记了自己身处何方。与他共处一室的时间非常短暂，以致现在想不起来他是什么时候又出发去了前线。像风一样吹来，又像鸟儿一样无声地飞去。给我们留下的是在那艰苦的岁月里，尽管有着不自由的双眼，却给我们带来欢笑的乐天派的性格。日本人都把他叫“石斑鱼”，大家不知不觉忘记了对他即将失明的同情，他那双眼睛是因为生病还是因为战争负伤，谁也没有问过。

当 4 月来临的时候，严酷的高原生活结束了。天气开始转暖，柳树的白色嫩芽在风中摇摆。我们一直以来灰暗的心情也渐渐地明朗了起来。

山野菜和六道沟

当春天到来的时候，国共内战也渐渐向着对东北民主联军有利的方向发展。一直以来被国民党占领的通化受到了共产党军队的反击，国民党开始撤退，通化又再次得到解放。东北民主联军的战略由防御阶段向进攻阶段转移的消息，也传到了我们身边。我们的部队在山中度过了一个冬天之后，又再次回到了鸭绿江边的六道沟。撤退的时候正值严冬，反击的时候已是春天。国内战争紧随着季节变化的步调变化。东北地区的春天非常美丽。植物随着春天到来发出嫩芽。柳树的枝头结出了白色棉花状的树芽，地面的花草从冰缝中露出了水汪汪的绿叶。当山雪融化，水唱着歌注入溪流的时候，大山被装点得五颜六色。

在东北，春天十分短暂，让人立刻就有了夏天的感觉。春天和夏天的花草同时发芽，同时开花，山川田舍被扮的多姿多彩。在六道沟的后山上，当柳絮落地，嫩叶吐青的时候，娇嫩的白梨花也已开满山野，绿草衬着白花分外美丽。再加上红色的杏花，后山上更加多姿，更加充满活力。在六道沟，我们没有被安排具体任务，每天无非是闲逛和休息。时间有了太多的空余，大家于是一起登山采摘荠菜、野葱、马齿苋等野菜。荠菜炒着吃，马齿苋用水焯过之后做成凉菜，野葱渍上盐做成咸菜。不知是因为内心有了愉悦，还是因为春天使人心情舒畅，这些久违的山野菜的美味勾起了我们对故乡的回忆。还有一次，为了补充大家的营养，不知是谁捉来了一条大蛇，让众人做成炭火烧（日本做法）吃掉了。

那段时期，小繁、光吉、二道等一些年轻女护士经常结伴到炊事班来玩耍，她们和班里的人员谈上朋友。这样一来，负责炊事的赵上士吃醋了。在六道沟驻扎期间，他经常向其他炊事员发牢骚。虽然在六道沟停留的日子非常短暂，但却留下了无尽的回忆。这些回忆又不断出现在我的眼前。其中，二道和天井洋子的事情始终留在我的心里。她们两人当时都是年龄不满 18 岁的年轻女护士。在日本工作人员当中，她们是最早开始关心政治，取得思想进步的。当时，大多数日本人并没有明确表示要参加解放军，他们只是采取了一种协力的形式。这种形式是被动的，不具备主观积极性。但她们两人却很早就积极地表明了自己的意志，正式成为了解放军的一员，她们决心为中国的解放事业而献身。

在中国抗日战争的年代，曾经有一位叫白求恩的加拿大医生，他为治疗八路军的伤病员做出了卓越贡献，为中国人民奉献了他的一生，并最终牺牲在了中国大地，是一位非常伟大的医生。他的功绩至今仍然被中国人民牢记在心中。同时，白求恩精神也成了所有从事医疗工作人员的行动指南。为伤病员服务的思想也深深影响了当时的日本工作人员。无论有意识还是无意识，我们必须肯定她们那种率先继承这种精神，打算为中国人民的士兵奉献自己年轻青春和生命的决心和勇气。在那样一个困难时期，同时也是战争的发展方向完全不能预见的时期，她们那种勇敢而美丽的博爱精神，理应成为全体人员的榜样。但事与愿违，几乎所有的日本人对她们的行为持反对态度。为此，大家和她们两人之间渐渐产生了隔阂，而且缝隙越来越大。她们逐渐处于孤立状态，同意见相左的众多护士朝夕相处，更使她们的思想负担不断加重。

终于有一天，她们服下大量的升汞水决心自杀。幸好被其他护士及早发现，立刻进行洗胃，她们的生命才被挽回。当大家得到消息，迅速前往看望的时候，她们的意识还处于恍惚状态，两人都静静地躺在床上。天井洋子本来就苍白的脸上更透着青黑，好像死神仍不愿立刻离去。二道原本又大又圆的眼睛失去了往日的光彩，脸颊也塌陷了下来，她的精神已疲惫到了极限。通过医生和护士们不眠不休的努力和治疗，她们的生命又被从死亡的深渊边上挽救了回来。此次事件之后，日本人之间进行了深刻地反省，大家总结教训，变得团结起来。

归国后在大阪的一次聚会上，曾经见到充满朝气的二道，她用灿烂的笑容回答了我的疑问，在她的身影里，当日的苦恼没有留下任何痕迹。令人惋惜的是，天井洋子后来在临江去世，当地的老百姓把她的遗骨安葬在了临江烈士陵园。

由于长期旅途的劳累和营养失调，好几位日本护士和护工牺牲在了六道沟，他们的墓地在寂寞的山脚下。至今仍能清楚地记得同他们的遗体告别时的场景。

白雪覆盖的边境小镇六道沟记录了太多的辛酸往事。一年前我们曾经来过这里。回忆往事，更加剧了内心的悲伤。当时，拉着雪橇走在漫长遥远的夜道上，防寒帽上结的冰把脸都糊白了，一路上既没有吃的，也没有喝的。有一次，好不容易到达老百姓的空屋之中，口渴之急，看见水桶连忙用手掬起水喝了，后来才知道那是装猪食的泔水桶。八路军撤退的时候十分狼狈。可无论如何都必须不断撤退，即使目的地没有人烟，没有水，也没有办法得到干粮。八路军的撤退并非盲目、漫无目的。先头部队的队员负责把前方村子的政治情况以及农民思想状况事先进行调查，并为后续部队安排好宿营地。部队前方和后方的联络在频繁地进行。

在先头部队之前，更有化装成农民模样的便衣进入村子，详细调查国民党特务以及农民的合作状态。他们把调查内容通知先头部队，再由先头部队通知我们后方部队。至今仍然记得当时有些中国士兵在消失数天之后突然出现在眼前，还有一些从来没有见过的化装成农民的干部同我们一起吃早饭。正是因为做了这些，我们才能安全地不断向后方撤退。但是，尽管撤退有着绵密安全的计划，出于对革命前途的不安，仍然不时有士兵逃跑到国民党军的阵营。甚至出现过一夜之间近 50 名朝鲜护士失踪的事情。我也是在这一时期深刻体会到了革命事业的困难之多，牺牲之巨。所幸的是，当时没有出现日本人逃亡的事件。也许是因为逃亡的环境不够成熟，也许是因为他们抵抗住了地主和国民党官僚们的诱惑，总之他们做出了正确判断，决定和贫弱的八路军一起行动。

大陆的春天来得晚又去得早。正因如此，当野花开放的时候已经有了初夏的感觉。当春去夏来的时候，我们又离开六道沟向临江出发。六道沟和临江的最大差别在于临江有电，有汽车在街上跑。交通工具发达，人口也随之增多，临江宛然是山中的都会。回想往事，一年前，我们是凭着两条腿走路过来的。但一年后的今天，我们却可以顺着鸭绿江乘船前往临江。

来时翻山越岭花费了众多时日，而返回的时候轻舟一叶，不但时间缩短，也不再暑热难耐，再加上少了被敌机袭击的危险，内心感到无比惬意。只有一件事一直困扰着我。距离出发还有10天左右的时候，我突然患了严重的腹泻，每天都要去十来回厕所。当时手头根本没有治疗腹泻的药物。把灶房的锅底黑铲下拿回宿舍，用钉锤砸成粉末状，然后每天分三次服下，可没有任何效用。虽然腹泻，但工作还得去干。一工作肚子饿得就快，就想吃东西。本来，治疗腹泻最好的办法是断食。但这样一来，身体又不允许。于是就将就着吃玉米大饼。玉米饼不好消化，后来搞得腹泻越来越严重。一直很多天都坚持着喝锅底黑，直到把胃肠都喝黑了，腹泻依然没有停止。当时我们的部队里有一位叫泽田的女医生，年龄在30上下。她曾经在旧日本的军队里担任过护士长的职务，非常和蔼可亲。泽田医生在给我诊断后，开了一些药，但那种药也没有起到预期的效果。医生告诉我，我的腹泻已经慢性化，估计要治好得花很长时间。但时间不等人，一天上十几回厕所的话，坐船去临江首先就是问题。因为不可能让船不断地靠岸以满足我需要去厕所的要求。最后采取的办法是尽量不吃东西，另外，实在憋不住的时候，就到船尾去解决。就这样，在腹泻的困扰下，一遍一遍地走向船尾，直到临江。

对我和众多的日本人来说，六道沟的喜怒哀乐在漫长的人生旅途中留下了难忘的一页。

边境小城临江

临江是位于通化通往大栗子沟铁道沿线之间的一座小城。这里既有车站，也有火车在此停靠。滔滔流过的鸭绿江对岸，是朝鲜民主主义人民共和国。在日本帝国主义还未被推翻的时代，由于那里是日本的殖民地，日本人可以自由出入朝鲜国境。但中国人如果要出入国境的话，就会在海关受到严格的盘查。尽管在当时的临江几乎没有普通日本人居住，但江对面朝鲜境内的中江镇，却有一座由日本人经营的旅馆，名字叫古田旅馆。旅馆被一片静谧的绿树包围着，每当夜色降临，旅馆的灯光倒映摇曳在江面，散发着浓厚的异国情调。白天视线好的时候，甚至可以从临江眺望到对岸身着朝鲜服装的少女、在江边劳作的年轻人以及蹒跚而行的老人。

日本战败之前，从本土邮寄来的邮件总是先送到中江镇，我们也时常要到那里去取邮件。在战时，即使在日本本土定做工作服，也时常难以收到货，于是通常我们的工作服是军队剩余下来的军服。无论服装、鞋子还是皮带都是军品。供货商是一位同四国（日本濑沪内海岛名）善通寺第11师有关系的商人。货总是先送到同海关没有关系的中江镇古田旅馆，再由旅馆通知我们去取货。临江和中江镇之间虽然有海关，但对日本人没有严格的盘查。尽管如此，我们还是把皮靴、皮带等一些皮制品都穿戴在身上，手里提着衣服过关。对于我们在矿山工作的人来说，那些军品是珍贵的不可多得的物资。

夏天我们乘船渡江，再从渡口坐铁道马车去中江镇，到了冬天，鸭绿江面全都结了冰，步行也能到达对岸。冬天不但是人，就连马车汽车也能在江面上通行，江面成了一条巨大的运输道路。在夏天的时候，两国被江水隔断不能自由往来，但到了冬天，陆地被连接在了一起，人们可以逃过监视自由往来。每当到了这个季节，做生意的人也自然多了起来。甚至有时老虎也从朝鲜山里跑出来到江对岸偷吃中国人悉心圈养的猪羊等家畜。3月初的时候，江面取冰的作业开始了，凿冰的笃笃之声在朝鲜的群山中回响，这是春天将至的声音，在临江可以感受到季节的变化。令我们高兴无比的是，我们可以集体到街上的公共浴池去洗个痛快澡。

自从参加八路军的协力队以来，已经过了两年时间。这两年来，几乎忘了在热水中泡澡的滋味。按照上级指示，一方面对我们表示慰劳，一方面也考虑到卫生问题，我们被安排全员去洗澡。对我们来说，没有比洗澡更能令人兴奋的事情了。身子浸在热水中慢慢地下沉的感觉惬意无比，搓下两年来积累下来的满身污垢后，又再次浸泡到热水之中。然后坐进烧着热炕的房间，喝一杯浓茶，点燃一支烟，细细品味一番，然后再次泡入澡池之中。这样不断地重复，不断地体味泡澡的滋味。那时，从一同泡澡的中国人那里学到了一个窍门，那些人告诉我们，如果只用肥皂的话，身上的污垢不能去除。去除污垢的最好办法是先用热水将身子泡软，再将毛巾的水拧干，以胸口为中心向四周用力搓，这样身上的污垢就会去除干净。然后再用肥皂洗的话效果会更好。照着他们的话，我们先把身体在热水中泡得皮肤发红之后，用拧干的毛巾在身上试着搓了起来，身上的污垢竟然像橡皮擦在写了字的纸上一样，一条一条地卷了起来。简直就像是皮肤在一片一片往下掉。难道自己的身上居然积聚了这样多的污垢，每个人都对自己身上的污垢之多惊讶不已。当从公共浴池的门出来的时候，仿佛自己的身体变轻了许多，同时也感到神清气爽。至今仍能想起当日走出浴室后洋溢在每个人脸上的幸福的笑容。

到达临江之后，我们被安排驻扎在伪满铁路公司的职工宿舍待命。在山中生活了一年之后，我们终于回到城镇。城镇的四隅都通着电灯，给人一种置身都市的感觉。但我们的宿舍坐落在郊外，这里的电线已被切断，夜里只能靠清油灯来照明。日子过了十天半月，依然没有新的命令传达下来。正当大家闲得无聊的时候，不知是谁提议不如去玩棒球。但我们既没有球，也没有棒，更没有手套。什么东西都没有又拿什么来玩棒球呢？但这正是发挥大家创造性的时候。首先把破布条团一圈一圈的缠起来绑紧，再缠再绑做成球。这一任务交给了护士们。然后我们又把木棍削成了球棒。但遗憾的是，面罩和手套却没法做出来。当星期日来到的那一天，全体日本人在一所小学校的操场进行了棒球比赛。比赛一方由医生、男护士及杂役组成，另一方由炊事员组成，比赛开始，操场周围挤满了护士及前来声援的人们，他们大声呼喊着为比赛双方加油。比赛的结果我已经记不清了。只记得有人用球棒打出了一个本垒，并且同时那只球棒脱手而出，落到了在场边加油的一名叫光吉的女护士的额头上，在她的眼睛上方开了一个大口子。记得她那一年才 17 岁。后来的几年间我一直同她一起共事，每当看到她眼睛上方的伤疤，就会想起令人难忘的临江棒球比赛。既有愉快的回忆，同时也为光吉的倒霉而叹息。

比赛的那天还有另外一个插曲。杂役班有个人叫大西，他因为有病，头上没有一根头发。但由于他的头上总是带着假发，几乎所有的人都不知道他是个秃子。棒球比赛的时候，大西作为击球手上场了。他微笑着站到击球的位置上，用力挥棒将投手掷来的球击打了出去。在那一瞬，由于他用力过大，球飞出去的同时，他头顶的假发也被甩了出去，一直滚到了投手的面前。满面惊慌的大西没有跑向一垒，而是飞速地向落在投手面前的假发奔了过去。待捡起假发再跑向一垒的时候，时间已经来不及了，结果是他出局。当时他已年近中年。但从他那把假发比比赛还要看重的举动可以看出，人无论到了多大年纪，也会本能地在他人面前掩饰自身的缺点。从那以后，每当我们谈到棒球，回忆起解放战争的岁月的时候，总要谈到有关大西的话题。男女老少会聚一堂，在夏天的傍晚通过棒球比赛苦中作乐的美好回忆，仿佛带我回到了充满活力的青春时代。那位头戴假发的大西现在在哪里呢？他是否已经平安回到日本？今天的日本已经能够生产优质的假发，再也不必担心假发飞脱的事情发生了吧？也许他现在已经转变观念，觉得无须假发，光头没有什么难看的地方。就像在电影里经常出现的那位法国光头喜剧影星一样。

东北的夏天去得真快，当你感到热的时候，天又突然转凉了。玉米叶子被风吹得沙沙作响。夏天曾将田野装扮得色彩斑斓的向日葵，已经被人收割，只留下了一株株长茎孤独地插在地里。原来秋天又到了。早晚开始转凉，黑夜也变长了。吃过晚饭后无事可做，大家聚在一起回忆故乡并高谈阔论来消磨时间。大家的话题后来集中到了文娱晚会上。提案人是山西干事，他是为我们这群日本工作人员进行政治指导，作为民族干事，被上级机关派来的政治工作员。他的工作一方面是为了使日本工作人员更好地配合解放军作战，另一方面是为了使日本人的政治思想取得进步。为此，他首先考虑到全体日本人保持团结的必要性。作为增进团结的手段，他提议举办一场文娱晚会。这次文娱晚会是我们参加八路军以来组织的第一次集会。护士、炊事员、医生、护工及杂役满怀希望与期待，集中到了炊事员的大房子中。

文娱晚会没有主持人，但进行得相当圆满。晚会中大家表演了怀旧歌曲、相声、军歌、剑舞等许多精彩的节目。给我留下最深印象的是布施医生的口技，记得其中一段是学蛇在竹林里爬行的声音，学得惟妙惟肖。布施医生当年已经年龄不小，由于医技高为人又和蔼，受到八路军伤病员的广泛尊敬。此后在哪里和布施医生分开，现在已经记不清了，但他后来平安地回到了日本，据说在大分县的别府（日本九州地名）开了一间私人诊所。

这次晚会在某种程度上使日本工作人员的不稳定情绪得到舒缓，不安之余得到了一丝快乐。提议这一晚会的山西干事，在1974年抛下他最爱的妻儿去往天国。我和山西干事的交往可以追溯到很早以前，从1947年他被派到我们医院开始，一直到50年代，我们同甘共苦一起并肩走过了白雪皑皑的长白山、黄河、长江，一直到汉口。后来又绕过洞庭湖，一起去过长沙。期间，我们也有过意见的对立和争论。我在北京公安部队医院就职的两年里，他去了别处。但1952年又会合到一处。1958年我回国以后，仍旧保持着友谊，并且在很多方面受到他的指导和援助。他是一个值得怀念的益友、良师、同志。可叹他英年早逝，只好祈祷他在天国的冥福。

季节已是深秋。一些人常聚在一起喝酒喝到深夜，怀念着遥远的祖国，以及家乡的妻子儿女。大家从不同的地方聚集到了一起。和睦相处干好工作，任务完成以后一齐回归日本是每个人的心声。因此，无论有怎样的艰难困苦，大家齐心协力、努力生存的意识依然清晰可见。也许出于单纯的民族意识，将近百人的日本人当中，没有任何一个日本人想真正破坏日本人的团结。就像是黑暗中有一盏小灯，每个人的目光都集中在那盏灯上一样。这时，发生了一件不幸的事情。

那是在临江驻扎时发生的事情。和我相熟识的一个中国人告诉我，临江有一名姓秋屋的日本妇女。听到那个消息，我十分吃惊。因为几乎所有没有加入解放军的日本人都应该已经在1946年到1947年间被集体遣返回日本了。那种乡村小镇上怎么可能还有日本女人。但熟人说绝对没错。她在日本战败的前一年来到伪满。在她哥哥工作的湾口屯矿业所的配给所当事务员。当时我也在湾口屯。知道她的一些情况。湾口屯那晚，兄妹两人被冲散了。他哥哥作为技术职员，在延吉方面加入八路军。但她从那时起就失去了消息。因此我对她在临江的消息半信半疑。但那熟人又说得十分详细，连她的现住址以及她现在丈夫开的商店名称都告诉了我。我于是认定那是个准确消息，决定只身前往她的住处。

由于临江刚刚解放不久，日本人只身一人在外边走动十分危险，我特意穿上了军装。在山边一排民房里找到了她。由于我穿着解放军军装，她根本没有认出来。但尽管她穿着中国服装，用中国话和其他妇女流利地交谈，我立刻认出她就是秋屋。于是我用日语轻声问道：“你是秋屋吗？”她警觉的用中国话答道：“不是。”从她当时使用的语言以及周围气氛上，能感受到她的生命随时都会受到威胁，以及她不希望他人了解自己过去的强烈意识。我又用中国话对她说："别害怕，我不是来抓你的，也不会对你造成任何伤害。"并接着说，"有个朋友说你在这里，我只是担心，所以才来看看。"她这才放下心来，开始用日语向我讲述了自己的情况。她和家人失去联络后，在她极度不安和寂寞的时候，原先在她手下工作的中国人照顾了她，在生活上给了很多帮助，后来他们成了家。现在她丈夫在临江城中心开了一家中餐馆。并且还将餐馆的具体位置告诉了我。

谈话的时候，我偷偷向房子里瞟了几眼。一台破旧收音机和一些日文杂志散乱地扔在火炕上。看来她依然挂念着日本的亲人。我安慰她："一定要坚强活下去，以后肯定会有回日本的机会。"然后离开她的住所，前往她丈夫的中餐馆。那是一家不小的中餐馆，店内设施也还可以。店员见到穿军装的我，一副吃惊的样子。我告诉店员，想见他们老板。老板很快从里间出来了。看到老板的脸，我立刻想起从前见过他，但他却装出一副从来没有见过我的样子。我也不管他怎么想，毫不犹豫地告诉他我刚刚见到了秋屋。听到我的话，他的脸色突然大变，头也低了下来。也许他最初想向我撒谎说不知道有秋屋这个人，但事实摆在面前，他慌乱之下又要措辞辩解。我告诉他："我没有什么特别要求，只要求你保证秋屋的生命安全，并且好好照顾她的生活。"他一颗高悬的心似乎又放了下来。说了一连串的“一定！一定！”虽然前后没有用多长时间，但直觉告诉我，起初，他认为藏匿秋屋的事情暴露了，一定会被追究自己的责任，他感到十分恐惧，因此，假装什么都不知道。他的思想仍旧是旧思想。认为自己藏匿日本妇女的事情被八路军发觉后，一定会大难临头。更何况被日本人八路军发现了，还不知道会发生什么事情，内心充满了不安。

那天，老板还在自己饭馆里请我吃了一顿饺子。回到宿舍的时候，天色已近黄昏。我把白天发生的事情告诉给了朋友们。每个人都和我有同样的感受。大家担心，在贫穷闭塞的临江，日本女人单身一人怎么才能生活下去？她有没有依靠？会不会寂寞？眼看着一个和我们熟识的日本女人，被迫离开日本人集团，在荒凉的异国他乡，牺牲自己的青春，努力生存的悲惨景象，战败的悲哀一阵阵向我袭来。故国日本似乎离我们越来越远。当我们接到通知从临江向五道江出发的时候，我本想再去探望一下秋屋。但命令来得匆忙，竟没有顾得上。

从那以后又过了三四十年。在针对遗留人员的报纸电视寻人启事中，以及短期回日本探亲的女性中，始终没有发现秋屋的名字。历史造成的灾难，使无数女性被磨灭。

随着初冬到来，我们接受了新任务。这次要去五道江。

五道江有艰巨任务等待着我们。在国共激烈战斗中负伤的伤病员正急待我们治疗。从临江出发的时候是 10 月中旬，国境一带山上堆积的白雪，更增添了初冬的寒意。

学习会的开始

五道江是从前伪满重工业开发公司五道江矿业所的所在地。学生时代的我在填写就职志愿的时候，选择了这里。这是个令我充满回忆的地方。到达五道江后立刻着手伤兵的收容工作。把他们中的大部分人安排住进了原矿业所的单身宿舍楼。宿舍楼建在半山，为了建楼，把山体斜面的一部分挖掉了。因此宿舍楼的面积也不是很大。然而，伤兵的数量非常之多。在既没有电也没有自来水的时代，解决取暖和饮用水问题非常困难。在那里，照明用的是清油灯，饮用水要到山下的溪谷中去挑。生炉子用的燃料是从齐腰深的雪地里收集来的枯草和枯树枝。总之，我们是在一个非常艰苦的地方，执行着一项非常艰苦的任务。伤兵的大部分是从通化方向的战斗中撤下来的，也有一部分来自四平、柳河方向。负责伤兵治疗的工作员的大部分是日本人。他们中有搬运患者的杂役，在病房照顾患者起居的看护人，负责治疗的医生，以及配合医生工作的护士，还有制作并运送早晚饭食的炊事员。总之整个医院是由日本工作人员组成的。

收治患者的病房是以前日本人的单身宿舍和员工住宅，由于不符合中国人的生活习惯，医院对这些住所进行了改造。首先，在榻榻米上铺上木板，使其成为中式床铺，然后在木板上面垫一些干草秸秆，再在上面铺一床薄被，病房就改造成功了。入院治疗的患者当中，很多人伤情十分严重。记得其中还有一名日本人，那名士兵好像是八路军机枪队的射手，当时年仅 18 岁。他出生在仙台，后来随开拓团来到东北。不久日本就战败了，但不清楚他是怎么参加八路军的。据他本人说，他已经有两三年没有见过日本人了。他是重伤，左臂从关节处被截了肢。他时常对我们讲述他远在故乡的母亲，讲述他的胳臂怎样被国民党军打残，我们对他充满了怜悯之情。

在五道江只见到一名这样的日本伤兵。但据别人讲，在其他的前方野战医院，偶尔也有类似的人。他们独自参加了八路军，和中国士兵共同起居，一起在战场上厮杀。其中，有的人因此两三年都没有使用过一次日语。还有人两三年都见不到一个日本人。另外，伤兵之中除日本人之外，还有蒙古人和朝鲜人。对于我们工作人员来说，民族歧视是被严格禁止的。部队强调的是各民族平等以及国际主义的精神。因此，必须抛弃狭隘的民族主义，时刻牢记全心全意为伤病员服务的宗旨。尽管如此，长期以来养成的资产阶级民族观及民族主义思想，却不是如想象的那样容易去除，这些不良思想常常不知不觉泛上心头，我们也因此多次受到中国人的批评。当一天的工作结束之后，全体人员进行批评和自我批评，然后是工作小结，一直要持续到深夜。不知是因为认识的差异，还是因为意识水准的差异，有很多问题直到批评结束都难以让我们心悦诚服。

五道江冬天的寒冷程度和东北北部大致相同，一般情况下会有零下 20 或者 25 摄氏度，有时甚至更冷。由于没有取暖设备，即使是待在房间里，也会感到寒冷彻骨。特别是那些伤兵，他们要忍受寒冷和伤痛双重的折磨。到了夜里，放在房间水盆里的水会结上一层薄冰，湿毛巾冻得像菜刀一样梆梆硬，一抖动还吱吱作响。

年轻的护士和看护人不忍心看着那些伤兵在如此恶劣的环境中接受治疗，她们收集来砖头瓦块，在炊事班的炉灶内烧热后，用破毯子片包起来，拿到病房塞到患者的脚下让他们取暖。这些既不是上级的指示，也不是上级的提议，只是她们自发创造的一种取暖方法。在这些有着美丽心灵的年轻日本人的悉心照顾下，因寒冷而难以入眠的伤兵们，终于有了舒心满足的睡眠。她们的这一举动为伤兵的早日康复创造了良好条件，同时也受到了伤兵的由衷赞扬。很难理解她们对患者的这种深厚的同情心是从哪里迸发出来的。她们大多只有十七八岁，参军之前都还在女子学校上学，但她们的行为却不得不令人佩服。另外一方面，男性工作人员几乎都从事炊事员和杂役的工作，医务工作者很少。炊事员每天要把足够的水从山下的河沟里一直挑到半山腰的炊事班。用扁担沿着山坡向山上挑水的活，可不是一般的辛苦。山坡的长度大约有 100 米，气喘吁吁往山上挑水的日子现在想起来都让人皱眉头。因为一天不是挑一遍而是挑几十遍。大家连轴转地向山上挑水，桶中溢出的水在山道上结冰，使路面变的溜滑。还要派人抡着鹤嘴锄，把结冰的路面重新整理出来。给患者做饭要用水，洗脸刷牙，消毒医疗器材器具，给伤洗衣服，护士洗绷带等，干什么都需要水，水在那里是非常珍贵的东西。

为了有水用，无论是零下几十摄氏度的寒冷日子里，还是刮大风的日子里，每天都要像电梯一样数十遍地往返于谷底与山腰之间。也许是觉察到了我们的辛苦，年轻的护士和护理员为了解决她们自己的用水，也开始了挑水。那些穿着白衣的身影排成的长队，从谷底一直延伸到病房。她们紧咬牙关，双颊冻得通红，吐着白气从山下努力攀登上来。她们那痛苦的眼神，让谁看了都于心不忍。她们以前都曾经是娇生惯养的女孩，过着无忧无虑的生活。但随着战败的到来，她们同父母兄弟姐妹离散分飞，意想不到的劳苦重压在了她们的肩上。她们忍受着，努力着，用心工作着，现在回想起来，她们为了谁，她们为什么要承担这样的苦难。

有句话叫作："劳动创造人生。"尽管我们付出劳动的时候没有期待回报，但到过春节的时候，大部分伤兵都痊愈了。附近的农民们踩着高跷前来慰问伤兵。随着敲锣打鼓的声音的到来，他们同时带来了许多的猪和鸡。无论伤兵还是工作员，都已经很久没有看过踩高跷了，大家分外高兴。这时我们强烈地感受到了八路军是农民的军队这一点。得到农民们送来的猪、鸡我们非常高兴，但同时农民们也给我们出了一个难题。因为这些慰劳品猪呀鸡呀都是活的，想把它们做成菜饱餐一顿，看来还需费一番工夫。但为了吃上肉，这点麻烦又算得了什么，全体人员一起动手，终于把这些活物做成美味搬上了餐桌。中国人在吃好东西的时候从来不害怕麻烦。我们现在也吸收继承了这种精神。大家似乎都已经有好几年没有吃过带肉的菜了，一桌美味摆在眼前，患者和工作人员都欣喜若狂。

令人欢快的春节过去了。一部分康复的伤兵再次回到了前线。而那些没有康复的士兵又都被送往了后方。终日忙碌的我们终于得到了一丝闲暇。经验告诉我们，每当到了这种时候，新的任务一定又快来了。但没有人知道新的任务是什么。从中国人和一部分朝鲜人那里流传来了一些有关新任务的消息，但没有被证实。这时，全体日本人被集中到了过去的劳动会馆，开始了学习会。当时的学习不是学习高深理论。一是因为我们没有笔也没有纸，二是因为几百号日本人中既有大学毕业的高学历，也有连小学初中都没有念出来的文化层次低的人。男女老少聚集一堂进行学习，不可能学习高深讲义。一般情况下是全体人员共同学习一个主题。具体地说，是学习对有关思想问题和时事问题的认识方法及思想方法。

学习会的具体做法是，首先请日本人的干部做讲解。全体日本人在听完讲解后，把问题带回各所进行分所讨论。再把结论拿到大会上，由各所的代表进行发言，然后再进行全体讨论。通过这种方法不断地加深理解和认识。讨论会上，常常由于各所意见不同，而出现激烈争论。很多人积极参加争论。本间给我留下了深刻印象，他总是站起身脱了帽子才开始发言。听说他在战中和战前，曾经参加过无产者运动，因此，他的发言理论性很强。总是坐在后排，高个白脸戴眼镜的山田先生以及下巴上蓄着胡须的桥本，也都是讨论会上的积极分子。

记得当时的日本人干部中有一所的桥口、二所的木田、三所的山西以及院部的安井。这些日本人干部被称为民族干事。民族干事大部分是当年抗战时期的俘虏，他们后来接受教育并改造思想，从而成为反战士兵，和八路军协同作战，英勇抗击侵略。后来，他们组织了反战同盟及觉醒联盟等一些组织，展开了活跃的反战活动。随着日本帝国主义的崩溃，这些组织的名称也随之变成了民主联盟。战后，这些居住在中国大陆的民主联盟成员中的积极分子，经组织教育后被提拔为干部，他们被称为民族干事，从事日本人的思想教育工作。他们的工作目的是为了提高日本工作人员的工作效率。但为了教育我们这些从事炊事杂役工作的怀有反共思想的人，民族干事们也花了不少力气。在我们当中，积极学习希望进步的，被起了“红白萝卜”的外号，大家会一起拉他的后腿，如果他还执迷不悟的话，就会被大家疏远。

当时我们这些人当中，有人为了干扰学习，夜里一个人拼命钻研理论，然后把难题拿到民族干事那里要求解答，当民族干事解答不出的时候，我们就非常开心。思想教育开始以后，本来风平浪静的日本人群体之中，出现了新的矛盾。但这种新的矛盾也许是全体日本人进步成长的一个必经阶段。每当一个新事物出现的时候，进步革命的群体是少数，而古板保守的群体占多数，历史发展的法则往往是这样的，这一法则在我们日本人的集团之中也得到证实。尽管学习运动中出现了各种各样的问题，但回顾起来，这次学习可以称得上是干部和工作人员最初的政治接触，也称得上是双方互相理解的出发点。从这个意义上说，这次学习成了使每个原东北民主联军第九后方医院成员终生难以忘怀的思想变化的转折点。

虽然是短时间的思想政治学习，积极要求进步的人却逐渐的开始增多，工作人员们开始严肃地反省自己的思想和工作态度。2 月已经快要过去了，天气也渐渐变得暖和起来。这时，部队发生了一个事件，清扫班的神原同班里的几名同伴合伙偷杀了老百姓的狗，在后山做熟后，又拿给药房的几个女护士吃了。当时在药房工作的有铃木雅子、绿川、荻野和子等几个女护士。事件是这样发生的，由于护士们居住的房间过于寒冷，几个女孩子特有的肢体冰凉的毛病，折腾得她们晚上都睡不好觉，这消息不知怎么又被神原他们知道了。神原他们听说女人吃黄狗肉能治疗肢体冰凉症，于是他们偷偷把人家的黄狗猎杀了。把狗肉煮熟以后，也没有告诉女孩们那是什么肉，就让她们吃了。女孩们都喊好吃，最后，神原才告诉她们吃下的是狗肉，女孩们听了直犯恶心，吐又吐不出来，她们的情绪变得很坏。

本来是班里的一件小事，但在女工作人员中不断流传，最后传到了中国干部的耳朵里，为了这件事，民族干事被中国领导狠狠批了一顿，晚饭过后，全体成员被集中到了二楼的会议室中，山西干事开始了严厉的训话："问题的关键，不光是杀了一条狗吃这么简单，而是恣意掠夺了农民的所有物。这违反了八路军的纪律，即三大纪律八项注意，问题的性质非常严重，八路军是农民的队伍，靠农民的支援生活，靠农民的支持打仗，打仗的目的是为了把农民从地主的压迫中解放出来，没有农民的支持，八路军的生活一天都维持不下去，战争也不可能取得胜利。因此，八路军坚决不允许染指农民的财物。即使是一根针一条线都不行，更何况是农民的狗。现在出了杀农民狗的事件，这件事一定要严肃处理。"

长期以来，大家都没有过多地考虑过应当如何重视农民的财物，但自从杀狗事件发生以后，日本工作人员开始正视老百姓的财产，养成了从农民那里借来的东西一定归还，损坏了农民的东西一定要赔偿的习惯，掠取老百姓财产的事情再也没有发生过。

治疗伤病员、日本人的集体学习、杀狗事件……五道江发生了一系列的事件。我们告别此地开往前线的日子又渐渐来临了，和战斗部队共同行动的首要条件，是要有健康的身体，但工作人员中既有病人，也有半病人。把这些人也一起带到前线是不可能的，于是工作人员被分成两个集团，第一集团和战斗部队一起上前线，第二集团转移到相对安全的后方。撤往后方的病人当中，既有一起同甘共苦两年，一起喝玉米面稀粥，一起逃往长白山区的人，也有被国民党军从沈阳、本溪一直追到朝鲜境内的人，还有用担架抬着八路军伤兵穿梭于六道沟、八道沟之间最终被病魔袭倒的人。在激烈战火当中，社会形势一时间还不明了，解放区则可称得上十分安定，在这种情况下同战友分别，令我们非常不安，但战斗任务更加重要，我们不可能拖着病弱的人上前线。我们感情像海一样深，分别让我们在感情上难以接受，我们只能祈祷，他们能安全转移到后方，好好休养，尽快恢复健康重返前线。

在病弱的人当中，有一位叫大泽势子的护士，年约十六七岁，十分招人喜爱。平日里她对炊事员和杂役非常照顾，不但帮我们补衣服，还为我们缝制装烟叶的袋子，她是个非常体贴别人的姑娘，大家常常亲昵的称她为“小不点”。但由于胸部患有疾病，她的名字被从出发前往前线的人员名单中划掉了。上级命令她撤往二道江。在一个暴风雪的夜晚，“小不点”来到炊事班，她来向我们告别。晚饭刚吃完，我们正在昏暗的灯光下收拾厨房以及做着第二天的准备。势子的脸上没有了往日的活泼健康的笑容，眼圈里闪着泪花。她说道：“谢谢你们这么长时间以来对我的照顾，我要走了，请你们保重。”我们谁都不希望她离开，但只有安慰她，祈祷她能早日康复。尽管我们相处的时日不是很长，但也已经经过了两夏两冬。没有想到最后连一起坐下来从容回顾过去的时间都没有，就带着对将来的不安互相告别了。更没有想到这一别竟成了我们同势子的永别。

那个时代，是自己不能保证自己安全、自己不能决定自己命运的时代。日本人在异国的土地上无奈地四散分离。聚集在一起工作生活，才能使人些许看到一丝生存的希望，这次分离使渺茫的希望化作了泡影，内心的支柱垮掉了，从此不得不孤独地生存下去。去的人、留下的人，都被这一令人心痛的抉择痛苦地煎熬着。第二天，她们从五道江出发了，她们寂寞的背影让人伤感，我只有在内心一遍又一遍地祈祷她们能平安地早日归来。

后来就失去了同她们的联系。数年之后，听传言说她们已于 1949 年乘船返回了日本，但一直没有大泽势子的音信。另外，当年的战友们是否平安地回到祖国，也无从证实，只知道一个爱媛县出身的人和德岛县的松尾仍然健在。当年在宿舍里因发高烧而神志不清，大喊“猪跑到被子里来了，快把它赶走”的斋藤现在也生死不明，当日的故人像初雪时融化在地面的雪花一样，一别离就不见了踪影。

但我们这种方式的分别已经该令人满足了。有个叫米永的人，战后同一帮日本同伴乘火车转移时，火车的前部被八路军接收，火车的后部被国民党兵接收，两军发生了激烈的枪战，他的同伴们在八路军猛烈炮火的攻击下，随同国民党军仓皇乘车退走，战火交织中根本没有闲暇考虑同伴们的安危，当他回过神来的时候，远去的列车已经消失得快要看不见了。以后因为同国民党军是敌我关系，更加无从探询旧友的音信。那是一场令人后怕的离别场面。

五道江的惜别是协力队员集体第一次的分散。我们在送走伤病员数日之后，也出发了，一路上通过了桓仁、宽甸、营口、山城镇，按照辽沈战役的计划部署，并跟随着大反击的枪声，向四平街方向进军。

土地改革和农民斗争中的诉苦大会

终于迎来了八路军的大反击。也是战略、战术中经常所说的由防卫阶段向进攻阶段的迈进。那是一次具有重要意义的战役。辽沈战役是中国解放战争中有着决定性意义的三大战役中第一场战役。作为主力部队的后方野战医院，我们接到重要任务，从五道江出发了。但行军的目的地是保密的。我们全员轻装上阵，所携带的随身物品只是一床薄被、一个背囊、一条毛巾和一只茶缸，其他别无他物。因为我们接到指示，把所有不必要的物品都留下了。出发是在凌晨3点，天还没亮。揉着惺松的睡眼，所有工作人员集中到营地前的空场上，人们嘴里哈出的白气，让人用肉眼就能看到黎明前的寒冷。男人、女人、儿童、干部和士兵全体人员徒步开拔，一旦走起来就走个不停，这是八路军的一贯作风，不分白天和黑夜，不管下雪和下雨，我们一天一天地进行着。恒仁、宽甸、安东、凤城、岫岩、营口、山城镇，我们穿过了一个又一个的城镇。但部队到底想从哪里走到哪里，我们谁也说不清，展开地图查看这些走过的地方时自己的记忆更加模糊。只有一件事非常清楚，那就是我们都十分疲劳。在行军的数月之中，发生的几件事至今仍令我记忆犹新。

人民解放军每当开辟出新的解放区时，首先推行军政，同时将土地分配给贫雇农，实行土地改革。也就是将大小地主的土地没收后，分给贫农和土地少的人。其目的是为了使农民成为解放军的支持者，将解放区建立成坚固的后方基地，向前线支援粮食，输送物资，从而推动解放战争的深入发展。同时，这一举措也可以使农民们从持续了几千年封建地主的榨取、压迫中解放出来，切实地解决农民们要求土地的愿望。土地改革是使解放战争顺利进行的必要手段，也是民主主义革命的目的。因此，这一问题是当时必须解决的关键所在。农民们当受到解放军的保护后，首先进行的是清算斗争。我们也曾数次经历了这种斗争场面。而且，每次都被中国农民阶级意识的旺盛度所震撼。在最初的清算斗争中，令我吃惊的是，有大批的村民聚集在一起举行农民大会。集会上，曾经是农村支配者、农民榨取者的地主，被捆绑着拖到村民面前，村民们面对地主，将其累积了几十年甚至数百年的罪恶都倾诉了出来，记得一位上了年纪的缠足老太太大声地哭诉着，面容因痛苦而变形，尽管泪流满面也忘记了擦试，当她哭诉自己儿子被杀、女儿被夺的经历时，她的悲伤和愤怒汇成了一股巨大的力量，令在场的所有人都禁不住流下了同情的眼泪。人们的怒火像火山喷发一样激射了出来，对地主的批斗也愈演愈烈，当时的场景，仿佛使我看到了历史长河奔流的方向。

直至此前，地主们春天在贫苦农民面前颐指气使，他们恣意掠夺农民。他们可以随意提高租子，当他们得不到自己所要求的额度时，他们会闯进农民家中掠夺农民全部的口粮，当将农民的口粮掠夺干净还不满足的时候，他们又会抓农民的儿子去劳役，或将农民的女儿从其父母身边抢走。在农民大会上，有一个农民站起身将自己的上衣脱去，让人们看他后背上一块又黑又大的伤疤。那块伤疤是当他不能交全地租时，地主用铁烙上去的。这又一次激起了人们的愤怒。人们不断厉声诉说着地主的各种罪恶。清算斗争夜以继日地在新解放区展开着。

当大会告一段落的时候，以贫农为中心组织了贫雇农委员会，委员会对农民进行新的土地分配。地主的财产被清算，生产工具被没收，过去的支配者成了被支配者，而农民们掌握权力，成为了新支配者。这就样，一个又一个新社会的地方组织和权力机构诞生了。

农民们针对地主的激烈斗争使我切身感受到历史的伟大变革，我们日本人的心也随着时代的激流有力地跳动起来。

在见闻了一系列土改斗争、清算斗争的场景之后，我们也展开了名为学习会的讨论集会。在学习会上出现了各种意见。有的人对地主表示出了同情，他们说：“地主还不一样是中国人，现在土地被没收了，财产也被剥夺了，难道非要把他们一个个都整的像乞丐一样才算完吗？”有的人说：“土地斗争好，现在这样还远远地不够，应该进行得更彻底，就像当初地主杀农民一样，应该把那些地主全杀掉。”还有人在回忆了农民们的诉苦场景后，各种意见被发表出来，大家的讨论一直持续到深夜。我们日本人的学习会，是在一天的工作结束后才开始的，所以开始开会的时间一般都在晚上 7 点以后。冬天太阳落山早，即使是夏天，到了这个时间，天也暗了，肯定需要灯火。我们的照明是原始时代的豆油灯。而且这油是从大家贵重有限的食用油上省下来的，所以用起来非常珍惜。大家小心地将油倒在小碟子里，再将细棉絮蘸入豆油中，然后点上火照明。坐在灯火附近的人可以隐约看见他们面庞，而坐在远处的人就完全看不到脸了。在这样黑暗的环境下，我们每天召开学习会。尽管艰苦，人们却忘记了时间的推移，即使是瞌睡了，也照样打起精神努力参会。

当进行了很长时间的行军之后，天也快黑了，我们决定在老百姓家里住宿一晚。由于民宅分散，当我们花了很长一段时间把房间分配停当的时候，天已经黑透了，甚至连近处的人影都难以辨别。记得当时大概是夜里9点多钟，我们被安排住进了一间能容纳30多人的呈细长形的大屋子。从构造上看，可能是地主家的房子。这种大屋和日本的大屋不同，在房间的中间有条走道，走道两侧略高的部分是火炕。众人睡觉的时间，头都冲着走道。半夜我起来了一次，出到屋外后，外边的光景令我大吃一惊，成群的野狗在院子里来回移动。我一边小便一边想，这简直太令人不可思议了。后来回到炕上后就一觉睡到了天明。

在行军途中我们还了解到，土地斗争中幸免于难的地主们，住到了过去长工居住的肮脏的小屋，苟延残喘。看着眼前的这些事实，我深刻地领会到，革命以及土改斗争不是靠嘴说，也不是靠想象就能达成的。权力的变化可以改变历史，也可以改变人的命运。

日本的明治维新，是一场没有结果的资产阶级革命，当时虽然有很多人为它流血，但本质上权力转移的目标却没有被实现。封建的支配者也因此残留下来。日本在历史和人的认识没有得到转换的情况下，挑起了帝国主义战争。第二次世界大战的惨痛教训至今仍留在我们每个人的心里，难以拂去。从这个意义上说，席卷中国东北地区的农民斗争，给我们的思想意识带来了难以估量的冲击。内战还在扩大。我们仍继续行军。越过高山，走过草原，途经众多村庄，当我们最终到达安东、岫岩的时候，已经脱掉厚厚的冬装，换上夏服了。从五道江到岫岩，我们经历了漫长的行军。

这个叫安东的地方，在日本刚刚战败的时候，日本的青年人为了反对八路军的支配，曾发动过动乱，他们躲进山里和八路军对峙。我们一行之中，也有人参加了当时的动乱。我们在安东只休息了一天，就又匆匆出发了。没有时间追忆往事。工作人员当中，有在安东出生的人，有曾在安东的小学、中学接受教育的人，有在安东迎来二战结束的人，还有在安东妻离子散的人。那天，镇子里刮着风，大家的追忆似乎也被风吹散了。在通往岫岩的路上，大家纷纷猜测可能有艰巨的任务在等待着。然而令大家失望的是，在安东的任务是做出发前往前线的准备。在再次出发之前，部队进行了为期数周的整风运动。留下深刻印象的是当时的诉苦大会。

有一天，部队召开军人大会，在会上做了诉苦大会的动员。让典型人物在全体人员面前进行诉苦。所谓诉苦，即指倾诉自身的痛苦。每个人成长的过程，家庭情况，父母兄弟的事情，也就是把自己在旧社会怎样被压迫、怎样被榨取的详细经过，原原本本地向众人发表。举个例子，有人的诉苦内容为——自己出生在一个非常贫穷的家庭，家里没有一分土地，父母都是地主的长工。即使拼命干上一年，到头来家里什么收获都没有。父母只是拼命地劳作，到了收获季节，地主会将全部的收获掠夺得一干二净，给家里什么都不留。父母节衣缩食，饿着肚子才把自己拉扯大。但是，由于长期残酷的体力劳动，恶劣的生活环境，最终母亲病倒了，家里没有钱请医生看病买药，母亲痛苦地离开了人世。那一年自己才5岁。从此之后，家里更加没有头绪，自己和父亲两个不会做饭的人相依为命。后来，连父亲也去世了。自己成了流浪街头的乞丐。长大之后，又到原来那个地主家为他们家放羊。放羊的活计非常苦，若丢了羊群中的一只羊，就会受到地主的拳打脚踢，有无数次在遭受毒打之后，哭泣着在风雨中寻找丢失的羊只，直至深夜。每当这个时候，连平日里可爱的小羊都变得面目可憎起来。

诉苦大会就这样把旧社会的痛苦、地主的剥削压迫真相作为报告的内容。其目的是为了使每个军人提高阶级意识，提高斗争士气，去除剥削榨取思想，培养他们为了自己的父母兄弟，为了全中国而英勇战斗的意识。

中国同志一个接一个地在大会上争相诉苦，内容感人而激烈，常常使台下听讲的人泣不成声，怒火中烧。士兵们紧握拳头挺身而起，会场内飞扬着“打倒地主！打倒封建统治！”的口号。人们自问着：到底是谁在养活谁，长期积蓄起来的对地主、官僚的憎恨，一时间像火山一样地喷发了出来。

他们旺盛的阶级意识深深地感染了我们在场的每一个日本人。不久之后，我们在学习会上，也进行了小型的诉苦大会。

参加东北地区民主联军的日本人主要包括开拓团员、义勇队员、公司职员以及他们的亲属，另外还有一部分日本军人。他们大多出身贫寒家庭，背井离乡到伪满，是为了获得土地，或是为了他日能衣锦还乡，很多人是被迫举家移民到这里来的。这些人由于不理解自身贫穷的根源在哪里，于是他们不是将斗争的矛头指向阶级支配者地主，而是通过压迫榨取其他民族来建筑自己的幸福。最主要的是，他们这些长期以来并不认为自己的这种想法和做法是错误的。但是，通过诉苦大会这样全军规模学习会的教育，他们深深地意识到，通过牺牲他人幸福来牟取自身幸福，将自身的幸福建立在他人痛苦之上的思想是丑恶的，同时也意识到，中华民族的苦难、中国农民的苦难以及日本自身的苦难，有着相同阶级根源，认识到自己以前解决问题的方法是错误的。

通过诉苦这场整风运动，中国人、日本人、朝鲜人之间的团结得到了空前的加强，相互之间的友谊开始发芽，同时也隐约看到前途的光明。在某种意义上，诉苦大会使日本人自身的学习意识得到了提高，对工作的热情得到了提高，并且给大家留下了深刻印象。

学习热

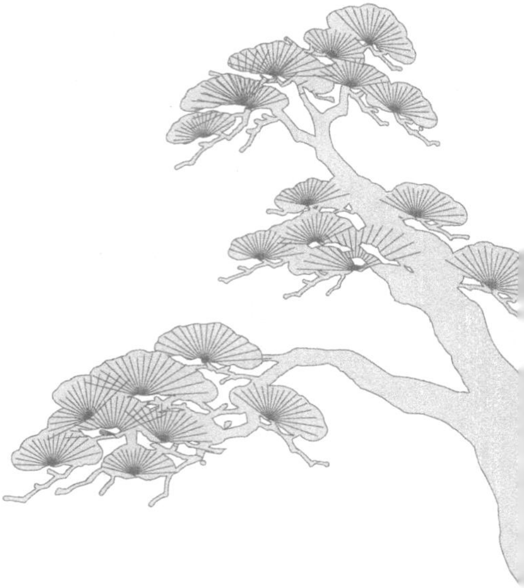

记得是在山城镇，安井干事（后故去）开始了他的讲解。那是我们最初的理论学习。内容包括什么是民主集中制、独裁和民主是什么关系、什么是民主主义、什么是真理等一些初浅的理论。全体日本人被集中在一起参加学习。

在日本人当中，有一部分人曾经接触过马列主义，但大部分人是第一次学习马列主义的原理。学习中出现了很多左翼用语。首先，理解词语的原意就费了很大工夫。但随着学习的深入，对语言的理解也通过讨论而不断地加深。然后各班分别对规定的题目进行讨论，把讨论的结论在全体讨论会上由代表发表，最后在全体讨论会上得出结论。把最后的结论拿回各班，然后再进行讨论，通过不断地讨论，来加深认识。在学习会上，进步快的人帮助进步慢的人，理解快的人援助理解慢的人，目标是为了使全体人员一步一步地共同进步。由上进的人、思想变化快的人组成学习委员会，他们作为学习委员，来指导全体日本人的政治学习。

学习委员会的成员是通过民主选举产生的，成员各式各样，有医生、有护士、有炊事员、有护工也有杂役。负责学习委员会的人是日本人的政策干事，即民族干事。民族干事首先指导委员的学习内容及学习方法。这时候，所有的日本人已经习惯了理论学习，没有人认为学习会是一种负担。甚至有人非常热衷学习会。当时日本人被分为一所、二所、三所、院部等四个连队，四个连队的驻地之间都有一定距离。每当召开学习会的时候，各个连队排成两列纵队向会场集中。为了便于集中，学习会场设在镇子中央部。从驻地到会场大概需要 10 分钟的时间。大家顺着大路走向会场，一路用日语高声歌唱。

我记得当时经常唱的歌有《民主之旗、红旗》《阶级战之歌》《同志爱之歌》《晓空》等一些歌曲。《同志爱之歌》的歌词至今仍清楚地留在我脑海里，它是这样唱的："决死勇，同志爱，我们在东北站起来，将斗争引向胜利，时刻想着日本的民主化。"我们曾经高唱着这首歌在东北的山峦间行进，一边用这首歌来激励我们疲劳的身体，一边在山坡倾斜的雪地上写下大大的“加油”二字，用以鼓励我们的后续部队。当后续部队看到我们在雪地上的留言后，他们会打起精神互相激励着走向目的地。当时的情景令人怀念。这次，我们又要在学习会中发挥这种友情。在中国的土地上，大家高歌着齐步走向会场的英姿壮观美丽。

路旁围观的一般老百姓，在看到我们的举动后十分惊讶：人民解放军中居然会有日本人。学习结束后，我们仍然纪律严明地列成两队，喊着“一二、一二”的口令，回到自己连队的驻地。这种习惯的养成是受到了解放军的影响。解放军的士兵十分喜欢唱歌。只要大家集中到一起，一定会唱歌，而在等待的那段时间里，各连队之间还要赛歌。在行军途中，从出发到达目的地，一路上也是歌声不断，渐渐地日本人也记住很多中国歌。同时，不知不觉地有时候中国人也会轻哼一些日本歌。比如，当时二所的王连长日本歌就唱得非常好。日本人当中，铃木和广田的歌唱得最好，他们教我们唱《我们的队伍向太阳》《我是革命的好战士》等一些好听的中国歌，在学习会的来回途中，我们也时常唱起。另外，在学习会及军人大会开会之前，常常举行各连队之间赛歌。如果会唱的歌不多或是歌唱得不好，会感到非常没有面子。于是各个连队在晚饭之后经常要练习唱歌。日本歌曲由负责日本人文娱的民族干事来教，中国歌由中国人的文化干事来教，最后，连我们这些五音不全的人都学会了很多歌曲。

解放军战士中有很多人是文盲，因此，可以想象歌曲是一种非常重要的教育方式。这也就是所说的再教育。这和我们日本人只是默然地记背歌词在目的上大不相同。

随着政治学习气氛的高涨，我们开始讨论学习的目的。学习是为了革命，学习是为了更好地服务伤病员。因此，我们在重视政治学习的同时，也开始重视业务学习，政治学习、业务学习开始齐头并进。医生、护士着重医务学习，炊事员也不甘落后，努力钻研各种饭菜的做法。记得当时炊事员们整天考虑的是如何能在伙食费用有限的情况下，做出可口饭菜来，而医生、护士们钻研的是如何能在药品短缺、设备短缺的情况下，给患者以良好的治疗，并使他们能早日返回前线杀敌。他们的钻研终于得到回报。其中之一是治疗器械中的高压消毒器的发明，这个制品在治疗消毒领域做出了卓越贡献。炊事人员也不甘落后，他们将主、副食的制作技术在各连队间互相公开，各连队的伙食也变得越来越美味。炊事员的技术提高不仅仅使口味变好了，同时他们的努力也使伙食材料得到了节约，炊事员高桥曾经获得大功奖励，由此可见其努力之一斑。

以“为伤病员服务”的思想为指导，医生、护士、护工、炊事员分别在自身的岗位上加强了业务和政治两方面的学习。以前，从事政治工作的人往往重视政治而轻视业务，从事业务工作的人往往轻视政治而只注重自己业务水平的提高。其实，这两项是一件事物的两个方面，它们的关系密不可分。也就是说，一个医生尽管他的政治思想觉悟很高，如果他没有高超的技术，患者的疾病和伤痛就得不到有效治疗；相反，如果一个医生尽管有高超的技术，但他不去为患者着想的话，他的高超技艺就不会完全发挥出来，甚至延误对患者的诊察，延迟患者的康复。

在强调思想和技术相结合、政治学习和业务学习相结合的学习风气影响下，炊事人员为了增加医疗卫生方面的知识，每周要进行几次医务学习。记得当时还专门进行了几次考试。学习的结果，使炊事员们对人体构造、传染病的种类、传染病的危害性、传染渠道等知识有了初步了解。这些知识时至今日仍然有用。在医务学习中，有一位叫近藤的医生贡献最大。当时的情况是，我们距前线非常近，而且是没有教材的野战医院，近藤医生既要为患者治疗，还要抽出时间来指导我们医务学习，我们这些与医疗毫无关系的人都对他十分尊敬。接受过他指导的人归国后，有人通过了全国护士考试成了有执照的专业护士，更有人获得了医生执照，而这些人从没有进过医学校。可以想见他的功绩之大。近藤医生回到日本之后，长期到没有医院的山村为患者进行诊疗，但不幸的是，最后他的老毛病肺部疾病夺去了他的生命。他去世时年仅 50 岁。最后一次见到近藤医生，是在京都琵琶湖畔召开的“长白会”的总会上。当年他在北京时患肺病没有完全治愈，胸上还带着支架，但气色还好，当见到我的时候，他关心地询问我归国后的情况，并自嘲地说自己仍然是个贫穷的医生（日本医生通常都很富有），逗得大家大笑。在散会之后，他还用车拉着好几个友人到远处兜风，没想到过了没有一年时间，他就永远地离开了我们。

在人民解放军中，学习既指政治学习也指业务学习。一面学习、一面工作，学习是为了更好地工作。如果说得难一点，叫作“理论与实践结合”。

经过数十日的业务学习和政治学习，正当我们刚刚弄清学习的目的和意义的时候，一连、二连、三连、院部的全体人员再次被集中到了一起，这当中包括日本人、中国人、朝鲜人等三个民族群体。军人大会上，三个民族为了一个共同的目的而集中在一起。所谓动员大会，是指部队在接到新的任务后，一直到队伍出发为止，为了新任务的圆满完成而进行的思想动员。动员的顺利进行与否，关系到任务的成败。解放军的干部们深知这一活动的利害，因为，这是他们长期以来的革命传统。但对我们这些半道参军的军人来说，动员大会的讲话太长了，甚至长得令人讨厌。讲话开始以后，少则半日，持续七八个钟头都是家常便饭。但不参加又不行，只好硬着头皮去听。

这次动员大会的内容为，辽沈战役结束后，我们要告别东北，穿过内蒙古，前往参加天津、北京的战役。也就是以东北的胜利为基础，进军华北，继续追击蒋介石军。第四野战军几乎所有的士兵都是东北出身。让他们离开故乡东北的话，他们会感到寂寞，有所牵挂。有很多士兵是十五六岁的少年兵，离开家园，踏入未知的土地，对他们来说非常痛苦，不仅仅中国的士兵们有各种各样的思想负担，日本的士兵们在接到这个消息的时候，内心也感到不安。带着各种杂念接受新的任务，一定会影响到任务的完成。动员大会的目的正是为了使士兵们去除杂念，为了一个共同的目标紧密团结在一起。军人大会的大动员结束后，各连再分别进行具体动员，然后再分班就个人的思想问题进行反复讨论，最后发表决议。然后以班和个人联名，为完成任务定目标，表决心，使革命的竞争情绪高涨。比如，目标之一“蒋介石逃到哪里，我们就追到哪里，不捉到蒋介石誓不回东北”等。用中国话说就成了“革命就是我的家”，这样才达到了动员大会的大目的。

日本人也几乎全部是东北出身，但由于他们的亲人早已离去，且家庭财产全无。离不离开东北，对他们来说本没有太大关系。他们共同的不安是，离开东北挺进华北以后，回日本的机会就越来越渺茫。什么时候才能回到故乡日本，能不能身体完全无损地回到日本，是所有日本工作人员最为关心的问题。工作人员当中既有川村那样的大婶，也有未成年的儿童，还有很多妇女和病人。这一时期是在无休止的战争状态下决定自身命运的关键时期。在严酷的现实中，大家应当怎样互相帮助，才能使全体人员安全抵达下一个任务地，成了大家需要立刻解决的问题，动员大会之后，大家又坐在一起就这个问题进行了讨论。讨论一直持续到深夜，大家希望通过努力，尽量消除内心的不安。

在动员大会上，人们讨论的是政治思想上的问题，但在出发临近的时候，大家详细商讨的却是日常生活中的具体问题。最后决定每人除带两双鞋、一套被褥、袜子、毛巾以及数日的干粮以外，其他的物品一概丢弃。离开五道江时身边的物品已经精简得差不多了，然而时隔半年，身边的物品又增加了很多。一说要出发，日本妇女们立刻忙活起来，补袜子用的布头，擦桌子用的抹布，吃饭用的碗筷，等等，一下子收拾了一大堆，行李不但没有精简，反而多得拿都拿不动。让她们扔掉她们又舍不得，让她们背她们又背不动。行军的路程长达几百千米，凭女性的身体，要想把规定物品以外的行李带走，简直是不可能。当发觉日本妇女的这种情况后，中国干部嘲笑她们的行为是“老太太作风”。就这样，在思想上得到统一、日常生活用品整理完毕之后，我们又踏上了开赴解放战争第一线的征途。也就是中国人所谓的进关（穿越长城，进入华北）。

山城镇的生活多姿多彩，十分愉快，而且在这里还学到了很多东西，给我留下了美好的回忆。但在这里却发生了一件令人难以忘怀的辛酸事。有一名叫田屋的炊事员因病在这里牺牲了。说到田屋，立刻会联想到另一位叫押久保的日本人，他们两人是非常要好的朋友。两人是茨城县的同乡，一起参军入伍，被编入同一连队，后来又一同被配属到了东北的关东军部队。他们都是出身农家的淳朴青年。当时 25 岁上下。1945 年 8 月 15 日日本宣布投降以后，他们从东北北部逃到了南部的通化。两人都全然不懂汉语。押久保身材很低，但一看就知是那种非常结实的人，而田屋又高又瘦，看起来病弱不堪。工作的时候，他俩互相帮助，做出了很多成绩。两个工作认真性格内向的青年人在言语不通的中国要想生存下去，是非常困难的。没办法，他们只好栖身于日本人集中的地方。

战后滞留在中国的日本人大多从事搬运建筑等体力劳动，但随着国民党军同八路军交战的不断加剧，体力活渐渐找不到了，他们的生活也随之难以维持。这时，一半因生活所迫，一半被强迫，他们参加了八路军的协力队。从通化一下子涌来了很多年轻日本人，他们作为杂役和炊事员，开始在大栗子沟野战医院的工作。田屋和押久保也是这一时期来到大栗子沟当饮事员的，我们从此开始了接触。自那以后，他们的命运和八路军紧紧地联系在了一起。当时，八路军在国民党军强有力的进攻下，不得不放弃大栗子沟，向长白山方向撤退。在那段时间里，我们拉着雪橇经过临江、烟筒沟、六道江，一直登上错草顶子，后来又去了临江、五道江、凤城、岫岩，八路军在大约一年的时间里时而撤退，时而进攻。这一年是我们在精神上肉体上极度痛苦的一年。在错草顶子的高原上，田屋就曾经因身体不适而去看医生。当时矢野医生由于没有听诊器，用耳朵在他的前心后背听了听后，对他进行了诊断。记得当时还给了他一些药。也许当时他就已经被病魔困扰了。但田屋一直顽强地忍耐着，他用他瘦弱的身体挑着扁担往山上挑水，每天半夜三四点钟就起床，给大家准备伙食。不知是因为身体过于劳累，还是因为离开故乡日本来到东北只有半年，水土不服，经常吭吭地咳嗽，后来就卧床不起了，在家病倒的话还好些，但当时是在战火纷飞的八路军军营里。每日的饭菜非常粗糙，尽是些油腻的东西。即使是病人，也别想弄到其他吃的东西。只有稀饭和咸菜能稍稍好入口一些。没有食欲，他开始日渐消瘦。战友们担心他的身体，尽量为他做些可口的饭菜。但端去的饭菜，总是吃不下一两口就剩下了。他十分感激战友的关怀，每次都不停地对我们说饭菜好吃。但从他深陷的双眼里，我们能看到他的寂寞孤独。他在想念着远方的亲人。

卧床不起一周之后，检查的结果出来了。田屋的病是肺结核，他搬出我们的宿舍，住进了隔离病房。我们不时去探望他，但不能像以前那样朝夕相处了。时间过得很快，他搬入隔离病房转眼就过了三个星期。将近过了一个月的时候，我们看到他在院子里散步，看来快要康复了。他隔着院墙热情地向我们打招呼，我们也纷纷鼓励他好好养病，早日康复。但不久传来了他的死讯。一个不到 30 岁的年轻生命就这样匆匆结束了。医院对他进行尸体解剖的结果表明，他的肺部被细菌侵染腐烂，已经完全失去了机能。据化验技术室的福井医生说，他的肺部被无数的结核菌占据，负责解剖的近藤医生当时惊讶过度，甚至感到自己的肺都不会跳动了。回想起来，那种身体状态的人怎么可能到户外走动。田屋为了安慰我们居然使出了全身的最后的力量走到院中。比任何人都渴望能回到祖国日本，比任何人都渴望能见到父母兄弟的田屋，最终没有能够踏上日本的土地而埋骨中国。他的挚友押久保大概回国后已经把有关几年间他在中国的一切都告诉给了他的亲人。三年的时间说短也短说长也长，三年的共同生活让我们认识到了一位从无牢骚不满，不惜身体，勤奋工作的青年，人们对他的人格充满了尊敬和信赖。又有一位战友为革命而牺牲了，我们告别了田屋，等待着出发去往前线的命令。

长途行军和内蒙古一夜

行军开始以后，总是日夜兼程赶往目的地。解放军的这种行动方式一直以来令日本人难以理解。在中国的抗战时代，日本军队里流传着这样一段口头禅：“当你觉得八路军已经消失的时候，他们会突然从附近冒出来；当你加紧攻击他们的时候，他们会突然消失；当攻击减弱以后，他们会突然反扑；弄不清他们到底藏在哪里，反正这帮家伙腿快得很，实在是令人不可思议的军队。”

在和八路军共同行动的过程中，我们渐渐领会到这句话的意思。事实上，到目的地的距离不管有多远，他们都会一口气走到，中途几乎不知道休息。下雨的话就打上伞走路，下雪的话就穿上防寒服走路，到哪里都是走着去。没有人不佩服靠腿打仗的八路军。尽管我们在这支不断行军的队伍中生活，我们却不了解过去走过的路线是什么。明明队伍是在前进但又回到了原地，明明队伍在边行军且日本人都以为已经来到远方的时候，却只是来到了附近的村镇。部队按照上级的指示这样来回转移，不断地兜圈子。曾经经过的路段也大部分让人分不清。但当时却有一件事深深地留在我的脑海里。

那是发生在营口附近的事情。在那一区域的战斗中，东北民主联军取得了巨大的胜利。国民党军一个师的官兵成了联军的俘虏。当时的敌师长好像是一个叫陈林达的将军。后来他加入了解放军，并受到了良好待遇。俘虏们被解放军士兵解除武装后，排成长长的一列纵队行走着。队伍有几千米长，从队头望不到队尾。但他们姿态实在是寻常。经过我们面前的俘虏一个个腋窝里夹着外套，肩上扛着铺盖，有的人手臂上居然套着两三只手表。从他们的脸上看不到悲观的表情，他们只是按照指示在行走着。从他们身上感觉不到丝毫败军之兵的悲观气氛，他们表情甚至可以用坦然来形容。从这里可以得到两种解释。首先，他们和八路军是同一民族的人，是长期遭受支配者压迫的下级兵士；其次，解放军不准虐待俘虏，而且纪律规定不准抢夺俘虏的一切财产。这两点俘虏们都非常清楚，因此他们没有恐惧心理，也不会产生悲观情绪。相反，当了俘虏他们还能早日回家和亲人团聚，他们高兴还来不及呢。

解放军对俘虏采取宽大政策。这一政策不仅仅针对国民党军，同时也针对其他所有民族，所有军队。包括日本侵华战争时期的日军，以及国共内战时期的美军，这是很多人都知道的事实。正因为这项政策的基础是治病救人的思想，它的意义非常重大。处理国民党军俘虏的场合，如果没有做过特别的坏事，可以让他们自由回家，如果希望参加解放军，也会得到认可。俘虏们当然没有忘记他们手中的枪也曾杀伤杀死过解放军士兵。我们对这些由美帝国主义现代化武器武装起来的国民党军极度仇恨，同时，这种仇恨也是我们进行斗争的原动力。但在直面这些俘虏的时候，憎恨和阶级同情的情绪在我们内心交替出现，我们的心情变得十分复杂，既想起身怒斥他们，又同时在内心反省不能这样，能明显感到内心情绪的动荡。中国同志当时的心情应该比我们日本人更加复杂。

解放军同国民党军在纪律方面截然不同。解放军有三大纪律八项注意，不仅仅不染指俘虏的个人财产，同时连不打招呼拿走老百姓的一根针一条线都会受到严厉处罚。国民党军没有这样的纪律。他们一旦进入某个村落集镇，会把那里的东西洗劫一空。他们占据某地之前，路旁田间可以看到牛羊猪鸡在嬉戏，而当他们来了以后，不出几个小时，那里的家畜会消失一空，他们的疯狂可想而知。辽沈战役时期，这一特点被显著地暴露出来。当时解放军与国民党军之间进行着激烈的攻防战，一个小小的集镇会在他们的争夺下几度易手，一会儿是解放军统治那里，一会儿又是国民党军统治那里，在统治者三番五次改变的过程中，谁是老百姓的朋友，谁是老百姓的敌人，会变得再清楚不过。国民党军来的时候鸡飞狗跳，能吃的吃光，能抢的抢光；撤退的时候手里拉着牛，拖着猪，枪杆上绑着鸡鸭仓皇逃走，让老百姓简直忍无可忍。同是中国人，他们的丑恶行为让我们日本人见识了阶级支配的恐怖。由于是洗劫性的掠夺，集镇里的人们不但缺少食物，同时也缺少日常生活用品。而当解放军进驻的时候，情况恰恰相反，他们不但给缺粮的老百姓供给粮食，还帮助他们进行城镇的重建工作，那种与老百姓同甘共苦、不吝付出的“为人民服务”精神，让老百姓又吃惊又赞叹不已，老百姓高兴地说：“这才是人民的军队。”两支军队同样由中国人组成，但由于他们的阶级立场不同，所表现出来的纪律也截然不同。不同的军队纪律会对战争成败产生重大影响。军队如得不到老百姓的支持，等待他们的必将是失败，而得到老百姓强力支援的军队，会一步步走向胜利。这是斗争的法则，同时也是真理。中国现代史告诉我们，国民党军一直没有理解到这个真理，他们内心依赖的仅仅是美国的最新兵器。解放军的将士，从上级到下级，从司令到列兵，都充分认识到了群众路线的真理，并且为加深理解付出了最大限度的努力。两支军队的最大区别是他们对战争的态度不同，也因此产生了立场方法的迥异。解放军走向胜利，国民党军走向失败，这是必然结果。从营口周边成千上万的国民党军俘虏的状态，我们看到了不可救药的国民党军的明天。

我们的部队又开始了行军，这次行军总让我们有点摸不着头脑。我们的目的地本来是天津、北京，但不知为什么部队却行经了内蒙古的库伦，难道非要通过沙漠地区吗？库伦在北面，而北京在南面。向相反方向进军真是令人费解。以往的行军总能让我们预测出大概来，但这次却让我们糊里糊涂。

出发之前准备了很多马车。一部分马车装载贵重的药品，一部分马车载着伤员、老人和医生们。这一路是四平至奉天的迂回路段，困难重重。对于我们步行的人员来说，大道、小道、平路、凹凸路都没有关系。但马车部队却叫苦不迭。尽管马车的铁轮吱呀吱呀地叫个不停，前进的速度却非常缓慢。无奈马车夫只有拼命用皮鞭抽打马背。中途好几次车轮陷入坑中，不能动弹。大家又得费力将土坑垫高，然后全体出动，将马车从坑中拉出来。那是一次异常艰苦的行军。但当时也偶有令人高兴的事情发生。那是经过一座小山丘时发生的事情。从草原中突然蹦出一只野兔来。吃了一惊的马夫迅速从马车上跳下，手里握着马鞭四处追逐那只野兔。走在队伍前边的人不知道发生了什么事情，他们纷纷回头去看。野兔在草丛中忽左忽右地来回奔逃。这下热闹了，前后的日本人、中国人开始了狩猎野兔的作战。大家的喊声此起彼伏，“北边！南边！前边！后边！”大家不停地给马车夫发出指示。马车夫的眼睛瞪得像铜铃一样，挥舞着手中长鞭来回奔跑。马鞭不时发出啪啪巨响，好像把兔子吓蒙了，它突然间停下，好像不知道该往哪个方向蹦。这时，野兔的身边再次响起了鞭声，野兔在地上滚了两滚就毙命了。马车夫得意地将死兔扔到马车上，高兴地喊着：“晚上改善伙食啦。”大家在兴奋了一阵以后，又继续顺着险恶的山路开始行军。

在草原地带，随处可见地表附着一层白色的像盐一样的物质，打听后才知道，原来那就是盐碱地。当时还觉得地面上居然能冒出那样的物质，真是有意思。越过丘陵草地和沼泽伴生的地带，走了相当长的一段路以后，山地变缓，前面却又出现了沙漠。宽阔的沙漠一眼看不到边。起风的时候，沙砾飞扬迷人眼睛。但不前进不行。我们纷纷戴上出发前准备好的防沙眼镜，用毛巾捂住口鼻，向沙漠中走去。在沙漠上行走非常困难。走一步要退半步，实际上只走出了半步。这是因沙子过于松软，脚踏上去以后向下向后陷的缘故。这样，本来走三个小时可以抵达的路程，却要走五六个小时。在沙漠中，我以为已经走得很远了，回头一看，竟然离刚刚出发的地方不远。总之前进的速度十分缓慢。

已经过了预定时间，四周开始渐渐变暗，我们成了夜行军。虽然人们脸上的不安难以掩饰，但大家互相鼓励着继续前行。天已经完全黑了，寂静森林里冒出一轮圆月，把原本黑暗的沙漠照得明朗起来。那是一轮赤红色的大月亮。月光映在沙漠上，美得惊人。从来没有见过那么大、那么圆、那么红的月亮。在远离人迹的沙漠中突然见到这轮煌煌明月，让人觉得如同来到了另外一个世界。当时的情景让人联想到许多美丽歌谣中的歌词。那是一轮蕴含着无限壮观、无限美丽的月亮。古人见到这样的月亮一定会迷醉吧。看着这轮大得出奇、美得出奇的月亮，我们仿佛忘记了行军的疲劳，我们也醉了。

这时，前方突然传来了激烈的枪声。估计是国民党残匪在前面兴风作浪。队伍中有人低声喊了句："别出声，趴下！"紧接着全员无声地趴在地面上。钝浊的枪声依然在不停地响着。这到底是怎么回事？人们不明白在这里为什么会遇见敌军。这里是沙漠地带，周围根本找不到类似民宅的建筑。另外，敌军应该已经逃往北京、天津方向去了。所以大家不明白为什么会在这里发生枪战。枪声渐渐停了下来，耳际又传来了什么人大声呵斥的声音。仔细听来，是解放军士兵的声音。

原来是自家人打自家人。当明白对方是友军的时候，我们高悬的心才终于放了下来。后来仔细问情况才知道，对方是我们的先头部队，他们在行军途中迷失了方向。之后又误认为我们是敌人，因此发生了枪战。还好没有人负伤。继续行军，一路上又遇到了很多挫折，但最后在一处蒙古族人的聚居区找到了投宿的地方。那里的人家既没有电灯也没有蜡烛。我们借着月光走入昏暗的屋里，在门的两侧三人一组打开铺盖躺了下来，令人吃惊的是，躺倒以后靠近头的一方居然卧着三头牛。

进入这户人家的时候就闻到了一股刺鼻的怪味，但没想到屋里会有牛。实在让我们大吃一惊。但那天晚上十分疲劳，不久我们就都睡着了，现在已经记不清当天晚上有没有吃晚餐，只记得第二天早晨把小米用锅炒熟后，浇上牛奶当早饭吃了。烧锅用的燃料是晒干的牛粪。牛养在屋里，烧锅的燃料又是牛粪，当然屋里充满了怪味。同时他们的饮用水是下雨时蓄下的雨水，蓄水池中可以看到各种各样的虫子在游动。其实很不卫生。要是一般人的话，估计早就忍受不了了。但由于解放军必须走群众路线，每到一地都要入乡随俗，尊重那里的习惯，不搞特殊化，不能瞧不起那里的人。所以我们怀着感激的心情在那里度过了难忘的一夜。

蒙古族人的生活使我们了解到了沙漠中生存的艰难。沙漠中既没有水，也缺少植被。水和植物是维系人类生存的最重要的条件。而沙漠中缺乏的正是这两样。牛吃了草后新陈代谢出的粪便，被晒干充当燃料。这种燃料既能用于炊事，也能用于取暖。牛奶和牛肉又是蒙古族人生活营养的来源。正因为牛对蒙古族人非常重要，蒙古族人把它们当成家庭成员之一。

吃过早饭以后，立刻又集合了。前一天夜里分散居住在各户的人员，在指定的场地集合完毕以后就出发了。当我们出发以后，一部分干部分别走访了被借宿的蒙古族人家，向他们询问有没有物品被损坏，有没有人违反纪律，有没有人借了东西没有归还。损坏了物品进行赔偿，给人家添了麻烦就诚心道歉。一切都检查停当以后，他们才快步追上队伍，并提前赶往下一个目的地寻找新的宿舍。人民解放军的干部个个都很了不起。

在难以行进的沙漠上艰难地步行了五六个钟头以后，头晚借宿的蒙古包渐渐消失在视野之外。到目前为止，我们在行军过程中遇到过大雨暴雪天气，但还从来没能遇到过狂风。但在进入沙漠的第二天，我们遇到了传闻中的沙漠大风。起风以后，沙砾和尘土漫天飞扬，遮住了视线。那不是风而是风暴。我们一行匆忙取出事先预备的防沙眼镜和宽布带，把眼镜戴上，又用宽布带把脸缠的严严实实。看起来活像一个个阿拉伯妇女。但沙漠风暴实在太厉害了，夹杂在暴风中的沙砾发出飕飕的响声，尽管我们都戴着眼镜，但一瞬间仍让人禁不住闭上眼睛，隔着布带脸上的皮肤也被打得生疼，让人不由自主地向后却步。当时不知是谁用日语喊了句："革命太苦了！"这句话可能道出了大家的共同心声，那场沙漠风暴给我留下了强烈的印象。沙漠风暴对革命战士来说是一次洗礼，那些经不起考验的人在那时会思想动摇，而那些意志坚强的人风沙愈烈愈使他们骄傲挺拔，愈能激发他们勇往直前的雄心。

风暴持续的时间并不很长，在肆虐了一段时间以后，沙漠又恢复了原来的平静。自然的变化、人生的旅途、革命的道路，又何尝不像动与静这两项对立物的统一呢？

令人陶醉的内蒙古月夜，神秘的喇嘛庙，疯狂可怕的沙漠风暴很快又都成了过去，在经过库伦和北票两地以后，我们终于到达了通铁道的城市阜新。我们终于从大山、草地、沙漠这样的枯燥地带里解放了出来。当到达人口相对稠密的阜新的时候，已经快是夏末了。在日本帝国主义支配东北的时代，这里曾生活着许多日本人。

部队护士中不少人曾就学于阜新高级女子中学。昔日的官署和住宅楼仍然伫立在车站前，景色和过去没有太大变化。对于那些曾在阜新生活过的人来说，这里令人既难忘又充满回忆。直到三年前，她们还和自己的父母兄弟在这里过着舒适怡然的生活，这里是她们从儿童成长到大人的故乡。几年后重临阜新，这里已经没有了往昔那些无忧无虑的日本女孩的身影，看到的只是身着军装的人民解放军。她们同父母兄弟四乡离散，甚至无从知道他们平安与否，她们其实都很孤独。从童年到青春，这里的土地曾留下了无数同家人友人欢声笑语的回忆。但此时，那曾经走过的每一条道路，那已经荒废了的一个个住宅，似乎都沉浸在国共内战的激烈枪炮声中。从参军的那一天起，做梦也没有想过能再次回到这生养自己的地方。墙壁上、廊柱间似乎晃动着父母的身影。她们也许在头脑中想象着父母，并向他们倾诉三年所受的各种委屈。但战争却不允许她们有过多的对往昔的回忆。

短暂的休整结束后，我们又要向下一个目的地出发。国民党军正向南方节节败退，我们必须不断追赶。我们的任务是敌人逃到哪里我们就到哪里。从阜新出发的那天早晨，在车站前吃到了热乎乎且辣味十足的豆腐脑。吸溜吸溜地吃着那满满一大碗香美无比的豆腐脑的景象同人民解放战争一道，成了永留我心的对中国的回忆。

北票野营

从长白山山麓的小镇六道沟出发以来，时间已经过了将近两年，这时是9月初，我们接到了向锦州方向挺进的任务。到达五道江的时候，已经是严冬了，那里的冬天非常寒冷。阜新比五道江稍微暖和一些。根据任务，我们还要南行，离开五道江以后，我们参与沈阳、营口方向的战役，后又经过岫岩，结束四平包围战后，集中到了山城镇。第二步为配合锦州战役，我们又从阜新出发了。这些地方是人民解放军已经解放的地区，没有国民党军。因此，在阔别三年以后，我们又可以乘火车行军了。大家感到非常高兴，火车即使再慢也比两条腿走路要快要舒服。但情况并不像我们想得那么简单。我们坐的是敞篷火车，说白了，若是客车的话肯定有座位，还有很多人一路上上下下，但实际情况同我们的想象还有一段差距。

据说敞篷车是用来运输那些不怕刮风、下雨、下雪，不会被损坏的物品的车辆。偶尔也用这种车辆运输牛马等动物，但没听说过还能用这种车辆运人。但当时是战时，我们成了被运输的对象。另外，这趟火车开车以后几乎就没有停过，它无视信号和车站的存在。好像只有车轮破裂才可以使它完全停止下来。也就是说，这辆火车是运输军人的专列，可以自由奔驰。途中也没有遇到会车的情况。大便小便意想不到的成了难题。由于是敞篷火车，小便最后在车上解决了，大便却要一直忍着，直到火车到一个环境、时间都适合的地方才能解决。由于是战争年代，尽快抵达目的地是行动的第一目标，同时还要具备个人服从全局的素质。

部队中男女老少什么人都有，男性比较容易解决上厕所问题，但女性就不那么方便了。她们在火车上解手的时候，先在车厢的一头由许多人围成圈，然后再在圈里拉一条布作遮挡。看到她们这个样子，男兵经常故意起哄。当货车内开学习会的时候，女性们立刻对这种行为提出了严厉批判，男性们不得不进行深刻检讨。人民解放军有着严格的纪律，嘲笑捉弄女性违反三大纪律八项注意，这种行为是绝对不允许的。

在行驶了几十个钟头以后，列车停了下来，据说前面已没有铁轨了。我们下了火车又开始了徒步行军。下车的时候，每人都得到了一份携带干粮，这意味着在往后的一段日子里不能生火做饭，并且不能住到老百姓家里，也就是要野营。如果做更深考虑的话，可能敌军就潜伏在我们附近。发给的干粮非常简单，只是一些饼干和炒面。这些干粮被事先装在形状细长的干粮袋中，背起背包和干粮袋，我们出发了，干粮袋内径约七厘米，长约一米，呈圆筒状。必要的时候发给每一位士兵，在战场行军的时候它是携带粮食的必需品，干粮装入袋后，把两头扎紧斜挎在肩上，非常方便。背包背在身后，备用的鞋子绑在背包内侧，然后再挎上干粮袋，准备工作就完成了。除了领导以外，没人知道要向哪个方向行军，大家只知道，接下来的行军又要靠自己的双腿了。

一声令下，全体人员向着广阔的原野走去。停在铁道尽头的火车在视野中越来越小，四周终于全成了旷野，看不到人家，也看不到田地，那里是一片荒原。经过了很长时间，当部队来到一处树丛集中的地方时，终于等到了宿营的命令。同时命令还说不许用火，要尽量隐藏在树木草丛之中，注意不要生病。不知谁叹了口气说道：“今晚就在这儿？”下火车以后已经连续步行了好几个小时，突然停下来，身上感觉暖洋洋的。夕阳完全消失在地平线下，沙地的温度开始降低，随着天色逐渐转暗，湿冷的地气不断向身体袭来。即使把铺盖垫在身下，寒冷依旧不减。尽管领导让我们好好休息，但空气如此寒冷让我们无法安眠。我们不明白为什么选在这里宿营。后来才从别人那里知道原因，原来尽管解放区在不断扩大，蒋介石军的军用飞机依然时常前来骚扰。由于解放军不掌握制空权，大部队在行军过程中，经常会成为敌机攻击的目标。蒋介石军在解放军的大反击下不断向南方退却，但他们时常还会掉转头，从空中对解放军实施轰炸。我们行军途中在一处有沙丘的地方休息的时候，就曾看见几架敌机从高空飞过，当时全体人员立刻隐蔽进了草丛之中。

沙土交杂的原野像故乡的河滩一样静谧。小沙丘的低洼处长着一丛丛繁茂的红柳，远看像一小片一小片的树林。白天出太阳的时候暖融融的十分惬意，日落西山以后却一下子冷得出奇，从地下泛上的寒气让人冷得难受，并且还不准生火取暖。将纸板一样薄的褥子铺在沙地上，身上盖上被子，瑟瑟发抖地捱过了寒冷的一夜，早晨起床以后，不但没有热水，连凉水都没有一口，洗不成脸，也刷不成牙，大家聚在一起，一边干巴巴地嚼着饼干和炒面，一边诉说夜晚的寒冷。当时最让人担心的是部队的女同志们，男同志尽管嘴里喊冷，但实际上一夜的寒冷对他们的身体不会造成太大危害。女同志由于身体构成的不同，在后来的日子里有很多人出现了月经不调的症状。革命战争中遇到的很多困难挫折，都是常人难以想象的，但战争法则告诉我们，如果不克服困难，就不可能将战争引向胜利。我们并没有在荒原中长时间整装待命，很快就又出发了。这次南下行军同以往有所不同。身后背负的铺盖行囊上插着柳枝，帽子周围缠上长草，周身上下被草木枝叶伪装了起来。

在颠簸不平的土路上走了很长时间，依然见不到农舍的踪影，可能是由于路况太差，很多人的脚上磨出了血泡，泡破了以后血淋淋的，看起来很惨。尽管如此，部队还得拼命行军。有些战友身体渐渐不支，最后连背背包和扛枪的力气都没有了。于是身体好的战友帮助身体弱的战友扛行李。有的人居然帮助两个人扛行李还能唱着歌大踏步行进。他们的行为可以称得上是革命同志爱、宝贵战友情的体现。这次行军是一次有开始而没有结束的行军，它一直要持续到将国民党完全消灭或赶出大陆为止，没有时间上的限制。长期行军使一些体弱的战友身体上渐渐吃不消。不能再加重业已疲惫不堪的战友的负担了，于是，大家自发地由身强体壮的同志替换着帮助落后者拿行李，互相帮助、互相扶持着向南方走去。

在部队的行军路线周围，经常有小股敌人出现。当我军兵力处于优势时，什么事都不会发生，而一旦我们是小部队的时候，他们会立刻反扑上来。因此，绝对不能掉队，强行军时，早晨天不亮出发，一直要走到晚上10点左右。在那段时期，很少能得到长时间的休息。只有走到目的地才能彻底休息下来，行军途中的休息时间非常短暂，短则10分钟，长则20分钟。但长年累月地徒步行军，使我们的两条腿逐渐变得强壮起来，即使是短时间的休息，大家也要抽空用扑克玩打百分的游戏。这种游戏玩法非常简单，而且很容易分出胜负，当队列前头发出休息的命令后，大家立刻卸下背包坐在上面开始玩牌。这种时候，中国人、日本人、朝鲜人会打成一片。几个人把背包围成一圈，大呼小叫玩了十来分钟，休息转眼就过去了。如果到出发的时间还没有决出胜负的话，大家会将各自的点数记下来，到下一次休息的时候再接着争胜负。但要言明的一点是，在这里没有赌博性质的行为发生，这种扑克游戏非常好玩，一旦玩起来就很难放下。

最让大家着迷的不是个人战，而是两人一组的团体战，简直有难以抗拒的魅力。在解放军中，这种玩法非常流行，据说当年周总理打游击战的时候，也经常同士兵们一起玩牌，这大概是因为打百分的游戏符合人民解放军官兵关系融洽，不分贵贱的传统。

一天，在行军途中，上空突然飞来了几架敌机。我们当时随大部队正在南下途中，根据干部的指示，官兵们纷纷躲进路边的高粱地里或低洼处躲避。一部分惊慌间找不到藏身处所的士兵四处奔跑。当时的情景像蜘蛛下崽一样，田地里到处藏的都是人，敌机发现了我们的踪迹以后，沿着道路低空飞行并开始用机枪扫射，道路上尘土飞扬，甚至可以看见子弹带着哨声钉进泥土里。本来藏身在我旁边的一名士兵可能万念俱灰了，口中念叨着“完了，敌机转头的话，我们就死定了，要死也不能当饿死鬼”，他一边说一边脸冲着敌机的方向，从干粮袋中取出饼干大口大口地嚼了起来，看到这种景象，我的心里也开始有点发毛，但令人庆幸的是，敌机并没有转头，它直飞着一直消失在南边的天空。

在高粱地里躲避敌机的时候，有的中国士兵提醒我们不要大声说话。并且提醒我们的方式不是通过语言，而是将食指压在嘴上，低低发着“嘘”的声音。他们的表情非常严肃，瞬间大家都安静了下来。但仔细一想，飞机飞在高空，地上的人说话声音再大，飞行员又怎么可能听得见。大家面面相觑，不由自主地爆笑起来。

后来才知道，当时解放军攻取了长春、沈阳、营口，东北全境已经得到了解放。飞机上乘坐的可以能是从沈阳机场逃往南京的国民党将领。他们在逃窜途中发现了我们的部队，于是顺便进行了一场空中攻击，那些急着逃命的人哪里有心思返回来进行二次攻击呢？敌机的这次空袭没有造成人员伤亡，仅仅死了一头拉车的马，事后，我们将马肉煮熟大吃了一顿，平生第一次吃马肉，硬邦邦的，味道不怎么样。

行军虽然充满危险，但也有很多乐趣，我们不顾疲劳地一路南下，穿越锦州，来到东北华北交界地山海关的时候，晴朗的天气使我们心情舒畅不已，在山海关，我们久违地住进了老百姓家里，在进行休整的几天时间里，洗洗衣服、登天下第一关、逛大街、买东西，可以说其乐融融。

提到山海关，至今仍清楚的记得当时登上万里长城的情景。那里是万里长城的起点，长城之高、长城之大、长城之宽，让我们吃惊不已，山海关城门上方建有巨大的城楼，城门里还有宽阔的瓮城，一条道路从这里横穿而过。从城下向上望去，城楼并不显大，只有登上城楼后，才能感到它的巍峨，从城楼的二层向下眺望，走在道路上的人看起来十分渺小。日军侵华的时候，这里曾屡次遭受炮火重创，国共内战更加剧了对这里的破坏，到处是破败景象，唯有大字书写着“天下第一关”的牌匾，还保留着当年模样。

长城上面十分宽广，甚至汽车都可以在上面通行。用来建筑城墙的砖头也大得出奇，一般情况下，我们一提到砖头通常会想到那种红色的小砖，而用来建筑长城的砖头宽约 30 厘米，长约 50 厘米，比普通的红砖要大得多。把这样的巨型砖头一块一块垒起来。十几米高，长达 6000 千米的万里长城，其工程之浩大，简直令人难以想象。这是全人类的文化遗产，我们不得不惊叹中国人民创造了如此伟大的奇迹。但为了建造伟大的万里长城，曾经又有多少劳动者沦为统治阶级的奴隶，被榨干了最后一滴血，被夺取了宝贵的生命。每当想到这些，我的眼里就会出现无数饥寒交迫、瘦弱无力、挣扎着搬运土石的中国人的身影。

晚饭过后，大家相邀一起去逛街，已经很久没有在有电灯照亮的地方吃过饭了。山海关的晚饭让人觉得格外香。在闹市区，灯火通明，人群熙熙攘攘，虽然购物十分愉快，但由于我们没有很多钱，最后只买了一些香烟糖果之类的便宜物品。在闲逛途中，我们遇见了耍杂技的，没有舞台也没有像样的场所，那是一群马路艺人。他们在道路中央划出片场地正在表演。看热闹的人里三层外三层挤成黑压压一片。我们也挤进人群之中观看。当时表演的是顶竿，一个看上去身强力壮的大汉，在肩膀上支撑了一根粗大的竹竿，竹竿上攀着好几个年轻人。

他们在上面一会儿倒立，一会儿横撑，做着各种各样的姿势，在我见过的江湖班子中算是不错的，已经好久没看过耍杂技了，一时看得入神，竟然忘记了归队的时间。回到宿舍时，已经快 9 点了。在新解放区，经常有国民党的残兵及特务潜伏着进行各种破坏活动，因此，部队晚上通常严禁我们外出，有指示规定，日本人特别应该注意这点。记得我们在街上谁都没有用日语讲话。

对中日朝三种国籍士兵来说，处于东北地区和华北地区交界地方的山海关，是增强信念、树立新决心的重要地点。中国的解放战争以山海关为界迎来了新局面，同时，对我们士兵而言，也迎来了转换思想、改变观念的新时期。我们所属的东北野战军（后改称第四野战军）在东北地区建立，人员也几乎全部来自东北。东北对士兵来说是故乡，是父母兄弟的出生地，参军以前一直生活在那里。那里的山川，那里冬日的寒冷，早已让他们习惯。对我们日本人来说，虽然伪满的存在时间非常短暂，我们却也习惯了那里的生活。语言比较好理解，中国人的风俗习惯也比较好接受。因此，我们的乡愁也都十分浓厚。在山城镇所接受思想动员所表的决心也有点淡忘了。说心里话，大家并不十分想入关南下。正因为出现了这种情绪，山海关对解放军来说才具有重要意义，也要求大家再次下定决心。

站在万里长城“天下第一关”上回头望去，我们野战军的后续部队正大步昂扬地向北京、天津方向行进。同时看到，如此多的战斗部队南下，可以证明东北地区已经被完全解放了。当时的景象令人欢欣鼓舞。《我是革命的好战士》的歌声在长城蜿蜒穿过的山峦间回荡。那歌声让人感受到了战士们为完成革命任务舍生忘死毅然南下的决心。注视那些对蒋介石有刻骨仇恨的同胞部队，我被他们的气魄所感染，缠在心头的乡愁渐渐散去，内心更坚定了为解放全中国一定要努力的决心。

平津战役的任务

越过万里长城第一关——山海关以后，开始了解放天津、北京的大进攻。这时，解放全国的序幕已经全部拉开。我们急切地要进入序幕的内部。解放全中国取得全国性的胜利，是解放军的大目标、大战略。当前的关键目标，是解放中国的重要城市天津、北京。天津有 10 多万守军集结，北京更有傅作义将军统领的 20 多万大军。这次战役的胜利，对其后的中国解放战争可以说起到决定性的作用。

东北野战军的主力部队已经开始了对天津的大举进攻。从前线传来的消息说，由于伤员太多，野战军医院已经处于满床状态。我们从山海关再乘上货车，向处于天津和山海关中间部位的唐山进发。唐山由于出产铁矿石和煤炭，有很多外国资本介入，城市建设也有较浓厚的欧洲风格。从新闻中得知，几年前（1976 年）那里发生了大地震，造成重大伤亡，整个城市也变成了一片瓦砾。从电视上观看震中唐山的图像时，情况简直惨不忍睹。当时的唐山市非常美丽，道路被铺装过，在街上散步的女性也和东北解放区见到的女性截然不同。市内到处弥漫着资产阶级格调。就连市内一些医护人员的服装，也同解放军的护士全然不同。看起来更像受着美国的影响。相比起来，解放军的护士们冬天穿棉裤，夏天穿单裤，无论冬夏装，颜色总是咖啡色，上装的外边套一件罩衫一样的白色粗布预防服。而在唐山看到的护士们，裙子下面露着白色长袜，上衣紧贴身体，身上穿着雪白的质地单薄的预防服，头上还戴着像蝴蝶一样的白帽子。大家看了后，简直目瞪口呆，记得当时谁还嘟囔了句："穿成这样还能工作？"

临时医院设在位于市内交通大学的一角，收容的患者全部是从前线送来的伤兵。我们不分昼夜地工作着。但在唐山的停留时间不是很长。当将工作移交给来自后方的医院以后，我们又接到新的任务向前线出发了。这次是步行行军，一路上遇到了很多部队。有被近代兵器武装的战斗部队，有运送物资的后勤部队，甚至还有摩托化部队，人数有数万之多，常常前后都一眼望不到尽头，所有部队都朝着天津方向行进。当同其他部队擦肩而过的时候，大家总会大喊着“加油”，鼓励对方。尽管相互之间从没有见过面，但大家喜悦的眼神，像是他乡偶遇几十年未曾谋面的故友。常有部队向我们发出赛歌的挑战，我们也毫不示弱地放声合唱。

这种赛歌场合肯定对方有人会先领唱，然后他们整个队伍齐声歌唱。接下来他们会要求我们也回唱一首歌。但要求的方式十分奇特。那个领唱的人先冲着自己的部队大声提问，问我们这边要不要也来一首？这一问，对方的士兵会全员大呼：“来一首！来一首！”然后那个领唱的人又会问“来首什么歌”，于是对方的士兵再次大声喊《三大纪律八项注意》。唱完以后，我们也会以同样的方式要求他们再唱一首革命歌曲。

精力集中在赛歌上以后，肩膀上枪支的重负以及身体的疲劳，仿佛都不知不觉忘记了。歌声换来的是旺盛的气力和难忘的友情。每个战士的脸上都洋溢着亲密和喜悦的表情，看不到丝毫的悲壮。这一张张充满活力的脸庞，让人很难相信这些人正奔驰在出生入死的战场之上。他们那令人难以置信的明快表情，让人不由得感叹革命是充满快乐的。

能够共同分享快乐，共同渡过难关，也许是因为有一根红线把我们紧密联系在了一起。那根红线我想就是解放全中国的大目标，为了这一目标，战斗部队在前线同国民党军奋勇厮杀，而我们为了使在战斗中负伤或在行军中生病的伤病员，全心全意地工作，以使他们通过治疗早日重返前线。无论前方、后方，无论中国人、日本人还是朝鲜人，我们的目标是建立一个新中国。除此之外别无其他目的。舍弃个人利益、超越民族主义的美丽的国际主义思想，在这里诞生了。

进攻天津的任务非常艰苦。这样说是因为我们必须在规定的时间内到达目的地。因此，我们昼夜兼程。肩上扛着枪，背上背着铺盖，腰里挂着行囊，部队排成“长蛇”队列急行军。到了后半夜。睡魔伴随着疲劳不断袭来，脚步也开始踉跄起来，有时走着走着，头就撞到了前边战友的背包上，惊得人一下子睁开眼睛。在没有月亮的黑暗中行军的时候，既分不清自己前面走的是谁，也分不清部队朝着什么方向走。因为自己本身就处于半梦半醒状态。令人不可思议的是，尽管瞌睡的眼睛都快睁不开了，渡过河堤、浮桥等危险地段的时候，居然还都安然无恙。

当行进到天津附近的时候，虽然是夜晚，仍然可以看到天空中盘旋着向解放军攻击的国民党军的飞机。地面上，解放军正向天津市发动总攻，隆隆的大炮声不断在耳际回响。市区方向一条几十米高的红色火柱冲天而起，甚至隐隐照见了周边的建筑。旁边的一名士兵惊叫着说：“一定是天津纺织厂着火了。”看着那熊熊的火光，我们纷纷想总算到天津了。但那火光看着很近，其实还很远。顺着火光的方向继续前行，却始终到不了天津。时间一点一滴过去，东方泛出了鱼肚白，不久太阳也渐渐升了起来。我们已经走了一夜，但依然没有到达天津。后来才了解到，那天夜里，人民解放军已经解放了天津市。

记得中国近代史上是这样描述那次战斗的：“包围天津的刘亚楼兵团向国民党守军司令陈长捷发出了投降的最后通牒，在没有被接受的情况下开始了总攻击，战斗持续了29个小时，13万国民党军被歼，陈长捷被俘。”战斗的激烈程度可想而知。我们的部队由于没有必要入城，而在距离天津约20千米的地方驻扎下来。天津解放以后，我们立刻组建了野战医院。医院设在一个叫独流镇的地方。由于是利用当地老百姓的空屋建成的医院，病房十分分散。医院中这边屋子五个、那边屋子三个，到处挤满了伤员，甚至连过道都躺着重伤号，要记清哪个伤员在哪间房里十分困难。那些伤员白天夜里哭喊着“疼啊，疼啊！”不断有人到医护室传呼医生护士，负责联络的是同一病房中的伤员，那些伤势相对较轻的伤员拄着拐杖里外忙碌。

白天工作起来还不怎么觉得辛苦，可天黑以后就麻烦了。手提煤油灯来回于各个病房之间，一会儿是换绷带，一会儿是给药，一会儿是注射。在昏暗的油灯下进行注射非常困难。因看不清血管在哪儿，有时要反复多次插入。这种情况下有人哭着喊疼，更有脾气暴躁的伤兵大骂甚至出手打女护士。面对种种遭遇，护士们都咬牙忍耐着。她们不但要负责治疗，要替伤员换绷带，还要消毒洗涤器械，甚至要照料伤员的一切。也就是说，她们必须从事护士和护理员的双重工作。同时，众多的精神病患者更增加了她们的负担。夜里值班的时候，有的患者看到值班室的灯光会突然从外边跑进来，称远处的灯光附近发现了敌人，如果不射杀敌人，自己就会被杀死，然后举起拐杖做持枪射击状，嘴里同时发出“哒哒”的射击声响。那时他们的目光既敏锐又充满了恐惧。护士们常来找我们帮忙制服那些发狂的患者，弄得我们也心里发毛。那种患者白天伤口疼痛躺在病床上，痛苦呻吟不能动弹，可天黑以后不知为什么会突然发狂，本来离了拐杖根本不可能行走的患者，令人惊讶地腋下夹着拐杖朝有灯的地方一路飞奔。然后大喊大叫“敌人来啦！我见着毛泽东啦！”他们的种种古怪症状，给护士们带来了肉体和精神的双重压力。

医院收容了众多在天津战役中负伤的伤员。这些伤员中以破伤风和组织坏死症患者居多。特别是组织坏死症患者，为了拯救他们的宝贵生命，必须对他们进行截肢。清扫班的神原君负责处理那些可怜的青年士兵被截下的肢体，他不止一次流下伤心的眼泪。这种病患让人叹息，但如果不截肢又无法维持患者的生命。为了防止这种病的蔓延，无论擦伤还是枪伤，再小的伤口，都需要医务工作者悉心彻底消毒伤口，并不断提醒伤员们避免接触已被污染的尘土。

在独流镇，炊事员的工作也分外繁忙。一方面在天津战役中得到了很多战利品，另一方面老百姓们还送来了很多活猪、活鸡表示慰问。战利品中既有个大如斗的蔬菜罐头，还有黄油、奶酪、煮豆等食品罐头，各种物品堆积如山。小听的罐头一部分分发给了个人，其中很多是黄油。结果，中国的同志把黄油又纷纷拿了回来说："这玩意像肥皂一样，我们不吃，给你们。"我们告诉他们那不是肥皂是黄油，但他们执意说吃不惯，最后还是丢了下来。农村长大的解放军士兵们，似乎消受不了国民党的奢侈食物。另外一方面，老百姓送来劳军的鸡猪羊还都是活生生的。尽管炊事班负责做饭，但没有人会料理这些活物。没办法班长又请来老百姓帮忙屠宰。

由于每天都要屠宰一两头猪，我们攒了很多贵重的猪油。从肥猪肚子下面取出的猪板油足足装了一瓮有余。

三宅君在观摩了几次杀猪场面以后，成了杀猪能手，他确实是个心灵手巧的人。杀鸡方面伊吹君当仁不让。但当时有件事却使伊吹君得到了惨痛教训。在军队里做鸡肉菜从来不区分骨头和肉，一般是连骨头带肉一锅煮。一次，他在做鸡肉菜的时候，为了尝尝肉熟了没有，从锅中夹起一块放入口中。正在这时，炊事班里突然进来了一个人，惊慌失措的伊吹君一口将那块肉囫囵咽了下去。没想到那块肉里夹杂的碎骨头一下子扎到了食管上。这下出事了，喝水咽饭团不管怎样骨头就是下不去。大家也都心急如焚。有人想的办法是把一团棉花用线系住后吞下去，吞到一半的时候，再把线往出拉，争取把骨头一起拉出来。但试了很多次，疼得伊吹君不住流眼泪，也没有把骨头拉出来。还有人提出通过喝药使骨头融化那样的馊主意。没办法，后来只好去找医生。但医生说除了切开食道没有其他的好办法。伊吹君垂头丧气地返回宿舍，两三天都没有上班。鸡骨头同鱼骨头有着根本不同，要取出它看来十分困难。担惊受怕地过了几天以后，卡在食管上的骨头居然消失了。伊吹君又恢复了原来充满活力的生活。从那以后，据说伊吹君做饭的时候再也不尝菜了。他因祸得福的经历也给了炊事班全员一个重大教训。

独流镇的镇外有一条河。炊事班经常把猪蹄鸡爪之类的下水扔入河中。这种事其实以前从来没有发生过。以前我们总是把猪蹄鸡爪仔仔细细地洗干净，然后用来烧汤，或是将骨肉分离，做成菜吃。但在独流镇肉多得吃不完，不知不觉中我们变得奢侈起来。

我们一个叫室濑的同事在独流镇还遇到过一件事。有一天，当他正在蒸米饭的时候，炊事班进来了一位上了年纪的中国人。他一边问着“饭蒸得怎么样了”一边就去掀锅盖。一下子室濑又气又急，脸涨得通红。“别动！”随着一声大喊，他从那人手中夺下锅盖，咣的一声重重地扣了回去。那位中国人被吓了一跳。说了声“对不起”后就匆匆的离开了炊事班。后来才知道，那人是在军队中地位很高的政治委员。他来炊事班是为了检查士兵的生活状况。但没想到遇见了这件事。米饭在蒸的过程中千万不能揭锅盖，但他却不了解这个常识，也有可能中国式的蒸饭方式有别于日本式的蒸饭方式，但不管怎样这名干部最后虚心地接受了室濑的批评，这一点很了不起。一个人，当他手中拥有权力高高在上的时候，很容易变得性格傲慢。这名解放军干部虽然在年龄上是老干部，但在心灵上却是“新干部”。

在独流镇为期不长的临时野战医院工作，是我们进入华北地区以来最重要的工作。仅仅数周之前，在开往天津战场的路上，那些士兵还同我们一起欢快地赛歌。

但此时，他们中却已有很多人被收容进了野战医院。他们之中有人被截肢，更有人失去了宝贵的生命。一想到被清扫班含泪掩埋的那些英灵，南下途中同我们擦肩而过的那些战友们的笑容，就会浮上心头。他们为革命事业而牺牲，但也许牺牲就是他们的宿命。

每当回忆起天津战役的时候，我就会想起发生在小角班长身上的事情。在昼夜兼程赶往前线的途中，小角班长突然掉队了。我们干着急却没有办法寻找他。造成他掉队的原因，可能是因为所有部队都朝着同一目的地行军，野战军的语言和服装又相同，让他难以区分哪个是自己所在的部队。总之，他是在路边方便以后掉队的。他本人当时好像认为反正目的地是天津，即使掉队了，随便跟着哪个部队都能走到天津。但我们的部队在行军中却接到了不进城的命令。为此大家更加担心他，更糟的是小角班长的中国话讲不好。将各种不利条件加在一起考虑后，我们开始胡思乱想，也许他再也不能归队了，也许他因不能证明自己属于哪个部队而被编入其他部队。但我们的担心都多余了。过了两天之后，小角班长坐着汽车被送了回来。大家欢呼雀跃地上前迎接他，当时的场景可想而知，事情也算有了圆满的结局。但实际上，那件事现在想起来都让人后怕。在宽广的中国大地上，在数十万解放军士兵中，想寻找一个日本人，简直是天方夜谭。当时正处于激烈的战争当中，战场上有很多国民党乱兵和特务，解放军的士兵也都充满了杀气，万一一个不小心，小角班长被当成国民党特务的话，就永远回不来了。

解放军不愧是人民的军队。他们不但相信了小角班长的话，帮助他寻找部队，还把他用汽车送了回来。这种充满信赖和亲情的精神，正是成就解放全中国伟大事业不可或缺的精神。通过小角事件，我深刻领会到了这种精神的可贵。

解放天津以后，紧接着是解放北京。北京城被上百万解放军团团包围了起来。当时傅作义将军率领 20 万国民党军守卫着北京。北京是中国著名古都，拥有很多历史遗迹和文化名胜。战火交集可能使那些享誉世界的历史文化遗产毁于一旦。解放军不希望通过武力解放北京，因此，他们将北京团团包围起来，敦促傅作义将军弃暗投明。傅将军在审时度势以后，放弃了抵抗的念头。同天津不同，北京在没有流一滴血，没有一人负伤的情况下被解放了。历史悠久的千年古都迎来了解放军的入城，天安门城楼上飘起了红旗。由于这一功绩，新中国成立以后，傅作义将军在中央政府中担任了重要职务，至今仍在为新中国的建设努力奋斗着。

第三次国内革命战争三大战役中的辽沈战役、平津战役胜利结束了。这两大战役的伟大胜利，对全中国的解放战争起到巨大的推动作用，同时，也为每一个士兵带来了奔向胜利的自信和勇气。

渡过黄河
（淮海战役）

行军途中经过的房屋外墙及院墙上，随处可见用墨汁重重书写的标语——“活捉蒋介石”。一定是先头部队留下的杰作。我们读着这个标语，穿过保定、石家庄、邯郸、郑州，一路向南行进。没有交通工具，我们依然是步行行军。像火野的小说《麦子和军队》中描写的那样，大地被绿油油的麦田所覆盖。麦田如此宽广，仿佛无论我们走到何时它都不会从视野中消失。那里是无比宽广的绿色平原。和风吹拂下，缓缓波动的麦浪像太平洋的蓝色海洋一样美丽迷人。麦田处在高出道路几米的地方，农民们利用道路和麦田的落差在中间掘出窑洞，他们生活在窑洞里。据说在这麦田里追击敌人的时候，有时他们几千人会突然消失得不见踪迹，开始觉得不可思议，后来追上去一看才知道，原来麦田同道路没有处于同一高度。高的地方能达到六米左右，上上下下并不是很容易。如果不了解这里的道路地形状况，将对战斗十分不利。

另外，由于长期缺雨，这里的土地十分干燥。当我们汗流浃背走过这里的时候，汗水和尘土黏在一起，脸和眼睛都成了黄色。路面上覆着一层厚厚的浮土，脚踩下去，尘土随即向四方激射、同时发出“扑哧扑哧”的声响。一两个人还好，几千人一起走过的时候，飞扬的尘土简直令人窒息。天空中会弥漫起一片土云。相反，一旦下雨，路面就会变成泥潭，不但鞋子会被粘掉，连脚都拔不出来。总之，这里天晴的时候尘土飞扬，下雨的时候又泥泞不堪，打仗的时候，追者追不快，逃者也逃不快。农民和士兵的服装清一色全部是黄土颜色。如果趴在地上，很难让人发现。据说，染坊里有一种染料来源就是这里的土。

据说，在抗日战争年代，抗日游击队的士兵们就曾用这种泥土做染料，将服装染成土色，他们利用麦田做掩护，同日本军士兵作战，出没无常，给日本军士兵很大的打击。《麦子和军队》《土和军队》这两本书事实上是华北地区的真实写照。另外，这里的生活习惯也和东北地区有所不同。例如，我们曾经长期生活的东北地区，主食是玉米和大米，小麦只占极少一部分。而华北地区的主食是小麦，这里的人经常吃面条和烧饼，特别是手工扯面的味道极好。黄粱梦的典故中有一段“邯郸学步”的故事，在邯郸地区的村镇道路两旁，随处可见卖扯面的小饭馆，且做扯面的技术都非常高超，以至于有时我们看得出神，竟忘记了走路。醒好的面团不用刀也不用擀面杖，仅仅用两只手十根指头就把面团一条拉成两条，两条拉成四条，四条拉成八条，八条拉成十六条，面条不但长且挂在手上十分整齐好看。煮熟的面条也是粗细均匀、细长光滑，让人觉得简直不可思议。在日本，一说到手工面条，人们立刻会想到那种用擀面杖擀好后折成几褶，再用一种又厚又重类似铡刀的大刀，仔细切成的截面呈正方形的细长面条。但邯郸地区那种既不用刀也不用擀面杖，凭双手把面拉的又细又长的面条制作方法，实在令人叹为观止。

在东北的时候，天天早晚都是玉米面烤制的饼子。到周末才能吃上一顿米饭或面食。大家成天就盼着周末的到来。吃米饭或面食的时候食欲大增，一直要吃到肚子发胀才算满足。因为大家都知道，如果这次不吃饱的话，下次要想吃就得等一个星期，所以索性吃个酣饱。但来到华北地区以后，我们天天吃的都是面食。这反倒让我们有点不知所措了。其实，这里的土地不适合种植玉米、高粱之类的作物，我们当然要每天都吃面食。离开东北虽然使我们多少感到有些伤感，但能每天吃到这么好吃的食物，我们的心情立刻又变好了。在战争年代，战斗取得胜利，吃好吃的东西，顿顿饭吃饱肚子，这三件事对士兵来说是极其愉快的好事，因为这三件事能使人感到活着的乐趣。

我们终于迎来了渡过中国的第二大河——黄河的时刻。宽广悠长的黄河远古时代就是亚洲民族、文化、人类的发祥地之一。黄河流域同印度的恒河流域、中东的两河流域（底格里斯河及幼发拉底河）、埃及的尼罗河流域，被世人并称为世界四大文明发祥地。在这条宽广的大河流域内，有着肥沃的土地，可以种植多种农作物，支撑着众多人民的生活，可这条大河一旦泛滥，生活在周边广泛地区的人们，就会失去他们的房屋、财产和农作物，使他们陷入贫困的深渊。因此，在中国古代有“治黄河者治天下”这样一句谚语，可见这条河对中国人多么重要。

我们解放军渡过黄河的时间由于在雨季到来之前。河水显得相对平静。但尽管如此，它的宽广雄大仍使我们震撼。站在河边眺望远处，等待乘船渡河的解放军大部队一眼望不到边。回想起在东北的日子，当时解放军的装备几乎都是三八式步枪，而现在不但有了冲锋枪，还有坦克部队，野炮、山炮、榴弹炮部队，今天的解放军已经成了一支由现代化武器武装起来的威武雄壮之师。随着军队装备的改善，战略战术也发生了变化，由以前的游击战转变成现在的运动战。战略的变化是中国解放战争取得最终胜利的基础。但是，大部队也面临着大困难。当时解放区的面积还小，没有敌占区广阔。随着解放军军队的不断壮大，如何确保物资供应成了最大的困难。首先，大部队横渡黄河的时候，没有大型运输船，更没有运输机。有的只是帆船和小舟。所有的船都没有引擎。但部队必须渡过宽且水流湍急的黄河。当时正处于战斗中，国民党的飞机随时都可能飞来袭击我们。我们一个接一个地登上已经扬帆的渡船，其中还有士兵把马拉到了船上。船满员以后就出发了。对岸非常遥远，朦朦胧胧看也看不清楚。帆船首先向上游行驶了几百米，接着把船头倾斜着又缓缓驶向下游，行驶了一段距离之后，把硕大的锚半放入河中，使船静静地顺流而下。过一会儿把锚完全放下，使船停住，掉转好船头之后，再次向上游驶去。同刚开始一样，上行一段距离以后再折向下游。

这样，不断重复着这样的划法，使船安全快捷地抵达对岸目的地。船工高超的驾船技术令我们赞叹不已。

他们不是解放军士兵，而是一般人民群众。同我们这些人一样，他们随时都有牺牲的危险。国民党军渡过黄河向南方逃亡的时候，他们曾被强迫前来从事同样的工作。据说当时他们的态度十分消极。但当解放军部队渡河的时候，他们却自发地组织起来，要求向解放军提供帮助。船工的这种行为让我们十分佩服。虽然我们不知道这些船工姓什么叫什么，却十分信任他们，并且我们最终安全渡过了黄河。实际上，在渡过宽广的黄河之前，我们一直心存不安。但由于有了船工们的努力，有了他们高超的技术、勇敢的精神、伟大的思想，我们才得以放心地将生命托付给他们，才得以安全渡过黄河。如果他们的技术不成熟，或他们不是发自内心积极地帮助我们，船也许会在中途沉没，出现很多无谓的牺牲。渡河作战如果不按预期计划进行，更有可能对在第三次国内革命战争中起决定作用的淮海战役产生重大负面影响。

在淮海战役中，国民党军王牌精锐部队 60 万人左右被全歼。战斗异常激烈的淮海战役，是解放全中国进程中政治影响最重大、战争样式最复杂的一次战役。从那以后，国民党军溃不成军，一路向南逃窜，几乎完全失去了抵抗的意志和力量。不能忘记的是，早于我们渡河的先头部队付出了巨大牺牲。当时他们把枪架在船头，没有救生衣就把竹筒绑缚在身上，在国民党军空中机枪扫射和对岸阵地攻击的枪林弹雨中，不顾生命危险，前仆后继，终于成功抢渡了黄河。

这条大河见证了历史的变迁，见证了各个时代，也见证了太多的人和事，但她却默默地将往事都注入了大海。国内革命战争时期无数战友的鲜血流淌进了这条河中。我怀着有朝一日不再有人流血，黄河永远成为和平和幸福的河流的愿望，告别了伟大的黄河。

穿越大别山脉解放武汉

渡过黄河，在郑州、开封进行了一段时间的休整以后，部队兵分两路，分别开往南京和武汉。随着淮海战役的胜利，部队针对新的任务又提出了新的口号。在中国革命战争中，根据战略战术的变化，目的、任务及斗争目标也会随之改变。官兵们交口传诵着“解放武汉，解放南京，活捉蒋介石，解放全中国”的口号，一路向南进军。李宗仁和白崇禧分别统帅20万兵力镇守着南京和武汉。我们在新口号的鼓舞下朝着南京进军。路途十分遥远，一路上气候、饮食、生活习惯甚至行军方法，都发生了显著变化。我们几名日本人（包括我和山崎、后藤、大金、石下等人）同几名中国人一组，分乘十辆马车，背着冲锋枪出发了。道路两旁随处可见的战火痕迹，让我们觉察到了前途的艰险漫长。有些民房仍然在燃烧着，烟熏火燎，地上到处扔的是家财用具，老百姓们正忙着收拾近成废墟的家园。有的房屋冒着烟却见不到人影，从近旁经过的时候，臭气熏人让人掩鼻，原来是死人被烧着了，那烧了一半的死人似乎刚刚被杀没有几个小时，样子看起来残忍恐怖。让我们感到奇怪的是，到处都看不到一个年轻人的踪影。一打听才知道，战败的国民党军在逃亡途中经过这里的时候，对民家进行了洗劫，能抢的抢了，能烧的烧了，而且把年轻人也都抓壮丁抓走了。这是国民党军延缓解放军进攻的一种手段。很多无辜的生命成了他们的牺牲品。道路上横七竖八地还躺着很多身着军服的国民党士兵的尸体，那些尸体是忍无可忍的老百姓们复仇的见证。

大别山脉的山路狭窄且坎坷不平，更加危险的是到处隐藏着国民党逃兵。他们由于同大部队失去了联系，穷途末路的情况下盘踞山林，无论农民还是解放军，一旦比他们人数少的时候，就会受到他们的攻击，很多老百姓的财产粮食遭到了他们的抢掠。我们一行人数少且赶着马车，随时随地都有可能遭到他们的袭击。因此，遇到人烟稀少，村落距离远的情况，一步也不敢多停留，更不敢野营露宿。有一次，在通过一段山路的时候，看见刚刚被国民党逃兵洗劫的民宅正在燃烧，浓密的烟雾遮住了视线，为确保物资安全，我们快马加鞭穿过了像隧道一样的烟幕。每当通过被烧成断壁残垣的废弃村落时，紧张和不安总笼罩着我们。

一路上中国人和日本人互相帮助鼓励，虽然遇到了很多事情，但总算平安地穿越大别山脉，来到了一处位于小平原上的村落。每个人都很高兴。这个村落似乎也刚刚遭受到国民党残军的劫掠，大家仍然不能放松警惕。但同荒山野岭比较起来，这里已经安全多了。首先要解决吃饭问题。由于我们没有携带干粮，不得不从村落里征集。到村长那里，通报了人数及牲口数，然后领取了粮食，令我们惊讶的是，无论人还是马都同样得到的是大米，我们慌忙询问这是怎么回事儿。原来，这里只出产大米，自然马粮也是大米。尽管地域不同，所出产的物产也不同，但我们做梦也没有想到变化会这么大。在东北的时候，人吃的主要粮食是玉米和高粱，每周能吃上一顿米饭或面食就感到十分幸福了。马一般吃的是由草和豆饼混合而成的饲料。看来在这里给马吃大米也是没有办法的事情。马如果空着肚子，第二天就无法赶路。我们只好眼睁睁地看着马吃大米。吃过晚饭后，大家将草席子铺在一溜排开的马车下露宿。但在那种充满危险的地方想睡也睡不了安稳觉，夜里要轮流站岗放哨。放哨的人背着枪来回走动，到了交班时间，再把下一位放哨的人叫醒，安静的野外一点轻微的声响都能使人惊醒，所以根本不能熟睡。一夜过后，再次赶着马车前进。随着南下的不断深入，气候也渐渐暖和起来，雨水也开始增多。但下雨不影响行程，随着我们快马加鞭一路南下，山道转为平原，河湖村落渐多，前方也开阔起来。视野开阔了，心情也似乎豁朗了许多。连日来在大别山中遇到的众多险情仿佛一下成了过去，我们惊叹解放区扩大速度之快，一直紧绷的精神也稍许松懈了下来。这时忽然想到了大部队的战友们。自从我们离开大部队单独行动，时光已经过了数日。他们现在进军到哪里了？他们现在还都好吗？同大部队分别的时候，记得我们心情都不是很好。

另外，这一路也遇到了很多有趣的事情。具体什么地方现在想不起来了。记得那是个道路两旁有广阔湖沼的地方，被湖沼所夹的道路十分狭窄，只勉强能容一辆马车通过。观察道路状态，发现在我们之前已经有人通过了这里。车轮在草地上留下了两条清晰的痕迹。辙印上的草凌乱地贴在地面，草下的黄土已经翻了出来。除了马蹄印和辙印外，道路像一条绿色的绒毯。一些不知名的花草点缀在嫩绿的草皮上，让我们看了心情舒畅不已。我们找了道旁一处相对宽阔的地方停车休息，马也从车辕上解了套，站在不远处默默吃草。我们开始着手准备饭食。主食用行军锅很快就做好了。但由于身处四下无人的草原上，没有办法获得蔬菜。这时不知谁说了句，“从河里捉些鱼吃怎么样”。众人纷纷表示有道理。说干就干，大家下到河里，先找了一处水域狭窄的地方，经查看确认水只有没膝深，然后把拉车的十几头马一齐牵来，让它们在水中来回狂蹦乱跳。几分钟后，清澈见底的湖水被搅成了黄泥色，原本平静的水面也浊波翻腾，水中的鱼翻着白肚一条条漂了上来。那些鱼可能是因为湖水激烈的波动及水质突然变浑而醉了，不断有鱼翻着白肚漂上来，其数量相当可观。大家兴奋地在水中拣鱼，那一天我们饱餐了一顿鱼肉。

这地方也不知道是人们不习惯捕鱼还是不会吃鱼，河湖沼泽里有很多鱼游来游去。时常可以看见少年们手持长竹竿在溪旁湖边散步。出于好奇，我们问他们在干什么，他们说在捕鱼。太奇怪了，他们既没有鱼线也没有鱼钩，拿什么捕鱼呢？但他们的确捕上鱼了，而且方法十分简单。少年们轻轻走到岸边，当发现有个头大的鱼游过的时候，他们盯准了一齐用力拿竹竿向水面砸去，鱼受到惊吓往往会装死。有些运气差的鱼当下就被击毙。少年们从水中拣起鱼带回家去。这种捕鱼方法太让人惊讶了，我们纷纷赞叹不已。在那一地区，站在水岸边会有一种置身水族馆的感觉，可以看到大大小小的鱼成群结队地从眼前游过。也许正因为鱼很多，才有了这种奇特的捕鱼方法。这种方法在日本简直不可想象。

虽然休息时间不长，我们却饱餐了一顿鲜美的鱼肉。少年们奇特的捕鱼方法更让我们长了见识。但令人痛心的是，长期以来同我们走南闯北，甚至帮助我们捕鱼的战马，不久以后全部死去了。那些战马是我们从东北带来的。从东北到华北，再到华中华南，随着南下的不断深入，气候水土食物各方面都发生了变化。多雨和暑热的天气，给马的健康造成了不良影响。饲料的变化再加上长期出力的疲劳，使马的健康状况急剧恶化，它们已经没有力量驮物拉车。尽管让它们不负重独自行走，它们还是不断倒在路旁。众人用力将它们从地上拉起，又拽着缰绳强行向前走。这样的情景不断重复，最后，也许是马知道自己生命将要结束了，用悲伤的眼神看着我们，仿佛要告诉我们它再也走不动了，然后将身体重重地倒在了地上，伸长四蹄一动不动，士兵们也明白了一切。他们为减轻马的痛苦，用子弹结束了马的生命。在路旁挖个大坑，埋葬它们以后，部队又开始了行军。自从我们离开东北地区以来，一直是人马协同作战。长期以来马的存在起了至关重要的作用。它们走过了寒冷的雪地，走过了飞沙走石的沙漠，走过了多雨泥泞的南方大地。在此期间，有的马在国民党军的飞机轰炸时被炸死了，有的马在渡河作战中从船上掉进河里淹死了，还有的马在翻越高山时从悬崖上失足摔死了。但最令人伤心的是那些在即将解放武汉的时刻，由于疲劳、暑热和水土不服而病倒，最终由自己的主人结束生命的马儿。从东北出发的时候，我们拥有相当多数量的马匹，但随着不断南下，其数量也不断减少，当来到长江附近的时候，已经是损失殆尽。不但对马，南方的气候对人也提出了严峻的考验。前途未卜，马匹的大量死亡给我们敲响了警钟。

运河曳舟
（从辰溪至常德）

部队从解放南京转战解放武汉。这时，第三野战军马上就要占领南京了。随着长江的不断临近，运河也渐渐多了起来。那一带河沼湖泊密布，形成了像公路一样的交通网。在河道边上，偶尔可见一些窄小的石台，那是农民和商人们堆放货物的场所。在这种场所附近一般都坐落有民家。村镇虽然星罗棋布，但它们之间都有较长的一段距离。在当时那个铁道和公路还不发达的年代，水路在商业、产业、交通等各方面都占有重要地位。我们这次南下不光是人员，还携带了大量的粮食、医疗器械等物资。既然铁道形同虚设，我们只好利用运河这条先人们遗留下来的通道。我们先寻来了几艘船只。那几艘船让人想起在历史文献中见过的中国元代蒙古人曾经使用的船只。作为内河用船显然有点大了。粮食、医疗器械、患者、老人、儿童、妇女统统上了船。一边在船上对患者进行治疗，一边南下，一路上充满了意想不到的艰辛。船上竖着一根粗壮的桅杆，桅杆上挂着酱油色的船帆，布制的船帆不但肮脏且千疮百孔。两条又粗又结实的纤绳一头系在桅杆上，一头分别被拉到两侧的河岸上。靠河岸的那头每隔一小段距离又系着一根细索，细索的另一端是根两头被绑的竹棒。

每次六七人排成一列，将竹棒挎在胸前拉纤。当身子倾斜的时候，竹棒的反作用力完全集中在了肩上。大家一边嘿哟嘿哟地喊着号子，一边同时用力拉纤。每当没有风或逆风的时候，大自然的力量用不上了，只好将船帆降下，由大家拉着船前进。碰到要拉纤的日子，大家叫苦不迭。肩头被竹棒磨得通红且火辣辣的疼。为了忘记肩头的疼痛，大家大声地互相鼓励，尽管如此，由于各人身体条件的差异，很快就有人难以忍受。于是大家每隔一段时间就替换一次。一般人不出 30 分钟就累得气喘吁吁，下巴下面的肌肉几乎都要撕裂了。坐在船上的人也时刻没有闲着，他们时而高歌，时而大喊加油，为拉纤的同志鼓劲。听着来自战友的声援声，自然是力量倍增，但很快全身就会被汗水湿透。背后的衣服上甚至结出了盐花。当时的情景使人联想起《伏尔加河上的纤夫》，那些拉纤奴隶的悲惨的身影在眼前晃动，对他们所承受的非人痛苦有了刻骨铭心的体会。在形式上，我们同中世纪的奴隶们所经历的肉体痛苦，所付出的努力没有区别，但在内心感受上却有着很大差异。

我们拉纤的目的，是为了把受苦受难的大众早一刻解放出来，为了支援为完成这项光荣而艰巨的任务在前线赴汤蹈火奋勇杀敌的将士，并为了尽快对伤病员给予治疗。在这里集中体现出来的是自觉而崇高的同志爱。我们在为人民拉纤。正因为两者之间不同，拉纤时我们充满了力量。我们的行为是有目的有意识的积极行为。30 分钟过后，船靠岸边替换纤夫。刚刚拉过纤的人员到船上休息。但几乎没有人安安静静休息，大家纷纷利用这短暂的时间玩扑克娱乐。再也没有比玩扑克更令人高兴的事情了。拉纤、打扑克、学唱歌，大船顺着运河一路缓缓向南方驶去。在大船上大家共同体验着欢乐和悲伤的滋味。在一个不知名的小城，部队曾进行了数日休整。尽管中途有伤员不幸去世，但令人高兴的是，几乎所有人员都安全到达了武汉地区。

到了武汉附近，运河开始变得狭窄起来。我们大船换小船，几人一组摇着撸继续南下。几十艘小船连成一队，样子十分好看。一方面因为天气暑热，一方面也因为湛清的运河水实在惹人高兴。有人跳进河里游泳，一位叫小杉的医生还因游泳受到了中国干部的批评。理由是他游泳时身上只穿了一条裤衩。在日本这种事简直司空见惯，但依照中国的习惯，在妇女面前只穿一条裤衩是十分不礼貌的行为。当时，小船上有很多日本妇女和中国妇女，意见好像是中国妇女们提出来的。从那以后，再也没有人在有中国妇女的地方光身子游泳了。一路的舟船之旅，我们的身体经受了严峻考验。

乘船行军结束以后，我们再次回到了往日的步行行军上。进入中南地区，特别是到达长江附近的时候，气候发生了很大变化。首先是雨水多，那里雨一下起来就没完没了。雨停了以后，白天暑热难当，晚上又冷得难受。很多人都因不习惯那里的气候生了病。同时，由于不得不增加随身携带的行李，身心两方面都受到了煎熬。天经常下雨，雨伞就必不可少。暑热潮湿的地方蚊子特别多，蚊帐也必不可少。每人都领到了一顶蚊帐。通常，质量好的蚊帐是用麻织成的，轻巧且通风好。但我们的蚊帐是用棉线织成的，又厚又重，睡在里面简直透不过气来。这样一来，随身行李中多一柄雨伞和一顶蚊帐。背上行李重量的增加给行军带来了痛苦，有些年轻的女护士经常是哭着走路。

在这里需要说明一下为什么非要用雨伞。并不是当时没有雨衣，而是因为雨水太多了，以至于用雨衣不合适，不用雨伞不行。接连不断的降雨简直让人忘记晴天是什么样子了，霏霏淫雨一下就是数天。当时战争已经从僵持阶段转入进攻阶段，时间至关重要，不可能因为下雨而休战几天，我们总是风雨兼程。如果穿雨衣行军的话，不用多久雨水就会透过防水层渗透到衣服上，这样身子一受凉很容易生病。但雨伞就不同了，只要它不破，就不存在渗水的问题。天晴以后，可以把雨伞收起装入伞袋中继续赶路。记得在日本侵华战争时期看过的漫画中，似乎就曾有中国的游击队员身背雨伞行军的图片，当时不理解为什么打仗的时候还要身背雨伞，但来到长江附近才明白，原来雨伞这么方便这么重要。

另外一件重要物品是蚊帐。蚊帐在南方绝对是不可或缺的必需品。遗憾的是，我们的蚊帐是棉制的、通风很差的货色。炎热的夜晚睡在这种厚蚊帐中十分痛苦，有时不知不觉手脚就伸到了外边，被蚊子叮了以后又慌忙把手脚缩回来。有时白天行军太累了，被蚊子一个劲叮咬都毫无知觉。在那一地区，被蚊子叮咬以后，十有八九会患上疟疾。我也曾在那里不慎患了疟疾病，一会儿是 40 摄氏度的高热，一会儿身体又彻骨奇寒，翻来覆去折腾得人简直想死。冷的时候，四五床被子盖在身上还抖个不停，最后上面再坐上一个人也无济于事。但到了一定时间，寒冷会奇妙地自然消失，身体也会停止颤抖。接下来便是手足关节疼痛难忍，浑身无力，好像手脚都不是自己的物件，也不知放在哪里才好。用一条绳子把双脚吊到半空之中才能感到痛苦稍许减轻。在大家各种土办法的帮助下，我们这些疟疾患者一边同病魔搏斗，一边做着新任务的准备。时常想起当时为治疗疟疾患者而奔走于各病房的藤江医生。圆圆的脸庞，稍稍显胖的身体，他总是缓步走进病房，同患者说话的时候脸上永远带着微笑："感觉怎么样了？这种病没关系，打起精神来。"然后又缓步走出病房。藤江医生现在上了年纪，而且患有眼疾，据说稍远一点的东西看不见了。真希望他能早日治好眼疾，清楚地看到美丽的自然和昔日战友们的面孔。

不管怎样，疟疾是一种令人十分讨厌的疾病。得了这种病，不但要打针，还要一天数次服用一种属于奎宁类的药品。持续服用那种药，全身都会变成黄色，脸上甚至眼睛上的血仿佛都被抽干了。汗水和小便均是黄色的，甚至连内衣内裤都被染成了黄色。而且，发病之前也全无先兆。从东北南下而来的解放军有百万人之多。这些士兵的大部分甚至可以说几乎所有人，都至少患过一次这种病。高热退下，稍微有了一点精神，就又得行军，每个士兵的脸上都充满了疲惫之色。但革命战争刻不容缓，不可能因为发生了疟疾而延长时日。有的士兵一边哆嗦着，牙齿碰得嘎吱嘎吱直响还要扛着枪同部队一起前进。在行军途中曾经多次看到那种景象，一种令人可怜同情，令人心痛的景象。每当看到其他士兵那种病态的时候，内心总不安地考虑，会不会有一天那种厄运会再次降临到自己头上。

一边同疟疾做搏斗，一边向汉口方向进发。当到达汉口附近一个叫红房子的地方时，已经是盛夏时节。我们全体集中到悬挂有十字架的基督教会的前庭，首先听取了今后的方针，然后分成若干小组分头安排住宿吃饭。汉口地区比其他地方更加暑热，即使坐下来不动，浑身都会被汗水湿透。在这里休整的原因，是因为还没有到攻打汉口的时机。很多日本人经受不住汉口的暑热，纷纷跑到附近长江的一条支流中游泳。虽然河水不怎么干净，但那些喜欢游泳的人，还是找到了一处水流相对平缓且沉淀较好的水湾。他们争先恐后地跳入水中游个痛快。但没有想到，那一时的痛快却给他们带来了长期的痛苦。

当时在那里游泳的人，不出半年时间大部分都患上了血吸虫病，肝脏受到了相当严重的伤害。不清楚那种病的感染路径是什么，那些人先后都出现了健康异常。严重的人甚至住进了医院。那种病一旦染上，似乎很难治愈。当地的中国人甚至称那种病永远治不好。患了那种病的人身体干瘦，唯独肚子胀得像皮球一样，看起来活像果子狸（注：日本的玩具果子狸及漫画中的果子狸形象一般都是小头大肚子）。据说更可怕的是，那种病的患者无论到了多少岁，容貌总和患病时一样，听起来十分邪乎。在医疗技术落后的旧中国，不但没有治疗那种病的方法，而且当时的人们似乎也不关心那种病的预防工作。部队经过沿江地区时，我们发现街上玩耍的小孩有很多都鼓胀着圆肚子，还发现很多人明明已经是成年人了，却偏偏长着一副孩子脸。后来才知道，那些小孩、大人都是血吸虫病患者。

渡过长江后继续南下，我们预感到解放全中国的日子已经不会太远了。据说，先头大部队在横渡长江的时候，同敌人进行了激烈的攻防战。士兵们把空竹筒捆在身上当作救生衣的代用品，分乘无数小渔船，顶着空中国民党军飞机的狂轰滥炸，强行渡过了长江。上岸后在滩头又受到了敌军地面炮火的猛烈轰击。然而，一批倒下又有一批冲上去，无所畏惧的解放军战士终于完成了牺牲的战友的遗愿，胜利结束了渡江作战。渡江作战的成功，在中国人民解放军军史上书写了光辉的一页。尽管当时武汉地区白崇禧军号称 20 万人，但在解放军势如破竹的强烈攻势下，他们不得不丢盔卸甲仓皇撤退。

我们追寻着战友们通过浴血奋战和牺牲宝贵生命铺就的道路，分乘小船渡过了长江。船是配有引擎的登陆艇。这时，江面上已经没有敌人的炮火攻击和飞机扫射了。国民党军已经失去了制空权和制海权，他们不具备反攻的力量和兵力，现在正忙着逃命。目的地汉口早在5月末就已经解放了，先头部队没有费一颗子弹就拿下了汉口城。每当回忆起汉口入城式的情景，我总是激动不已。宽阔的水泥道路两旁拥满了市民，里三层外三层的人墙中红旗翻滚，整个汉口街道被欢声和旗浪所淹没。我们列好队伍，高唱《三大纪律八项注意》之歌，昂首阔步参加了入城游行。当时的喜悦之情仿佛烙印在了我的脸上，时隔20多年，仍能记得清清楚楚。

举行入城仪式的时候，正值汉口一年最暑热的时节。有人说汉口是世界上最热的三个地方之一。理由是，除了非洲以外，就是印度最热了，但有的印度人来到汉口以后说“汉口比印度还要热”。我们从寒冷的东北开始追击国民党军，一路南下，的确那里是我们所经过的最热的地方。市内水泥结构的道路和建筑物更增加了那里的热度，甚至连刮的风都是热风。

有个笑话说：麻雀飞累了，停在汉口城内的房顶上休息，结果房瓦太热，麻雀被烤熟了，最后从房上掉了下来。虽然不至于热到那种程度，但的确热得异乎寻常。

有时热得夜里实在睡不着，有人泡到井水中，直到身子凉透了再接着睡，更有人往竹席上洒水。在汉口，为了度过暑热难当的夜晚，众人想尽了办法。有时甚至跑到六层楼的楼顶去睡。尽管睡在那么高的地方，蚊子还是能飞上来，追着人吸血。在汉口最令人高兴的事情是房间里有电灯，已经有好几年没有在电灯下长时间吃饭做事了。几年来，有煤油灯就算不错了，通常用棉花捻成细灯芯，浸在盛有豆油的小碟子边上，点着了照亮。而且，当时实行配给制，豆油也十分珍贵，不敢尽着点。点一段时间以后就要把油灯熄灭，然后烧起篝火照明，大家围着篝火学习、开会、准备第二天的工作。由于长时间过这种生活，大部分同志视力恶化，眼球充血像兔子眼睛一样。汉口是一座刚刚解放的城市，市民的生活样式还保留着资产阶级式的奢侈华美，街道中时常可见年轻美丽的姑娘坐在人力车上，雪白的美腿从旗袍割缝以下展露无遗。一切还都是旧社会的光景。出于好奇，我们常跑到街头到处张望，旧资产阶级的不良思想仍多少残余在我们头脑之中。令人高兴的是，结束汉口为期数日的奢侈生活，再次整装南下的时候，那些双目充血的同志的眼睛居然都恢复正常了。

当汉口的军事管制委员会开始运作的时候，为了将国民党军彻底逐出中国大陆，我们跟随大部队又朝着另一个目的地海南岛出发了。途中部队被分成两部分，一部分继续前往海南，一部分在湖南、湖北、广西一带追剿国府军鹰派总帅白崇禧的残兵贼匪。日本人随之也被分到了这两部分，自1945年开始，大家同甘共苦已经过了将近五年，从东北到几千公里外的南方，为了完成部队的任务一起出生入死。突然在人生地不熟的湖南同战友分开，大家十分痛苦。也许这次一别永远都不会再见。但我们只能含泪互道珍重。在即将解放全中国的最后时刻，他们去了海南岛，我们前往广西执行新的任务。

出发的那天早晨阳光灿烂。离开汉口在沙市的湖边上了船。顺着洞庭湖一路经过临湘、岳阳、湘阳、长沙、桃江，从常德进入了山岳地带。经过桃源以后，部队开始向湘西地区进发。到处都是溪流，还有众多的小桥。走过一个个小桥，顺着山边曲折的道路不断向西南方向前进。这一带让人感觉有贼匪出没。部队开始加强警戒，并派出先遣队到前方探路。很多地方的桥已经被炸毁烧塌了，汽车和人员难以通过，只好绕道迂回前进。有时当我们赶到桥边的时候桥还在燃烧。本来预计随着部队不断深入山区，会不断有贼匪出现，但实际上我一直都没有看到贼匪的影子。

于是我问旁边的中国士兵："怎么看不到一个贼匪，他们到底藏到哪儿去了？"士兵用手指指着远处说："那不就有几个。”远处的山腰上，三四个农民模样的人正朝我们这边观望着。原来，他们平常换上农民装束，装作在田里劳动，实际是在查看我们部队的部署情况。当我们处于少数的时候，他们会立刻倾巢从山上杀下来；而当大部队通过的时候，他们只会默然地在山上观察我们。从这里通过绝对要一百二十个小心。

到沅陵附近的时候，山势变得越发险恶起来，道路又窄，行军起来十分困难。广西地区的山地是特有的喀斯特地形。山上怪石林立遮住了阳光，羊肠小道在山石间七拐八拐，一眼看不出几十米远，地面上总像是浮着一层薄雾。长年行军的疲劳再加上气候饮食的变化，很多人病倒了。那里穷山恶水，有的只是竹笋、河鱼和鸭蛋，每天过来过去吃的尽是鸭蛋和鱼肉，让人有点吃不消。疟疾刚刚有些好转的士兵们，由于吃不惯那里的饭食，看起来一个个无精打采。那些病得无法行走的士兵，只好坐在拉物资的卡车上移动。卡车的车箱下部堆放着医药品，药品上铺着被褥，病人们就躺在上面。部队昼夜兼程行军，仿佛只要有路就会一直走下去。乘车的病人中有中国人、日本人、朝鲜人，有干部也有士兵。解放军的原则是坚决杜绝民族差别、民族歧视，病情越重越会得到悉心照顾。无论吃饭、住宿还是乘车，都能做到重病号优先。行军的时候，我们这些身体强壮的人步行，病号们坐在车上，另有一些身体好的护士一起乘车照顾病号们。

有一天，在一条小溪旁吃完晚饭后，我们又出发了。一走就是一夜，天刚蒙蒙亮就快要到目的地的时候，一台卡车突然发生了车祸。在事故发生现场，道路上覆盖着一块像伞面一样的岩石。由于是急转弯，当时又下着大雾，卡车不慎掉入了河沟里。道路和河沟的落差并不大，大约只有一米。卡车四轮朝天翻在那里。病号们本来睡在物资上部，这下反倒垫了底，爬也爬不出来。更为不幸的是，本来没有多少水量的小河，由于车身横在中间，水位不断升高，最终造成了病号们的死亡。在即将到达目的地沅陵的时候，八条宝贵的生命牺牲了。

那八人当中包括朝鲜同志，只有一条胳膊的中国干部刘子恩，还包括日本人片山同志。片山同志直到最后一刻还用日语大声呼救。这是当时同病号们同乘一辆车的上田君告诉我们的。上田君是护士，当时坐在车上的任务是照顾那些病人。据他后来讲，车祸发生的时候，病人们都在昏睡，他坐在汽车尾部。由于那里是山谷地带，雾很浓，卡车行驶的速度也不快。但在拐弯的地方，车身突然急剧倾斜，扑通一声就翻进了河沟里。他当时被甩到了一边，清醒过来的时候，病人们正在车底下呼救。战友们在车身下正遭受痛苦煎熬，但他一个人也没有力量将车翻过来。于是他火急火燎地将这个消息报告给了指导员。一所妇女干部马指导员阴沉着脸向出事地点奔去，留下了一声怒吼：“把那个司机枪毙！”实际上那名肇事司机是在当地刚刚收编的国民党士兵。战友们把八名同志的遗体安葬在了可以俯视沅陵城全景的一处小山顶上，他们在那里长眠。

同时牺牲的那名叫刘子恩的干部，在抗日战争时期同日本帝国主义的军队英勇作战，在战场上他失去了一条胳膊。但他在工作中对日本人没有丝毫民族歧视，总是热心地指导日本工作人员的工作。他是一名了不起的干部。由于身体残疾，部队让他调到后方，他却毅然来我们医院担任司务长，负责朝鲜人、中国人及日本人的生活、伙食等后勤工作，并在同志中赢得了很高的威望。我们失去了一名好同志。

片山是牺牲同志中唯一一名日本人。从抗战刚刚结束的 1946 年开始加入了我们的行列，和我们同甘共苦。第三次国内革命战争艰苦的时期，同我们一起钻过长白山，一起啃过玉米大饼。在那令人郁闷的年代，他故意不修剪伸出鼻孔外的鼻毛，逗我们高兴，还教我们做纸花，夜里躺在床上给我们讲战场上的故事，为我们打气鼓劲。大家常亲切地喊他“老爷子”。其实，他当时也就是 30 岁出头。片山是作为军人去伪满的，日本战败以后，军队也解散了，他四处流浪，最后，同我们这些被阻挡在回国路途之外的人一起，开始了前途未卜的生涯。没听说片山有孩子，但他有妻子在日本。上战场的时候他才新婚不久。他十分想念远在故乡的妻子，无时无刻不期待着早日回国。牺牲的前一天，他还同我们在河边草地上围成圆圈一起吃饭。当时大家还鼓励他早日养好病，这样解放战争结束后大家就能一同高高兴兴回国了。病号们先于我们出发。马上就要上车的时候，片山突然发现他的喝水缸子不见了。考虑到他在车上不方便，我把自己的缸子借给他用。片山十分高兴，上了车后大声对我说，一到目的地就把缸子还给我。但谁能想到他这一去竟是永别。留在我回忆中的是那蓄着长鼻毛的笑脸。想起来就让人心痛。

片山同志被葬在了小山丘上，坟墓上只有一根粗糙的墓标。他再也回不了日本了，再也见不到自己可爱的妻子了。持续到生命最后一刻的他的凄惨呼救让人不忍回忆。太惨了，他的一生几乎没有幸福时光。虽然那已经是30年前的历史了，但仿佛刚刚发生在昨日。如果能平安回到日本，他现在应该已经做祖父了。往事像梦一样。片山同志作为一名优秀的革命战士，受到了中国人民的尊敬，他没有看到中华人民共和国的成立，没有等到革命最终胜利的那一天，就过早的同七名战友长眠在了沅陵的小山上。我想勤勉朴实的中国老百姓一定会善待这些烈士的陵墓。

离开伤心地沅陵，我们继续向西南方向进军。距离目的地辰溪、芷江还有很长一段距离。途中经常有土匪、特务出现。路况很差，所有的桥梁都已经被破坏并烧毁了。所幸的是，田地里没有积水，我们比计划提前到达了辰溪。在经过一段山势平缓长满绿树的山麓时，前面的卡车突然紧急刹车，几名士兵从卡车上跳下来，朝山上一阵猛烈射击。难道战斗要开始了？正当我们纳闷的时候，士兵们又迅速地返回了车上。看来情况不十分严重。后来才知道，几名看似土匪的家伙从山上下来，战士一开火，他们立刻又消失了。

辰溪是个位于河边的山乡小城，一条有石台阶的干道一直通向山上。穿过城中心的道路忽上忽下坡度很陡，路面是用整齐的青石板铺就的。那座小城能让人想起日本的长崎，山水相夹的小城辰溪受国民党统治的时间十分长，来自湖南、湖北的国民党军残兵，也有很多逃到了那里。据情报说，很多特务装扮成百姓潜伏在城里。由于我们事先掌握了情况，进城以后显得格外小心。广西地区（原文如此，译注）有众多方言，中国人之间在语言上也不好沟通，因此给我们的感觉是，当地老百姓好像分不清队伍里哪些是日本人。

这座小城被大河和高山相夹，粮食、柴火、杂货等一应物品均需要靠船只从别的地方运来。河流和小城有着密不可分的关系。国民党特务似乎也注意到了这一点，他们化装成商人以及背货物的人夫，利用各种方法探察小城的情报。解放军也因此加紧了在出入码头的盘查。对商人运来的大米，将手伸进米笼中触摸有没有武器，对人夫背上扛的柴火也一根根仔细检查。由于不时能从米笼中查出手枪，从柴火捆中查出来复枪，士兵们感到十分吃惊。直觉告诉部队，很快就会有大事发生。除货物以外，出入人员也不论男女，只要看上去可疑就检查。从衣服里不断有夹带的枪支和子弹被发现，由于货运行数量众多，最后干脆把他们的人员全部集中到镇政府门前的广场上，进行严格检查。在检查中居然发现有的女特务把手枪绑在了自己的大腿根部。很多人被逮捕。空气中弥漫着一股紧张气氛。但是，我们部队中士兵的数量只占极少数。从当时情况看，特务们肯定已经掌握了这一情报，并把它向土匪们做了通报。形势危急，干部们立刻发出讯息：请求后方增援。但问题是前方同后方距离遥远，即使情况紧急，援军也不可能马上就到。

很快，土匪们的活动就更加激烈起来，从远处时常传来枪声。有些用船运输货物的老百姓，半路上被土匪击伤，返回码头时已经浑身是血，有些甚至连船带货被土匪劫掠一空，各种不祥的征兆使局势更加紧张。更有人传言说有一股女土匪集团已经到了附近的村镇。老百姓们都说，在河对岸的山上，众多土匪已经聚集在一起，正等候着发起进攻的机会。一系列的情报使我们感到危险正不断逼近。一天后晌，由于特务们放火酿成城内商家的火灾，连成一片的店铺瞬间变成了火海。火势不断转移扩大，家私货物在狭窄的街道上扔得满地都是。有人在痛哭，有人在呻吟，有人拼命将货物往屋外转移，还有人乘机偷盗商品。寂静的山间小城一下子乱作一团。

部队中一部分士兵参加了火场的灭火和治安。大部分人员负责将伤病员、粮食及医药品转移到安全地带。那条狭窄的石台阶路平日走起来十分吃力，但那天人们身上背着沉重的物资疯狂转移，由于太忙乱，居然忘记了那些台阶的陡长。男人、女人，日本人、中国人齐心协力忘我保护着部队的重要资材。连那些年龄不足 20 岁的年轻女护士们，都背着有生以来从未背过重物，在狭长的石阶坡道上不知往返了多少趟。

正当形势危急的时刻，后方的战斗部队到达了。他们迅速赶赴火灾现场，开始救火。不愧是战斗部队，办事果断而有效。他们先在距离火头三间房远的店铺里安置炸药将其炸毁。使不断蔓延的火势得到控制。然后才开始灭火。熊熊大火逐渐变小，终于熄灭了。所幸的是这次大火没有造成毁灭性的灾难。陆续集中到火场的小城居民们十分高兴。如果战斗部队晚来几个小时，那座小城可能就被烧光了。虽然城中距河不远，但取水却十分不便。小城建在半山腰，从河边上来要爬半天，更何况把水运上来。那个时代当然也没有灭火器，灭起火来十分困难。城中的房屋一户挨着一户，挤得紧紧巴巴地，弄不好全城都会成为一片火海。

那场火是国民党特务放的，他们原计划将小城烧毁，但计划彻底失败了。这场大火给我们留下了惨痛教训。在新解放区思想上绝对不能麻痹大意，要十二分注意敌人的活动。如果思想上放松了，同援军的联络就会被延误，在火灾现场全体人员也不能协同作战。思想产生麻痹的话，只会在火灾现场左右奔逃，乱作一团。

在这座小城中也组建了野战医院，从最前线撤下来的伤兵和病员被安排住院治疗。病人当中有好几个是精神病患者。他们几乎都是未成年的少年兵。尽管战场在中国国内，但他们过的是离家数千里，语言、风俗习惯及饮食不同，每天还要和敌人生死相拼的日子。肉体的劳苦及精神紧张不断持续，使他们的内心产生动摇。在挑战自我的战斗中败下阵来的人思想上产生了疾病，不久就发展成被称为战争恐惧症的精神病。这样的精神病患者有数人之多，他们被安排在临时的隔离病房进行治疗。他们当中，也有因为不愿意上前线而装疯的假精神病患者。隔离病房是用粗木头围成的阴暗肮脏的像牛棚一样的房间。尽管同我们的宿舍距离较远，早晚时分仍然能听到患者们发出的奇怪声音。有一名曾经当号兵的患者从早到晚嘴里都发着喇叭的声响。有时还能看到偷偷跑出病房的士兵光着脚四处狂奔。看来，战争是一件令人恐惧的事情，死亡对有些人而言充满了悲哀。那些患了精神病的少年兵让我们意识到，战场上既有勇敢的士兵，也有意志薄弱的人。

那些假患者在思想教育以及友人们的帮助下，思想被端正了过来。他们对自己的装病行为进行了深刻反省，并再次回到前线。分别的时候，他们还在忏悔自己的行为，并发誓以后决不会由于思想上的疾病再次住院。在生死抉择的紧要关头，如何正确选择自己的人生道路，对所有人来说都是一次考验，这件事告诉我们，改过自新虽好，但只有克服了这种考验，人生才会出现光明。在发生各种事件的辰溪工作不到两个月，我们又接到了新任务。这次要去广西方向，但我们首先得按原路返回。这次返回，除一部分先遣队外，全部乘汽车出发。先遣队由数人组成，经过武装以后，先我们出发了。人员包括中国人、朝鲜人及日本人。我们分别登上了数辆卡车。根据以往经验，驾驶室顶上架了机关枪，各车间隔一定距离。这样无论土匪什么时候出现，部队立刻就可以进行反击，途中没有遇到严重情况，只有一次同土匪发生了小摩擦，放了几十枪以后，他们就消失了。几小时以后，我们来到一座小镇。一部分体力充沛的人从那里徒步出发。我们一行先期离开了小镇，当穿过几个村镇，到达一处荒废村落的时候，突然遇到了意想不到的事情。本来应该已经抵达目的地的几名先遣队员直楞楞的站在那里，其中有河野君。我们急忙探问究竟，事情让人哭笑不得。行军途中由于寒冷，他们几人在一间空房子里生火取暖，正休息的时候，突然遭到土匪袭击，他们的武器全被抢走了。仔细追问才弄明白，原来烤火的时候，他们把枪靠到了墙边，然后围成一圈抽烟。在特务出没无常的地带本应十二分地警觉，但他们却放松了警惕性，事情当然就那样发生了。还好只是武器被抢走，没有人员伤亡。在那一地区，语言和习惯都比较独特，最要命的是那里的人十分憎恨来自东北的汉族人，稍有闪失立刻会发生被杀的危险。在这种危险地带，只被敌人解除武装，算是不幸中的万幸。他们受到了严厉批评。当时大家都有些垂头丧气。

在那里，我们第一次听说中华人民共和国已于 1949 年 10 月 1 日成立了。在战争年代，那对我们来说是个好消息，但大家似乎并不十分激动。也许是因为还有重大任务在等待着我们，也许我们内心想的是全中国的彻底解放，反正不知由于心情紧张，还是由于觉得事业未竟，甚或是没有充分理解到中华人民共和国成立的重要意义，我们的心情比较平静。只隐隐约约记得，中途在一处农村逗留的几天里，水谷、大金君他们几人曾用野花扎成花环在场院里跳舞，他们手持漂亮的花环练习跳舞，常常持续到深夜。已经不记得他们当时出于什么目的、因为什么理由跳舞了，也许是为了庆祝中华人民共和国成立。由于当时人员少，在行军途中，我们没有充裕的时间和精力去考虑其深远意义并咀嚼喜悦。

我们再次回到了常德。前往辰溪、芷江剿匪之前，我们曾路过那里，并且为鼓舞士气在那里进行了思想整顿。这次，常德又起到了前往广西方向的中转站的作用。没有任何城市能像常德一样给我们留下难以磨灭的深刻印象。每当日暮降临的时候，肯定会有一位卖豆腐的老人出现。用穿透力极强的嗓音向我们高喊：“五香豆腐干！”我们经常买来作夜宵。那是一种把豆腐干切成细条拌上胡椒的吃食，味道特别好。在那里，我们过上了几年来难得的舒适日子。同时，朝鲜战争爆发的消息也在那时传到我们部队。

我们所属的第四野战军的一部分人员随之北上，向东北地区移动。其中包括在最前线战斗的指战员、野战医院的一部分工作人员及队伍中的朝鲜人。他们接受新任务，成为了志愿军。我们的医院中当时有很多朝鲜人，他们也到了南方的湖南，我们一起度过了将近六年的岁月。六年间发生了很多事情。在大栗子沟，一夜之间曾有近五十名朝鲜的少男少女从联军中集体逃亡。剩余的那些少男少女流着眼泪过雪山、穿沙漠、走平原，同部队一起进军到了常德。当时十三四岁的少男少女们五年之后已经长大成熟，有的已经当了见习护士。他们一度同日本工作人员矛盾很深，甚至发展成政治问题。但后来双方缓解了矛盾，一同为伤病员努力服务。朝鲜战争爆发以后，他们终于同我们告别了。

朝鲜战争是美帝国主义同韩军为支配年轻的朝鲜，进而侵略中国最边缘的神圣领土东北地区，而发动的一场战争。意识到事态危险的中国政府，为了不使侵略者的魔爪伸到鸭绿江，毅然组织志愿军。这样，战争成了美帝国主义、韩军同朝鲜军、中国人民志愿军之间的战争。这场战争是侵略者同被侵略者、正义同非正义较量的战争。世界历史证明，帝国主义者通常惯用这种手段。世纪之初，列宁领导的俄国十月革命刚刚取得胜利的时候，世界帝国主义者就曾联合入侵诞生不久的苏维埃政权。当时，世界各地的劳动者为了保护年轻的苏维埃，纷纷志愿前往俄国。据说，中国的共产主义者也曾穿越寒冷的西伯利亚，加入列宁领导的军队。历史往往在不断重复中发展。

朝鲜同志离开常德前往生养自己的故乡。为了拯救处于危险之中的朝鲜民主主义人民共和国，他们冒着生命危险回归自己的祖国。他们的目光中闪耀着光芒，终于迎来了直接为祖国贡献力量的机会，更何况他们被全副武装。他们对前途充满了希望，每个人脸上都绽放着喜悦，他们连夜收拾行装，没有心情休息。朝鲜同志那欣喜的脸庞至今仍留在我的脑海。后来的情况没有人知道，他们在战争中生存了下来还是壮烈牺牲了，他们是否负伤生病，他们是否仍在为共和国的发展努力奋斗，我们对这些一概不知。只知道他们同志愿军并肩战斗，最后迎来了和平。

中国政府派遣志愿军的决定，在当时的中国人民之间投下了巨大波澜。一部分民族资本家认为，毛泽东的领袖地位将因此而垮塌。他们认为，这一决定完全错误，因为同强大的美国为敌，战争根本不可能取得胜利。他们中有的人甚至收拾产业离开了北京。刚刚诞生不久的中华人民共和国的首都北京被紧张的空气笼罩着。但后来的中国历史证明，那一决定是在严密判断基础上的英明决定。

然而，为了保住朝鲜，为了缔造和平，无数战士把宝贵的生命留在了朝鲜的土地上。战争的残酷程度超越常人想象。据说有的山头被炮弹炸低几米，山形完全变样；不但阵地，就连有的普通村落一天都会落下上千发炮弹，最后让人分不清哪里是田野哪里是村庄。战场上尸体之多让人无法落足。从日本工兵队员那里还听来了一件关于志愿军渡过鸭绿江时的壮举。怎样才能安全迅速渡过宽阔的鸭绿江，当时成了大问题，因为乘船和架桥都有很大危险。如果想使众多士兵在短时间内抵达对岸，桥当然比船好。但如果架桥的话，立刻会被敌人的轰炸机炸毁，前功尽弃。如果乘船渡江的话，敌人的飞机扫射又会造成很大伤亡。

另外，渡江在时间上也不具备好条件。朝鲜由于气候寒冷，9 月初下霜，月底就会积雪。志愿军渡江显然困难重重。但是，时间不允许等待。工兵部队接到命令建一座不露出水面又距离水面不深，且站在岸上看不清的桥，即一座隐藏在水面之下的潜水桥。这座桥要创造出让敌人在地面或天空看不清，让自己人像在水面滑行一样渡江的好条件。要在短时间内完成这样的桥梁存在很多困难。克服困难的最好办法是集团作业架桥。也就是说，几百名工兵手持准备好的材料一同跳入江中，快速工作，在工作一定时间后上岸，与此同时，第二集团跳入水中，继续第一集团的工作，不断重复。这样做的原因有两条，首先，能在短时间内把桥建成；其次，水太冷，人不可能在水中长时间逗留。

过了9月，鸭绿江水冰冷刺骨。发源于长白山的江水即使是夏天，也冰得让人难以游泳。工兵部队在河滩地上生起火堆，下水之前给身体涂上油或擦上白酒，喊着号子冲入水中快速施工。好几个集团轮番作业，细长的潜水桥在最短时间内架好了。当东方微明，江水的颜色由黑转青的时候，成千上万的武装士兵陆续由潜水桥渡过鸭绿江，踏上了朝鲜国土。走过这条象征伟大友谊桥梁的志愿军士兵当中，有无数人牺牲了他们宝贵的生命，永远长眠在朝鲜土地上。对那些先烈来说，那座桥是不归路。后来的历史证明，那座桥的建成，对之后的战役产生了重大影响。

在空中，中国空军的米格战机编队也同美国空军上演了激烈的空战。拥有先进战机及优秀飞行员的美军，起初根本没有把志愿军放在眼里，他们在空中追打中国战机。但结果出人意料，更多的美国战机被击落，二战时的王牌飞行员甚至成了志愿军的俘虏。在朝鲜战场上英勇作战的志愿军空军飞行员，原先都是军内优秀干部，有很高的教育水准，他们在经过严格选拔以后，才来到了空军学校。

他们为了未来中国空军的建设，甘愿在任何艰苦条件下学习技术，希望能学到一切可学的知识。为此，他们旁无杂念地一心苦学。关系中国命运的抗美援朝，使工作人员之间的友谊更加牢固。话题扯远了，从常德出发，我们部队之中有中国同志为抗美援朝北上，有朝鲜同志为保卫祖国朝鲜出发而去，而我们为解放全中国继续深入南下前往广西地区。

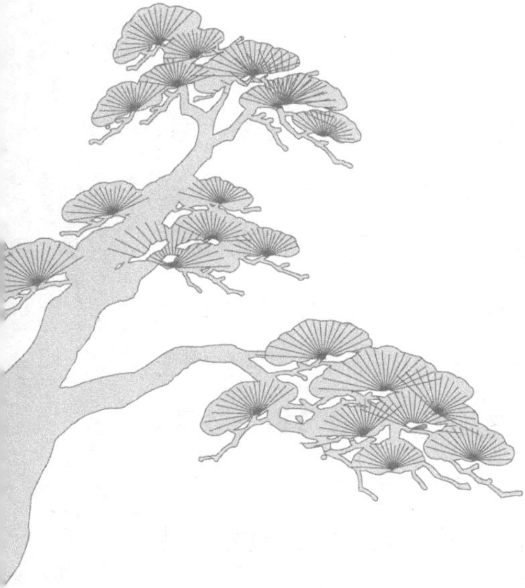

疟疾肆虐的长沙

长沙的暑热不亚于汉口。来到湖南以后，几乎全体人员都不习惯那里的湿热天气。很多同志发高热，躺在床上不能动弹。有的日本人血吸虫病又复发了。医生、护士、炊事员和杂役被高热困扰，病重的连走路都困难。只有少部分人身体还算健康，他们的工作负担一下子重了许多。医生和护士一个人要照看几十名病号，投药打针十分麻烦。有的医护人员，自己高热刚刚退了一点，就不得不黄着脸摇摇晃晃地去照顾别人。为数不多的几个身体健康的炊事员，要准备全体人员的饭食，最令人痛苦的事情，要算准备每天生活不可或缺的水和柴火了。给高热患者降温需要水，做饭更需要水。水要从距离驻地很远的长江支流上挑来。河里的水只能称作泥水，污浊不堪，任谁见了那水，心里都会暗叫：“这还能叫水吗？”

水挑回来以后，先倒入大水槽中沉淀。将明矾放入水中搅拌，再静待几十分钟后，泥和水就分离开了。然后，在不使沉淀在下部的泥浆上扬的情况下，将水槽上部的清水轻轻撇入另一容器中备用，用来蒸饭、炒菜、烧开水。水不但贵重，由于是重体力劳动，只有身体健康的人才能从事。我这种身体极好的人经常去挑水。走很长的路，翻过一个有石台阶的大坡，再登上大堤，才能看到那奔流的河水。河边聚集着洗衣服、洗菜的老百姓。分开众人才能挑水，从河中取水比从井里取水要方便得多，但往返路上却要花很大力气。担着空桶从驻地走到河边本来就已经十分累了，往回走的时候，水桶满满的，顶着烈日流着汗，裸露的肩膀被磨得通红，那才叫辛苦，担过几遍水以后，接下来还要去收集柴火。

一直走到乡下才能拾到柴火。路太远了，途中还要休息几回，有时在树荫下能遇到卖白糖水的小贩。记得当时一边喝白糖水，一边还操心不要喝了以后闹肚子，水和柴火都准备好了，接下来是做饭和给病号送饭，之后还要收拾，简直忙得让人团团转。但一想到那些医护人员还在兢兢业业地工作，我们便在内心对自己说，一定要打起精神来加油干。当时，炊事班位于病房中部，一到晚上，伤病员们的呻吟声此起彼伏，像合唱一样。由于病房同炊事班连成一体，病人们也得不到安静的休息，想来他们一定十分痛苦。

这种状况持续了一段时间以后，医院领导们情绪也变得不稳定起来。甚至有时发出一些缺乏常识的指令。记忆犹新的是，当时一位指导员突然称发热 38 摄氏度以下的患者以后将不以病人对待。听到这个消息，全体日本工作人员怒不可遏，当下对连长和指导员提出了尖锐的批评意见。

疟疾病患者的激增，使医院运作陷入混乱状态。由于很多技术熟练的护士相继病倒，医院不得不起用见习护士，临时代替她们工作。但医术不是一天两天就能学成的。首先，注射技术就很难掌握。同时，长时间发高热使很多病人变得性情狂躁，一旦见习护士的注射出现失误，他们立刻会暴怒不已。特别是血管注射，有时针头怎么也扎不到血管上，这时病人会破口大骂，甚至会动手打护士。由于为伤病员服务是她们的任务，那些见习护士只是一味责备自己的技术太差，丝毫不怨恨情绪过激的患者。但回到房间后，她们常偷偷地抹眼泪。当时有一位和蔼可亲的患者，他安慰见习护士们：“注射技术不可能一两次就掌握，一定要反复练习，拿我的胳膊练，没有关系，我不会生气，疼我也能忍着。”然后伸出他瘦弱的胳膊，让护士们练习注射。他的胳膊上留下了很多针眼，有的针眼处由于血漏到皮下而变成黑紫色。那名患者40摄氏度的高热已经持续了好几天，严重的时候意识不清，嘴里说胡话，是一名在生死边缘徘徊的重病患者，医生们甚至一度已经说他没救了。很多见习护士在这名患者的鼓励下，精神上和技术上都有了很大提高。这名患者就是门屋，受他的自我牺牲精神和乐于助人态度的感染，那些原来老哭鼻子的见习护士，开始能微笑着给患者注射，对医疗的自信心也不断增强，逐渐成长起来。今天，她们当中肯定还有很多人为了祖国的发展，活跃在中国的医疗战线上。

“乐于助人”“互相帮助”这两个词通常很难使人感觉到它们的分量。但在特殊环境下，它们的意义却十分重大。在连自身生命都难以保全的紧要关头，门屋教给了我们什么才是真正的互相帮助。在令人郁闷的长沙，这种同志爱像一盏明灯，照亮了每个同志的心。

在长沙得到几十天休整以后，身体已经彻底恢复健康的工作人员们，又开始了通往桂林的征程。桂林是军阀白崇禧的辖地，也是李宗仁的故乡。他们被解放军先头部队追赶已经逃往南方。据说解放桂林的时候，敌军最高统帅以下7万人一起穿越国境，逃到了越南境内。我们走过的那条道路通过桂林、南宁，进入越南可以直抵越南民主共和国的首都河内。我们怀着复杂的心情离开了长沙。走路对我们来说已经是家常便饭。好像我们的天命就是走路。离开东北快六年了，六年来我们凭着双脚走南闯北，早已不感到痛苦。在衡阳郊外，我们进行了短暂的休整，那是个叫东阳渡的很小的乡村小镇，在地图上根本找不到。由于镇子太小，我们的部队被分作三部分休息待命。令人犯愁的是住的地方找到了，米面、蔬菜、柴火之类的必需品镇上却没有。不得不到远处别的集镇去购买。我当时已经被提升为上士，从事着代理司务长的工作，要负责全院人员的伙食。由于不精通会计，工作上经常请铃木武子帮忙，记得她的会计业务很好。

大家休息的时候，还有买菜、搬柴火、发放日用品等一大堆事情等着我们去做。即使在和平年代，这些杂务也算得上烦琐，更何况当时正在打仗。在新解放区，我们不仅得不到老百姓充分的协助，甚至有相当数量的人对解放军还抱有敌视态度。在人烟稀少地区，仍然有反对革命的地主及国民党残匪活动。因此，外出采购的时候，绝对不能一个人。我们由七人组成一队带着武器出发了。大约走了一个钟头，穿过一片山林后，我们来到了一处位于平坦地带的村落，在村长带领下，到各家各户收购所需的蔬菜、粮食、柴草，然后雇当地农民往驻地运。货物又多又重，但在农民兄弟的帮助下，我们顺着来时的羊肠小道，一路顺利地往回返，快要到达驻地的时候，运货的农民们吵嚷着告诉我们，这一带土匪多，十分危险，一定要赶快通过。我和几个中国士兵听到这个消息，也突然紧张起来，好不容易买来的货物可千万不能让土匪抢走了。大家朝着农民们手指的方向，匆匆放了几枪，就快步向驻地方向赶去。

在东阳渡的日子里，发生了一些不幸的事情。警卫班排成一列纵队巡逻的时候，走在队伍后面的轻机枪手由于操作不慎，使枪走了火。走在他身后的士兵头部被子弹击中，半边脑袋都被打飞了。另外，一名中国男护士偷了他朋友的手表，闹得全队沸沸扬扬。起初，手表怎么找都找不着，眼看事情就要不了了之的时候，他本人突然坦白交代了。原来，谁都没有想到，他会把偷来的手表填到肥皂里面藏了起来。尽管军队里有严格的纪律，但类似事件依然时常发生，难以根绝。那件事后来在队里得到了妥善解决。

有一件终生难忘的事情也发生在东阳渡。我的挚友门屋和广田在那里举行了婚礼。尽管战争还没有结束，我们也正处于解放全中国的进军途中，婚礼还是顺利举行了。很多日本和中国的友人聚到一处，大家共同举杯相庆，一直热闹到深夜。新房里虽然没有任何摆设，但他们美丽坚贞的爱情却能取代一切。记得那天我喝得酩酊大醉，在木村的帮助下才踉跄回到宿舍。一生只有一次的婚礼，对他们至关重要，但那本应盛大庆祝的喜事，却缺乏应有的物质基础，这对参加革命事业的我们来说，不得不说是一件憾事，也许那是命中注定的结局。

这一时期，一部分日本人又接到司令部新的命令。有人要去海南方向，有人要去广州方向，还有人要离开军队前往民间工厂担任领导职务。33 年过去了，他们中的许多人至今生死未卜。只要他们还活着，相信终有一天会重逢，两年一度的“长白会”时刻等待着他们。每当想起在常德、长沙以及东阳渡，日本人像细胞分裂一样纷纷踏上不同征途，内心就充满了寂寞和悲伤。革命还没有成功，为了解放全中国的目标，我们朝桂林方向进军了。

岁月的流逝使记忆变的模糊。隐约记得当时先到的是车站广场，至于怎么到的那里——火车、汽车还是步行，现在已经记不清了。那里的风景却令人一见难忘。四处山上植被都不多，整个城市被竹笋一样的山头所包围，十分美丽。那里是军阀白崇禧的支配地域，高大华丽的别墅以及别墅前的巨型水池，能立刻使人回忆起往昔统治阶级奢华的生活。通往宿舍的道路两旁，挖有宽阔的排水沟，稍有起伏的平地一眼望不到边际。太平洋战争时期，美国的 B-29 轰炸机曾以此处为基地，对中国境内的日军占领地进行过多次轰炸。我们的宿舍是距离车站不远的一处小学校，运动场上立着篮球架，场地也十分平整，要是有篮球的话，我们随时都可以打比赛。校园里见不到一名师生的踪迹，桂林当时刚刚解放不久，行政机关还没有充分运作起来，文教方面也处于无政府状态。寂静的校舍无言地迎接着我们。

到达桂林以后，我们被允许外出，大家三五成群结伴到市内游玩。当然是走着去。城里有电灯，店铺也和从前一样，橱窗里堆满了各式各样的商品，一切让我们眼花缭乱。不知为什么，当时大家对吃的东西都没有太大兴趣。电影院前的海报一下子吸引了大家的注意，上面是解放军士兵手持钢枪消灭蒋匪的画面。于是大家一致决定看电影，影院里已经挤满了士兵，我们站在后排出神地看着，不断为银幕上英勇的解放军战士鼓掌，直到影片结束，放映机的灯关掉以后才满足地走出影院。影片中的解放军战士不正像自己一样吗？看电影的时候，大家都十分投入，忘记了自己是日本人，桂林给我们的印象是既安静又美丽。

来到南方以后，砂糖特别多，注意到这一点的日本工作人员纷纷跑来要求我给大家安排吃一顿羊羹（一种日本食品，译注）。带着这个提议，我去征询中国工作人员的意见。但中国人根本不清楚羊羹是什么东西，也不清楚是怎样做出来的。无论我怎么解释，他们始终都迷迷糊糊，关键他们搞不懂羊羹是主食还是副食，估计中国没有那种吃法。我作为炊事负责人，在听取大多数日本人意见的基础上，决定那天的晚饭做羊羹。先把小豆煮软，拌上白砂糖，再同面粉搅到一起，和匀以后做成团子，放入大锅中烘熟出锅就好了，中国的炊事员站在一旁，一脸惊讶的样子说“这么甜的东西能当晚饭吃吗”，一半的中国人都和他有同样想法，但也有人表现得饶有兴趣。羊羹受到了所有日本人的欢迎，人们已经有很多年没吃过这种故乡的美味了。结果是中国人讨厌，日本人满足，也许从整体上讲，做羊羹不是一个好主意。很明显，在我们那个“多国部队”中，日本人喜欢吃的羊羹，给中国人没有留下什么好印象。但当时在场的中国人还是对我们日本人的习惯及嗜好给予了充分理解。后来，中国干部还多次跟我开玩笑道:“最近怎么没做羊羹？”

在长期的军旅生活中，类似事件是第一次发生，也是最后一次发生：在民族平等的原则下，我们不能一拨人用两口锅做两种饭吃，任何时候都应当互相理解、互相尊重。令人意想不到的是，发生羊羹事件的桂林，竟成了我们解放全中国前参战的最后一个城市。那里的街道，那里的人家，还有曾经一起转战到那里的战友的脸庞，我不会忘记。

在桂林一待就是几个月，之后我们胜利完成解放广西地区的任务，开始一路北上，坐在火车上，碧绿的田野，如画的山峦，透过车窗一幕幕掠过我们的视野远去，表情开朗的老百姓在田间向列车挥手。解放全中国的伟大任务已经完成，我们内心欢腾，喜悦之情难以抑制，回去的路还是来时曾经经过的路，还是那条在战火中同敌人赌博生死的道路。那条路留下了我们太多的回忆，辛酸的往事一件接一件浮上心头。几年来一起出生入死的战友们在途中再一次面临分别。一部分人员下放或转业前往南宁、汉口等地，而我们则北上前往北京。从漫天飞雪的东北到多雨的桂林、柳州，多少友人牺牲的牺牲，离去的离去，好不容易盼到最后关头，同甘共苦的人们又要再次分别，我们肝肠寸断。战事已经结束，我们迎来了和平的春天，不再分别，一起登上回归祖国的海船，脚踏日本的土地，在令人难忘的海港互相告别，是每个日本人发自内心的愿望。然而，愿望像梦一样结束了，数百名日本人被分散到各个连队，我们也作为其中一部分被改编，然后前往未知的北京。新的部队是北京公安部队直属医院。六年，可以说很漫长，也可以说很短暂。自 1945 年 8 月日本战败，北起苏联国境的爱辉、孙吴，南至锦州、阜新、本溪、沈阳，东到通化、延吉、安东，来自东北全境无数素昧平生的日本人，悲壮地加入了解放军的行列。他们当中有上了年纪的河本、理发师阿部，还有年幼的裕见君、小良，很多人长期被疾病困扰，终日哭哭啼啼，有的人思想进步，有的人思想保守。既有受过高等教育的人，也有文盲。这些人用一口锅吃饭，长期共事，努力生存。在这个过程中，有不少人长眠在中国大地上。当时战争正在继续，每当将他们遗留在未知的土地上，向前线出发的时刻，我们内心总要遭受一阵煎熬，考虑到他们父母兄弟的情绪，我们的肺腑像针扎一样难受。很多战友在战场上永远离开了我们，为了他们，我们也要顽强地活下去，但当侥幸挣扎活下来的群体又一次面临分别的时候，内心的悲哀和寂寞，简直令我们难以承受。常言说“相逢是离别的开始”，但愿离别也是再会的开始。

这样一来，维持数年的第四野战军野战医院被解散，日本工作人员分别被配属到不同军区。有的去了铁道部门，有的去了航空部门，有的去了司令部，还有的去了地方医院，在辽阔的中国，我们迎来最后分离时刻。分别使我再次想起往昔战友们的脸庞，想起洒下我们血泪和笑容的长路，这些年来，命令让我们去哪里，我们就走到哪里，展开地图回顾走过的地区，每个人都为它的广阔而惊叹。东北、华北、华中、华东、华南，除去西北及西南，我们已经走过了中国全境。那是一条前所未有的长路，我们在没有准确答案的六年岁月，在历史长河中，也许会被永久埋没，但我们青春时代那贫穷瘦弱的士兵身影，却是我们自己珍藏在灵魂深处的永远的骄傲。

挑大锅的苦和乐

国共两军一打起来，我们这些留用的日本人就和东北民主联军一起，撤退到了长白山区。一部分人翻过长白山去了哈尔滨。留下来的有的种地，有的进了武器修理工厂。我们还是在医院工作。我们医院因为撤退十分仓促，只把宝贵的医药用品装上大车和爬犁带走。一些笨重的东西，包括厨房用具就都扔了。行军中部队要分散到老乡家去吃饭、住宿。吃住都在老乡家里，当然要帮老乡干活，至少要把院子扫干净，把水缸挑满。说到挑水，看起来容易，做起来可不简单。在东北，一般用井水，水井只是一个深深的圆洞穴，没有护栏，也没有辘轳，就是靠水桶和系在上面的绳索，从 5~10 米深的井里把水提上来。提水的时候，把桶放进井里，桶快到水面的时候，在井口摇动绳子，使水桶倒着扣进水里去。不会提水的人，不管你怎样摇动绳子，水桶楞是在水面漂着，沉不进水里。开始，我也不会提水，水桶怎么也不听使唤。打一桶水，要把水桶提上来扔下去，反复好几次。到黄河长江一带，主要是吃河水，黄河就不用说了，别的河水虽然没有黄河那么黄，也都很浑浊，不做处理就不能使用。我们把河水挑来，先倒进一个大桶里。然后加进白矾搅拌，过些时候泥土沉下去才能用。中国人一般又不喝生水，饮用水都得烧开。这样，部队用水要经过许多过程。花费许多人力，所以不能浪费。

挑水不容易，做饭也很紧张，但更辛苦的是挑着几百人的吃饭用具跟着部队转移。锅灶、水桶、瓢勺都得挑上。用白铁做的灶还好办，拆成四片捆起来，体积不算大。可是那口 80 厘米的大铁锅，拆不得，叠不得，而且一不小心就会碰坏，挑起来很不方便。挑着这些东西，一天走几十里、上百里的路，到了宿营地还要马不停蹄地搭锅做饭，劳累程度可以想见，但大家都顽强地坚持了下来。解放军很少坐下来吃饭，大家都在院子里或屋檐下，吃饭时或站或蹲，姿势各式各样。但是必须吃饱，道理很简单，谁也不能饿着肚子去工作、去打仗。特别是解放军战士，他们大多是农家子弟，在家的时候都得给地主干活，做长工，放猪放羊，一年到头吃不上一顿饱饭。如果不能满足他们这个要求，士气上就会受到影响。当然，这些人入伍之后，经过部队的教育会逐渐提高觉悟，变得坚强。但不管怎样，伙食管理人员的重要任务就是要保证部队吃饱，同时又不浪费。因为粮食是老百姓辛辛苦苦种出来的，来之不易。话虽如此，一次做几百人的饭，要够吃又不剩，是很难做到的。一不够吃就得重做。多的时候，一顿饭要重做两三遍。一周一次的改善生活，就更担心做少了不够吃。记得一次吃包子，包子做得很大，一个小战士说他吃了20个，协理员打趣地说："饭是公家的，命可是自己的。"逗得旁边的人哈哈大笑。在改善生活的日子，就是把饭比平时多做出一倍来，也还有不够吃的时候。

解放军是一支农民的队伍，饭食和农民吃得差不多，除了伤病员，大家一律同样的标准。在东北每天都是白菜、土豆、胡萝卜，偶尔吃一次自己做的豆腐。来到河南，光吃洋葱、豆芽和菠菜，这里的菠菜大得出奇，菜茎有大拇指粗细。到了湖南，上顿下顿吃鸭蛋、河鱼和竹笋。说来奇怪，天天吃这些，竟没有吃腻。每个独立的伙食单位都有经济委员会，对伙食实行民主管理。经济委员会的委员由各个小单位选出。委员们研究食谱，检查账目，也帮助采购食品。部队的伙食，菜金很少，能有一定程度的调剂，这和经济委员会的活动是分不开的。

接到解放北京、天津的任务后，我们从山城镇出发，绕道库伦，又从北票到阜新，一路挑着笨重的行军锅，吃了不少苦，但行军锅也确实给过我们许多欢乐。我还记得在内蒙古沙漠地带行军时候的事情。一天中午，我们架上锅，煮了一锅牛肉。大家坐在草丛里，看着远处的骆驼，吃牛肉喝肉汤，这餐饭真是满口留香，永生难忘。在那渺无人烟的荒漠里，没有行军锅，怎么能有如此的享受呢。

打下锦州之后，接着解放了天津、北京。1949 年四五月间，部队南下逼近武汉。随着部队的胜利进军，解放区日益扩大。前方由以农村为根据地的游击战转为阵地战、攻坚战。我们的行军路线也由从农村到农村，变成从城市到城市，行军锅渐渐派不上用场了。但还得挑着以备万一。南方的夏天，骄阳似火，两个人换着挑，也还是把两个肩膀压得红肿红肿的。

有一次，我们在一个小村子里宿营，行军锅还真发挥了作用。那一天到达宿营地已经很晚了，为了让部队尽快吃上饭、我们决定做“一锅烩”。先把肉和菜放在行军锅里炒一下、加上水烧开，再下米焖成干饭。很久没吃这种饭了，又加上走了一天路，正在饥肠辘辘的时候，日本人不用说了，中国人和朝鲜人也都吃得很香。做这种饭是谁最先提出来的已经记不清了，只记得这顿饭吃得特别香，以至于过了很久，下边还有人要求吃这种“一锅烩”。

在长江边上，有一次住在一个回民聚居的小镇。到达驻地之前，协理员和司务长都说过，回民不吃猪肉，让我们注意。但我分不清回民和汉民。开饭的时候，我向房东老大娘借瓦盆盛菜。老大娘特别不愿意借，我心想这家房东怎么这样呢，一定是地主老财。吃完饭我把瓦盆还给老大娘，因为不懂话，只说了声谢谢就转身出来了。还没走几步，就听后面喀嚓一声，回头一看，原来是老大娘闻出了猪肉气味，一气之下把瓦盆摔了个粉碎。这时我才意识到犯了群众纪律，但已经晚了。没办法，只好向司务长做检讨，买一个新盆还给老大娘。

还有一次，也是因为借容器吃饭出了笑话。集体开饭，盛饭盛菜总得有大一点的盆和桶。这种东西部队自带的不多，都是现用现借。这一天，要打20多个人的饭，小桶装不下。我们看到隔壁家里的房檐下放着两只油光铮亮的大黑漆水桶，想借来使用。这里人说的话和东北差别很大，我说他不懂，他说我也不懂。但从主人的表情和手势来看，好像是说这种桶不能用。我揭开盖子看了看，桶里没有什么东西，也很干净，就借了回来。回到伙房一个装饭，一个装菜，提回班里就吃了起来。吃完饭，把桶刷洗干净送回去，主人说了句什么，我也没听懂，道谢就回来了。晚上有人来聊天，提起了当地的习惯。据说这里的妇女，特别是年轻姑娘都在房里解手。她们用的马桶都漆着花，很漂亮。解手之后，再把粪便倒在放在屋外的漆桶里挑出去。听到这里我才恍然大悟，刚刚用过的桶原来是粪桶。可奇怪的是这种粪桶竟然没有一点气味。

在行军途中，为了减轻炊事员的疲劳，也为了改进干部作风，医院的领导不止一次地下到炊事班帮厨。到这一天，干部们挑水、做饭。把炊事员的工作全包下来。让炊事员彻底休息。帮厨的有协理员、有所长，也有医生和护士长。他们干活都很卖力气，但是从炊事员的标准看却都是二把刀，做出的饭菜并不好吃，不过他们的样子到蛮像炊事员，系着白围裙，说笑着给我们打饭。“今天的饭好吃，多吃点。”“饭够吗？吃多了，别给你们吃漏了。”“吃吧，小伙子，不够找我。”大家这样说说笑笑的，也分不清谁是干部，谁是炊事员了，场面很感动人。

解放军有一个传统，就是官兵一致。无论哪一级干部都要和战士打成一片。如果做不到，就不配当干部。帮厨也是密切官兵关系的一种方式。干部们帮厨，炊事员们可以从繁重的劳动中解脱一下，好好休息一天。这一天，炊事员可以上街，可以买东西，洗衣服，可以按自己的意愿来支配24小时。特别是炊事班全班休息的时候，我们不知道有多么高兴。

这些，随着国内形势的变化已经成为过去，与我们朝夕相伴的行军锅也完成了使命从我们身边消失了。在漫长的岁月里，它随我们走过了冰天雪地的东北大地，走过了黄土万丈的内蒙沙漠。无论是严寒酷暑，也无论是高山大河，我们都挑着它走过来了。当和大锅告别的时候，应该说是卸下了千钧重担。但我同时也想，在这个世界上，有什么地方的军队是挑着大锅打仗的呢？觉得有些奇怪，有些不可理解，但仔细想来，它还是很适合中国的情况的。它可能来自历史悠久、幅员辽阔的中国社会，也可能来自解放军这支农民军队的创造精神。

岁月如流，几十年过去了，挑着大锅，高唱革命歌曲的往事，至今依然历历在目。一首首歌曲的旋律，将伴随着险峻的东北群山和广袤的华北平原，永远地，永远地留在我的心里。

连绵起伏的长白山啊
高高的山峰直插云端
革命的英雄儿女，来到了你的身边
他们仰望高山，憧憬未来

他们胸怀壮志，一往无前
革命战士的友情，圣洁而纯真
它在艰苦的岁月里结成，在战斗中加深
没经过战争洗礼的人是不会懂得同志爱的
而我却铭记至今

为伤病员服务

“为伤病员服务”，没有任何话语能像这句话一样，让曾在中国军队医疗部门工作的人难以忘怀。这句话时常回响在我们心中。评价一个同志，可以用这句话做标准。为理解这句话的含义，我花费七年多的工夫。最初接触伤病员是在五道江，那里天气寒冷，工作强度也十分大。在那里，日本人第一次得到了棉袄。肥大的棉袄上套着一件后背系带的白色罩衫，罩衫十分肮脏，简直像路边小饭馆里厨师穿的衣服。但那并不奇怪，譬如做一名护士，既要给患者治疗，还要劈柴、挑水、送饭、洗绷带、消毒器材及给病房生炉子，反正是什么活都要干。因此，尽管时常浆洗，罩衫也只能保持极短一段时间干净。离开五道江后，我们沿进军路线一路开设医院，收治伤员，这样的工作不断重复。医院名称其间经历了数次变更。先后有第 9 后方医院、第 11 后方医院、第 29 后方医院、38 军野战医院等名称。

同伤病员相处两三年以后，为伤病员服务渐渐成了生活中不可缺少的一部分。在患者接受治疗的半个月到一个月之间，会同患者产生深厚友情，甚至会把他们当成自己的兄弟一样，有一种强烈的意识，希望把他们尽快从伤痛中解放出来，使他们早日康复。这种感情不知不觉对患者也产生了良好影响。当伤病员相继出院或医院没有病人的时候，医院内部就开展医务学习，努力使医护人员的技术水平得到提高。这种学习运动通常是理论和实践紧密结合。譬如研究研制防止长期卧床的患者生褥疮的方法或器具、针对伤口化脓且脓多的患者利用蛆虫去除胀疼的疗法以及利用人胎盘身体埋入法增强病人与身体虚弱患者体质的疗法。一系列新疗法被开发出来，部队中掀起了一股研究新疗法的高潮。解放军的医院里不但缺少医疗器械，药品更是严重不足，在这种艰苦条件下进行医疗活动，人的创造性受到了充分重视。另外，医院对培养医务工作者也下了大功夫。由医生负责的速成护士班培养了一大批专业护士，她们经过了严格训练，考试在众人面前公开进行。在这里需要明确的一点，医院人员由中、日、朝三国人组成。医生和护士全部是日本人，除院长、政委、各所所长及司务长以外，其他职务全部由日本人担任。组建一座能收容三四百名患者的医院，除中国人负责总务、朝鲜人负责陪护以外，电工、理发、杂役、炊事、护士、药房、化验室及医生等各项工作，均由日本人完成。因此业务学习实际上是日本工作人员提高医疗技术、业务水平的学习。技术进步是解放战争不断向有利方向发展的基础。在业务学习活动开展初期，日本人的思想分为两种倾向：一种人专心医务学习，努力希望使自己成为专业护士；一种人不积极学习，她们压根不想成为护士。前者以那些女子学校尚未毕业或中途退学的人居多，后者以拥有女专以上学历，以前家庭富裕或出身于有一定社会地位家庭的人居多。后者作为专业主妇瞧不起护士那种职业，她们满足于护理或杂役的职业。也就是说，尽管日本已经失败，但她们仍抱有很强的差别意识及难以丢弃的虚荣心。按过去的说法，她们仍认为“瘦死的骆驼比马大”。但随着业务学习的深入，最初阶段的各种思想杂念被摒弃，她们终于顺应了时代潮流。那也许是政治思想学习所起的作用。

在日本人医务学习中付出最大努力的是已故的近藤医生。在他的带领下，山田、布施、武田、小杉、竹内、泽田、福井、池田等医生也付出了积极努力。当时连同医务不沾边的炊事杂役人员都参加了医务学习，背记了很多令人费解的医务用语及疾病名称，“法定传染病”“潜伏期”“症状”这些词汇，常常使人回忆起当时的学习情景。业务学习告一段落后，为防止一味向技术方向发展，又开始了政治学习。

政治学习由民族干事负责。通过学习搞清提高技术的目的是为什么。学习的总目的是为伤病员服务，它是我们的行为准则。如果丧失目标，一味崇尚技术至上主义，那德国纳粹集中营的大量杀人事件，日本法西斯在哈尔滨进行的人体实验，以及美国在广岛实施的原子弹爆炸，无一不是科学技术进步给人类带来的灾难。历史证明，那些都是在没有明确为什么要提高技术的前提下，单纯发展技术所带来的结果。在解放军内部进行政治学习的目的，是为了培养为“人民大众服务”“为伤病员服务”的思想。并不是简单地用嘴反复说，而是为了弄明白应该用什么心态去做。

如果不精通自己的业务，“为伤病员服务”“为大众服务”就会成为一句空话。例如，一个手术技术低劣的医生、再加上一个不善注射和处理伤口的护士来治疗患者，不但会增大患者的痛苦，必定还会使病情恶化，这样就达不到“为伤病员服务”的目的。有些身体和内心曾受到伤害的伤病员脾气暴躁，即使是医疗上小小的失误，他们也会异常不满，有人甚至用皮带殴打护士。尽管那样，护士们流着眼泪，依然心平气和地继续治疗。有些患者一见注射器撒腿就跑，护士还得给他们做思想工作。治疗那些不习惯西洋医学的老百姓出身的患者，非常不容易。要想早日完全治愈伤病员，需要超出常人的爱心和勇气。尽管具备高超的医疗技术，如果思想不成熟的话，他的技术就不能淋漓尽致地发挥出来；相反，尽管对伤病员的情谊比山还高、比海还深，如果技术不过关的话，只有眼睁睁地看着病人死去。两者必须紧密结合起来。同时，根据客观情况，灵活判断两者谁是主要，谁是从属。用政治和经济的关系同样可以验证这一法则。政治是经济的基础，经济因政治的发展而变化，它们两者有着密不可分的关系。

这样，业务学习同政治学习同步进行，日本工作人员在技术上和思想上也有了进一步的提高。这一时期，军内开始了轰轰烈烈的立功运动，即为人民建功的运动。内容分为小功、二小功、大功三个层次。我们医院也展开了此项运动。在军人大会上通过评价一年期间所付出的努力，来决定谁能立功。但被在军人大会上评价要经过好几个阶段。首先，由各班选出候选人，从班到排，从排到连，从连到营，然后才是军人大会。要能成为候选人，不能仅是工作努力，最重要的是要有特殊业绩或曾取得典型成果。这是因为中国人、朝鲜人、日本人以及伤病员共同参与审议，必须要得到大家共同的认可方能过关。因此，立功的条件是曾经取得了了不起的成果。有的人，中国人的评价很好，日本人说不好；还有的人，日本人评价很好，朝鲜人却说不好。因此，这是一项程序非常复杂的运动。这项运动一直持续到中华人民共和国成立，日本人分散到各个部队为止。开展运动的结果，日本人中也出现了立小功、二小功、大功的人员。这让日本工作人员在工作上信心倍增。

曾经救过患者性命、发明褥疮预防器、受到广大患者及同事充分信赖，并因没有民族差别感而被全体人员亲切称为妈妈的小川护士，发明高压锅为医疗器械消毒做出卓越贡献的石本，还有为改善患者饮食而付出巨大努力的炊事员桥本等众多的立功人员得到了部队表彰。同时，这些功绩很多是在“为伤病员服务”的思想还没有经系统理论的学习，思想还不成熟的情况下取得的。尽管那些努力是无意识的，但它们是回归人类本来面貌的具体实践的表现，这充分说明日本工作人员在加入解放军后，取得了长足成长进步。不久，众多的日本工作人员开始有目的、有意识地为治疗伤病员而加倍努力，立功人员的范围也开始不断扩大。

从大雪纷飞的五道江出发已经过了整整六年，离开冰天雪地的东北，一直到暑热难当的南方城市桂林、柳州、南宁以及海南岛，最寒冷的时候，棉衣外边还要裹着厚重的毛毯，让人难以区分是男是女，走在无尽的道路上，越过高山峡谷，在沙漠中哭泣，被病魔侵扰，同蒋匪斗争，还要专心致志治疗伤病员。那漫长的岁月像一幕难以捉摸的人生戏剧，永远留在了中国。

十五六岁就参加中国内战的年轻女孩们都已经年过二十，最美丽的青春年华同第三次国内革命战争一起成了过去。出生在那个年代，人生没有二度的青春，在太平洋战争时期萌发出美丽枝芽，但那枝芽因战争而枯萎了。“人生”二字越想越让人慨叹。在那令人辛酸的青春年代，作为一个人，如果说从什么事情上曾经得到满足，那就是冒着敌人的枪林弹雨，救治被伤痛困扰的解放军战士，为实现中国解放的伟大事业，同别的民族一起奋斗，同时，从同甘共苦的日本工作人员中找到了自己一辈子的友人。

在中国大陆克服万难努力生存的青春时代似乎已经成了很久以前的梦，但又似乎刚刚发生在昨天。青春时代的故乡中国，现在正在为提高人民生活水平实现现代化而举国奋斗。那些通过治疗而获得重生的军人们，现在大都已年近六旬，当时上了年纪的士兵也许现在已经告别人世。共和国自诞生以来转眼过了 32 个春秋，当年降生的婴儿现在已是 33 岁。他们正是新中国的中流砥柱。时代在变化在发展。我们的青春时代随时光流逝，也许已经被世人忘记，也许只有我们自己知道过去的那段岁月，但这些都无所谓。青春时代我们在中国努力生存，壮年时代我们依然会在祖国日本同困难搏斗，度过余生。

想起了年轻时鼓足力量高唱的那首歌："啊，青春的血在燃烧，顺着真理的大道行进，学习吧同志，前进吧年轻人，我们是步伐豪迈的年轻先锋队。"怀念超越了年轮，虽发生在久远的过去，却记忆犹新。

来自祖国的书信

随着战败，同故国日本的通信完全终止了。以前，每月一封家书向双亲汇报近况及公司的情况，然后翘首盼望来自大海彼岸的回信。了解故乡音讯和亲人安否的唯一途径是信件。随着战争的不断升级以及日本战败临近，美国空军开始频繁空袭日本本土，同日本的通信也从时断时续，发展到最后的完全断绝。

1944 年（昭和十九年），众多的年轻人中断了在旧制中学及商业、工业学校的学业，被疏散到伪满就职。也有数名青年被分配到我们公司，开始了不习惯的工作。从他们那里获知的有关日本的情况，比我们想象得还要严峻。粮食严重不足，由于美军空袭，民房被烧，工厂被炸，到处都是等待救助的死伤者。他们讲述的时候表情充满愤怒和悲伤。也就是从那个时候开始，同故乡的联系完全中断了。战后，在混乱中苟且偷生，后来参加东北民主联军，开始了生死不明的六年岁月。其间，部队又从东北转战到了南方的桂林、柳州。

1949 年中华人民共和国诞生，1950 年全国解放，到达常德的时候，我们才终于可以稍事放松。意想不到的是，在常德收到了一封来自故乡日本的书信。那是我深深怀念的父母及妹妹的来信。与其说不可思议，不如说是大吃一惊。发信日期是 1945 年，住所明明写的是我过去就职的那家公司。那封信同我的行军一样经历了数年漫长的旅途。似乎是顺着我的行军路线追赶来的。信封用的是在日本很少见的双重信封。白蓝两色的信封不知是旅途劳累，还是由于被中国邮递员过于关心，已经磨得不成样子，连内容都快掉出来了。开封一看，里面是父亲的书信及妹妹寄来的一张照片。很多年已经没有得到故乡的音讯了，思念使我热泪盈眶。当年还是小学生的妹妹已经长大，照片里的她穿着中学生校服。照片的背面写着:“我很好，快点回日本吧！”父亲的信写了两张纸:“你的朋友已经平安回国了。据说战争结束的时候你还一切安好，但后来就不知去向，如果平安的话，给家里写封信。”尽管文字很短，却倾注了父亲对儿子的关切之情。我身在辽阔的中国大陆，不可能自由踏上日本的土地。几天后，我到街上的照相馆照了一张穿军装的照片。在照片背后用小方印章盖上“元木”二字，寄回日本。但当时好像同日本不通邮。

后来，部队开始转移，直到1951年春天，我们被配属到北京公安部队，我才从北京向日本发了第一封信。信中写着我一切安好，不用操心，连同在常德拍摄的军装照片一起装进了信封里。离家当年还是少年的我，现在已经是20岁出头的青年。将身着解放军军装的照片寄给家人，想来他们一定会大吃一惊。然而，1958年（昭和三十三年），时隔17年回到家乡的时候，才发现只寄到了信而没有寄到那张照片。令人费解的是，从北京发信的时候，的确照片装进了信封里，不可能没有。只能解释为在日本的某处被谁把照片抽掉了。也有不少朋友的家里收到了他们穿军装的照片。那都是由于日本境内的检查失误幸运收到的。依照国际法，当时中国同日本依然处于战争状态。在朝鲜南北两侧，美帝国主义同中国志愿军正进行激战。由于在战争中日本和美国属同盟关系，来自中国的信件均要受到严格检查以及安全部门的调查。我们这些人员在回国以后，同样受到了安全部门的调查、收买及骚扰，甚至几乎被断绝生路。由于是从中国归来，各种企业都拒绝我们的求职。至死都不会忘记企业和政府串通一气整治我们的事实。更令人气愤的是，他们还想把我们发展成刺探中国情报的间谍。

有一件我曾经亲身经历的例子。回国以后，一名调查部的干部多次要求请我吃饭，我总是一再拒绝。但他像块热粘皮一样不断到公司来找我，终于有一次我打算听一听他到底想说些什么。下班以后，我来到了他指定的那家中餐馆。店员将我领进里面包间的时候，那个人已经坐着等我了。紧接着，房间里一下进来几个陪酒女。宴会开始后又是倒酒，又是劝菜，大约过了30分钟，他酒劲有点上来了，而且胃部也填充得比较满足了。我本来就不喜欢喝酒，一边注意着他的样子，一边吃菜。像是事先约定好的一样，那些陪酒女相继退出屋外，房间里只剩下我们两个人。我预感到将会有什么事情发生，于是默默倾听他的谈话。他先提到我的伯父从前在伪满的虎林做候补干部。后来从军成了中队长，继而又说自己曾和伯父在同一部队共事，而且是要好朋友。随着谈话的不断进行，渐渐转成了有关中国人民解放军的话题，而且拼命想从我口中得知军队内部的一些情况。为应付他的策略，我突然问道："今天这顿饭要花多少钱，谁掏饭钱，钱的出处是哪里？"他回答道："我自己掏腰包。"我接着他的话问道："点这么贵的菜，那你一个月挣不少钱吧，您家里有没有妻子儿女？"他说当然有妻子，孩子已经上大学了，不过妻子在爱媛县开了一家典当行，所以一点酒菜钱不足为道。我不断执着地谈论这方面的话题，让他一直没有时间探问关于解放军以及日本工作人员的消息。时间已经挺晚了，我叫来店员告诉他们，酒菜钱全部由那个人掏，剩下那么多菜不吃就浪费了，让他们拿走吃了。晚宴持续了三个钟头以后终于结束，临分手的时候，他要帮我叫一辆出租车，还小声说以后希望每个星期都能请我吃一次这样的晚宴。分开之后，我独自又回到了刚才的饭店，向店员打听有关他的情况。店员们七嘴八舌说，那个人酒风很差，不清楚是哪里人，每周都要来两三次这家饭馆，而且每次都把不同的人领来。我这下弄明白他是什么玩意了，打着调查的名义，挥霍国家税金饮酒饱食，是个不折不扣将自己享乐放在首位的混混。第二天，我前往公安调查部，对他进行指责，并要求他没事别老往饭馆里窜。他当时只是一味地说不记得在哪里见过我，并称已不记得昨天的事情了。也许是我的强硬态度起了作用，从那以后，那个人再也没有在我眼前出现过。但我知道他依然通过警察在对我进行秘密调查。不管怎样，他不来我们公司让我心情好了许多。

在同日本没有恢复邦交，而且国内革命战争正在激烈进行的混乱状态下，凭着高度责任心、花费数年时间，将家书递送到一名默默无闻的日本人手中，这种恩德我无法用感谢两个字表达清楚。有件事一直令我很费解。如果我是解放军中的大干部，发生这种奇闻还可以理解，但我只是一名普通士兵，所属的部队名称以及勤务的医院名称经历了多次变换，驻地也变换了几十次，尽管如此，邮递员还是准确找到了我。这与其说党中央及军队领导部门理解我们这些人，不如说他们绵密科学地将小到一点的事物用线连接了起来，在什么地方、有多少日本人，他们应该十分清楚。在混乱的战场上，在孤立的最前沿，上级领导们依然没有放弃通过努力准确把握异民族日本人动向的责任。虽然只是一封普通的家书，但随着深入分析，才渐渐明白其背后的深度广度，疑问也随之而解。我们每次转移之前向上级提交的履历书大概在这里也起了很大作用。日本工作人员时常担心，如果大家不抱成一团而分散到各处，归国的时候有可能被遗漏下来，看来必须反省这个不必要的担心。令我抱憾的是，从中国发送出去的家书及照片没有完整地送到家人手里。为了填补六年间的空白，为了让父母早日看到他们思念的儿子的身影，我在信中附上了那张照片，那是作为人子为让双亲放心的十分单纯的情感，它其实寄托了万金不换的亲子情结。

早在日本开始发动侵华战争的1937年（昭和十二

年），父亲应命出征。开赴战区的军列通过乡村小站的时间肯定是夜深人静时分。我们一群小孩，用自己仅有的一点零花钱买了酥糖或国旗糖（一种做成日本国旗形状的糖块），站在寒冷的小站上，送别即将开往战场的士兵。在缓缓通过的列车各节车厢中，寻找有没有自己的父亲或是熟悉的村人。把糖块扔进车厢中以保佑他们平安。如果车厢中没有发现自己的父亲，紧张的心情能稍稍放松，但又会为第二天晚上的列车操心而睡不着觉。父亲不在家中的寂寞和不安像海边的波浪一样，一波一波涌上心头。简陋的乡村小站从某种意义上讲，正像乡下人喜怒哀乐的十字路口，孩子们并不理解在秘密中进行的军事行动，只知道在太阳旗的挥舞下，在人们的欢呼声中，一批又一批青壮年开赴战场。等待他们平安归来的地点依然是简陋的乡村小站。这次轮到父亲了，父亲为了早一眼看到他的孩子平安归来，也许十几年来每天都要到站台上翘首等待一段时间。仅仅是一张报平安的照片，倾注在上面的父子深情却比山重比海深。但那质朴的愿望却不知消失到了何方。

在战火纷飞的大陆上辗转数千千米，只为了将那破旧不堪的一封家书送到我手中，我感到温暖无比，并且发自内心地感谢那些在几年中保护那封信，并将它递送到我手中的善良的中国人。

在北京

“哥哥在南弟在北，抛却生命为了谁，我们站在民主最前线，磨练真理之剑。”

这是一首解放战争时期，在日本工作人员中十分流行的自创歌曲。哼着这首歌，我们又赶赴新的工作岗位。这次调换工作的意图是为配合战争终结：部队通过对我们的能力再次评估，根据个人能力重新安排合适的工作单位。在众多日本人当中，受过高等教育的人，具有特殊技能的人，各种各样的人才都有。但有些人在医院这样的工作环境下，不能充分发挥他们的能力，只好权且从事炊事员及杂役一类的工作。这次人员再编，虽然整体变化不大，但从某种意义上讲，那些具有特殊才干的人达成了他们的意愿，他们分别转业到铁道、通信等部门及各个工矿企业。不久之后，我们也告别情谊深厚的战友，一路北上北京。

战争结束以后回过头来再看，我们已身在远方。这些年凭着从双亲那里得到的两条腿走南闯北，有时为帮助战友要背着两挺三八步枪行军，还有时用扁担挑着巨大的行军锅快步赶往目的地，到了目的地还要忙着准备饭食，从前的一幕幕时常浮现眼前。但这次北上时全国已经解放，我们的心情当然同以前大不一样。背上少了行军铺盖，更没有用扁担挑的沉重的行军锅，有的只是对古都北京的向往以及对新工作的憧憬，迈开已经忘记疲劳的双腿走上站台，当然这次不需要走着去北京。已经好几年没有乘过火车了。火车是卧铺，并且配备有电风扇，快乐和喜悦之情简直难以抑制。

火车一连奔驰了两天，眺望着一路坦途，几乎没有山脉横亘的大平原，不得不再次感叹中国的辽阔。新中国成立还没有多少时日，但车窗外老百姓的身姿已经充分显现出活力。在田间吆牛促耕的农民身上，看不到被地主剥削压榨的被统治的身影。他们的一举一动告诉我们，他们才是土地和国家的主人。列车内部十分整洁干净，列车服务员勤快地打扫地面擦拭桌椅窗户，车顶棚的广播里播放着令人舒适的音乐，如果有自己喜欢听的歌曲，还可以点播。我们好几次点播战争年代的革命歌曲欣赏，旅途舒服惬意，窗外不断掠过的景色、舒适愉快的车内，以前行军的时候，心情从来没有这么放松过。尽管如此，内心还是有一些事情放不下，新的公安部队直属医院到底在哪里？现在医院有没有患者？医院的工作人员是东北人还是华北人？我们日本人将来会被怎么安排？谁负责同上级机关的联络？一些具体问题萦绕在心头不能挥去。

这次转换岗位，一同前往北京的有十几名日本人及一部分中国人，最不好的条件是没有人负责日本人的政治工作。中国人无论走到哪里，周围还都是中国人，但日本人却是外国人。由于民族问题多方存在，需要有一个机关或责任人处理日常生活中出现的问题。以前，日本人中间有民族干事负责这方面的工作，但现在没有，这使我们十分不安。不安归结到一点，就是集体归国的时候，我们这些人会不会由于联络不畅而被落掉。眼睛注视着窗外的景色，内心却想着心事，可怎么也抓不到头绪。车到山前必有路，看来还是先到北京再说。

新单位在北京西郊颐和园（万寿山）附近。说是医院，其实既没有患者也没有一栋类似医院的建筑物，只是一块用土墙围成的空旷地。顺墙边有几座宿舍，显得孤零零的，院子中央有一栋二层民宅。后来那座民宅被改建成了医院。二层楼后面有一株枝叶繁茂的古树，常春藤缠绕在古树的枝干上，开着十分美丽的紫色小花，建筑物和土墙上随意摆放着一些白色的石球。开始不知道为什么要摆那些石球，后来才从老百姓那里得知，夜晚它们在月光下反射白光，像巨大的白眼球一样，那些前来偷袭家畜的狼看见后会望而却步。医院门前一条笔直宽阔的道路向西延伸，不知能走到哪里。坐落于远处的西郊机场偶尔能看到飞机起降，全部是中国民航的客机，而且个头也不小。医院的一侧傍着美丽的香山，山顶稍稍倾斜的高塔看上去无比优雅。穿过道路是一条从万寿山昆明湖流出来的清澈的小河。由于医院没有通自来水，我们时常在河两边洗涤衣物。这些年来，我们见的尽是浑浊的脏水，使用起来十分不便，陡然开始使用如此清澈的河水，简直有些惋惜。

北京解放以后过了还不足两年，我们医院也还正处在筹建阶段。新医院施工完成以前，人员被分别安排在两处工作。一处在香山脚下的功德寺，一处是颐和园附近叫大有庄的地方，据说那里过去是大臣们的官邸。没有什么工作可干，每天从早到晚是业务学习和政治学习。学累了的时候，为了透口气，所有人会一起到外边围成圆圈，练习唱歌或玩老鹰捉小鸡和丢手绢的游戏。娱乐活动十分频繁，只有那时候，大家才仿佛像回到童年一样，拼命地追逐嬉戏。记得当时打扫卫生十分累人。由于常刮北风，红土和沙砾被风携带来，天空都变成了黄色，甚至阳光也被遮掩得无影无踪。窗台上积下一层厚厚的沙尘，怎么扫都扫不干净。不仅如此，尽管紧闭门窗，尘土照样能顺着缝隙飞进来，床单上、被子上用手一摸都是沙沙的感觉。一边唱着当时的流行歌曲《北京是个好地方》，一边打扫布满尘土的房间，心中感觉很可笑。但没有风的日子，天空却瓦蓝瓦蓝十分好看。旁边万寿山上繁茂的树木更衬托得天空越发迷人。万寿山下有一块细长型的人工池，到了开花季节，池面被盛开的白色荷花装点得格外美丽。中国人从古代开始就十分尊敬荷花，认为它们“出淤泥而不染，濯清涟而不妖”。

一天的工作结束以后，我们必定要到万寿山散步。普通人要掏钱买票才能进入，军人却不需要，只要穿着军装就能自由出入。炎热的夏天，偶尔会跳进昆明湖游泳，门屋的仰泳给人留下了很深印象。速度既快动作又规范，让大家十分吃惊。后来才知道原来他曾经作为选手参加过游泳锦标赛。还有一些在万寿山的见闻一直记在脑海里。

万寿山的半山腰有一座叫佛香阁的古建筑，佛香阁的墙壁上雕刻有很多精美佛像，但大部分佛像都缺胳膊少腿。那些佛像雕在离地数米的地方，怎么可能被破坏得那么严重呢？后来知道是日本帝国主义侵略军干的坏事。万寿山再往高处攀登能看到一条蜿蜒的土质长墙，白色的土墙上到处留有被人刻画的痕迹。其中有句话用日语写道：“我是三重县（日本地名）人。二十三岁，单身！”日本军人为什么要干这么缺德的事情？已经沉寂很久的日本军国主义亡灵仿佛又跑到我的眼前。恰巧在这一时期，又出现了日本人团伙密谋在天安门广场暗杀毛主席未遂的事件被曝光。

清华大学、民族学院、燕京大学等一批著名院校都集中在颐和园一带，给人一种大学城的感觉，而且环境幽雅清净。通往北京市区的道路平整宽阔，路两旁粗大的垂杨柳让人联想起这里悠久的历史。部队每周放映一次慰问电影。场地一般放在清华大学或燕京大学的礼堂。在那里放映是因当时附近没有电影院，我们也没有合适的可以容纳众多人员的场所。另外，大学教育也还没有正常化。有时也在户外空地上放映电影。在缺乏娱乐场所的时代，看电影比什么都让我们高兴。黄昏的时候，散着步向学校方向走去，还常在路边买烤红薯吃。北京的烤红薯和其他地方的红薯外表上差不多，但里面呈赤红色，一咬简直要滴出蜜汁来，味道特别好。时隔多年，现在依然清晰记得当时吃着烤红薯往电影场走的情景。而且每当想起那情景的时候，烤红薯的香甜味也似乎一起飘散了出来。

这一时期开展的全国范围的扫盲运动，也曾利用上述两所大学的教室。解放战争取得胜利以后，为奠定建设富强中国的坚实基础，和平生产运动及扫盲运动被结合实施。后来，新中国又相继实施了各种各样的运动。其中包括“三反五反”运动、镇压反革命运动、灭蝇运动、抗美援朝运动。识字运动也在各个部队医院中广泛开展，我们医院也贴出大字报，并且各班之间交换挑战书，掀起了一阵扫盲高潮。老干部中不识字的人很多，上级机关的指示命令一般由文书念给他们听。士兵更是大多数不识字。于是大学毕业的文化教员被派遣到各机关指导文化学习。学习人员既有参加革命数十年的老干部，也有年轻人。男女老幼聚集一堂学习，没有干部士兵、上级下级之分，学习内容只有一条——识字。

记忆力减退，头脑已经大不如前的老同志们，向同自己儿子年龄相仿的年轻人请教生字的读法笔顺时，样子无比纯真。丝毫没有不好意思、丢不下面子之类的想法。大家完全把注意力集中在了生字记背上。有些人一天记住的生字达到二三十个，有些人甚至能在短短一个月的时间里开始阅读报纸。单位一位姓武的中国同志常常跑到我那里，告诉我当天记了多少生字，还要写给我看。一听我说“那么你写”，立刻规矩地握着铅笔，在一张旧纸上认真写起来。表扬他的时候，他总是微笑着谦虚地说自己还要加油学，但表情上却掩饰不住喜悦。和报纸书籍无缘的文盲生活持续了十几年或几十年，却通过几个月的努力，书能读懂了，报纸内容也能理解了，这对他们来说比什么都激动。像是一个失去视力的人突然又恢复了视力，再次看到了周围的世界。几千年来奴隶制、封建制的残余从他们身体中被去除，为新中国建设他们能发挥更大的力量。随着运动的蓬勃开展，大字报也更加焕发出活力，班级与班级、个人与个人之间的革命竞争意识不断高涨，挑战书的内容也变得更加具体化。甚至有人在大字报上表决心一天要记多少个字。运动取得了丰硕成果，大多数士兵从文盲生活中被解放出来。一直接受口头教育的士兵，逐渐开始从书本、报纸中吸取知识，受其影响，工作上也取得了进展。

在北京期间开展的另外一项运动是灭蝇运动，这场卫生运动也进行得轰轰烈烈。各班组纷纷组成灭蝇俱乐部互相竞争。从干部到士兵、妇女、儿童，每人手拿一柄苍蝇拍，无论上班的时候，还是下班以后，到处找苍蝇打。有时到几千米外的地方去寻找苍蝇。到处都是打苍蝇的人，苍蝇很快就被消灭干净，有时想找苍蝇还不容易。于是又开始寻找苍蝇长成前的蝇蛹，扛着撅头铁锨在树根处、厕所旁等一切苍蝇可能产卵的地方发掘，力争把它消灭在幼虫状态。医院附近一带当时根本见不到苍蝇，变得十分卫生。集体的力量的确伟大。干任何事情只要大家团结一致，就有可能取得成果，我亲身体会了发挥群众力量的重要性。很长一段时间，北京大街上都随处可见一手拿蝇拍，一手拿装苍蝇的瓶子的人在街上走动。

最后一项运动是在全国范围内开展的“三反五反”及镇压反革命运动。公安部队内部也展开了从上到下、由下至上的批判运动。尤其重视基层意见的这项运动，在经过军人大会的充分讨论动员以后，由各班推荐选拔组成了运动推进委员会。成为委员的首要条件是自身没有任何有争议的问题。委员会由受到大众信任的人员组成，无论那个人是何地位、是何身份、是何民族。我也被推选为委员参与了整风运动。整风运动中有两件事给我留下了深刻印象。一件是在粮食事务所进行会计检查，一件是同协理员处理院长的不正之风。这里只说一说院长的问题，那名院长在少年时期参加八路军，经过自身努力，由看护兵成为医生，并最终成为大医院的院长。他不但革命经验丰富，医疗技术也很高超。我曾就医院医生、护士及一般工作人员的问题同他交换意见，但他根本听不进去我的意见。我来自四野，他来自二野，原本我们就不太熟识，但他本身属于自高自大，自己的意见永远正确，自我感觉又特别好的那种人。

不光是日本人，中国工作人员对他的意见也特别大。“三反五反”运动开始以后，人们对院长提了很多批评意见。院长也被排除在委员会成员之外。反映意见最集中的是院长和中国人护士长有不正当关系，而且在护士长和其他护士之间搞特殊。但院长不断强调自己同护士长没有特殊关系，根本不认同群众的意见。时隔不久，他们之间存在不正当男女关系的事实被证实，面容白皙的护士长同院长被隔离反省。后来，两人又分别被调往别处。想来两人经过深刻反省，已经认识到自己官僚主义及男女间不纯洁关系的重大错误，并加以改正，现在又成了医生或重新担任某个行政机关的领导。

这一运动给我留下的最深体会是，人大多不愿意承认自己的缺点过错，即使是经历长期革命洗练，克服各种苦难成长起来的人，也往往难以驱除存在自身的旧社会资产阶级思想。治病救人的工作不容易。在和平年代，糖衣炮弹作为肉眼看不见的敌人，会侵蚀人的思想，使人的思想变质，思想改造则显得更加重要。

这一时期，原本声望颇高的东北局主席、中央人民政府最高领导人之一的高岗，在东北地区搞独立王国阴谋失败；某高级干部造成数十辆卡车东北木材去向不明的事件被报道，《人民日报》每天都大篇幅登载有关贪污腐败的消息。记得有一条内容讲贪污一亿元以上的犯罪将处以死刑。

开展了各项运动的北京，其实是一个和平且环境优美的城市。我们被允许自由外出。但我们仍然习惯拉帮结伙集体外出，故宫、北海公园、天安门、天坛，均是去游玩的地方。北海公园的大湖里可以荡舟，记得在公园里还观看过金鱼展评会。金鱼原产中国，种类之多之大，令人吃惊。个头大的足有鲤鱼大小，有些金鱼眼睛朝着天空，十分有趣。管理员的解说更加有趣。当我们问为什么金鱼眼睛长在头顶上的问题时，解说员说："金鱼长期被饲养在鱼缸中，阳光只能从头顶照进鱼缸，眼睛成日盯着光线，时间太久，就成了现在这个模样。"

在北海公园游玩的时候，常常会被中国小孩围起来，要求讲述过去同国民党军打仗的故事。有些小孩抚摩着挂在我们胸前的解放纪念章，充满好奇地问道："这些纪念章是在什么战斗中得到的？当时情况是什么样子？"孩子们围绕在我们周围不肯离去。没办法，只好给他们唱几首解放军的歌曲，他们也会高兴地一起唱，孩子们无比纯真，每当得知我们是日本人时，他们会表现出更大兴趣。热情称赞我们是伟大的国际兄弟，脸上充满了感谢的表情。北京的人们从内心十分尊敬解放军，长大后成为解放军士兵是每个儿童的梦想。和我们分别的时候，也像多年老友一样，流露出依依惜别的神情。那一刻，我们每个人都为自己参加中国解放事业感到无限自豪和光荣。

中国由半殖民地半封建社会进入了社会主义社会。由于在资本主义没有得到充分发展的情况下实行了民主主义革命，工人阶级数量少，农民是国家主体。革命学说认为，中国农民的解放是通过工农联盟实现的。但工人阶级由于数量少而没有成长为领导阶级，工农联盟以解放军同农民联盟的形式反映了出来。同时，由于革命运动的方式是武装斗争，解放军同农民的同盟关系得到了进一步加强。军人也因此受到广泛尊敬和重视。

在北京期间，举行过一次公安部队同北京卫戍部队之间的棒球比赛。公安部队派出由日本工作人员组成的队伍在北京体育场参加比赛。门屋、河野、永吉、福井等人都是当时的队员。安达医生率医务班观战。近藤医生由于生病正在隔离病房静养。他本来十分喜欢运动，如果健康的话，一定会踊跃参加。比赛中我守三垒，门屋做投手，永吉做接球手，当对方打出一个好球时，有人从二垒向三垒奔跑，这时，球从一垒向我的方向飞来。我尽力想抓住那个球，但球路太短，不得不向前腾空扑救，对方那个队员已跑到我的面前，膝盖一下撞到我的脸上，我随之倒地昏迷不醒，被吉普车迅速送往附近医院。比赛继续进行，但日本人队好像输了。后来朋友说，冲撞以后我又迅速爬了起来，大家正以为我没事的那一瞬间，球从手套中滚落，我又重重地栽倒在地上。不醒人事的我被抬进医院，结果是颊骨凹陷，脸肿得像皮球，一段时间眼睛完全看不见东西，也没法张口吃饭，有时甚至从腹腔往外吐血，让医护人员吃惊不小。入院当天晚上，医生护士们对我进行了通宵监护。

几天过去，脸部开始消肿，眼睛也微微可以看到一些东西了。病房中住的都是中国士兵，他们很关心我的病情。据病友们说，每天都有两名护士对我进行日夜陪护，并不时用勺子将流食灌入我口中。可以勉强行走以后，同房的中国士兵时常扶持帮助我练习步行。得到我受伤的消息，医院政委及公安部队负责人都曾来病房看望我，并送来慰问物品，包括鲜花和可口的食品。但我既睁不开眼睛，也张不了口，只有心领他们的美意，同病房的中国士兵及医院医护人员在住院期间对我十分照顾。

我们在战后一直从事医院方面的工作。入院治疗的患者几乎全部是中国人。日本人医生、护士及看护人员，为那些患者的看护及治疗积极工作。但这次我成了患者，而且住进了一家全部是中国人的医院进行治疗，接受看护。他们没有民族歧视心理，全心全意为患者服务的态度同我们医院一样。在他们的悉心看护治疗下，我开始能一个人慢慢行走。这时公安部队直属医院派车前来接我。在那家陌生医院医护人员及病友们的送别下，我又回到了自己工作生活的医院。政委以及全体日本人出来迎接我，见我平安归来，他们都感到十分高兴。中国同事也热情地问候我："元木干事，怎么样？"我有一种"池鱼归故渊"的感觉，安全感顿时笼罩了全身。

回到位于功德寺的直属医院，由于伙食、治疗、看护受到了同事们更加细心的照顾，不到一个月，身体就完全恢复了健康。但直到现在，只要按压颊骨，立刻会有一种触电的感觉，脸两边的高度也略有不同；每当洗脸或用手搓脸的时候，发生在30年前的那一幕就会浮现眼前。那熟悉的一张张脸庞、一道道身影，让我无法忘记。

身体复原后没过多久，就到了8月15日。这一天对中国人民来说是纪念胜利的日子。尽管医院经费紧张，但按照惯例还是要举行一些庆祝活动。那一天，我和阪井举行了婚礼。炊事班的寺岗、水谷、沟井等人为我们安排了婚礼宴，并用木箱做成广播表演了广播剧，伊吹君代表工作员发表了长时间的致辞，小胁为祝贺我们结婚专门作了一首诗。婚礼开始后，中国人及大眼他们闹着非要让我们玩叼糖游戏，门屋夫妇作证婚人，武田医生夫妇代表长辈，仪式非常隆重，一直热闹到半夜我们才回新房休息。床上铺着花色美丽的新床单和被子，那是中国护士们送给我们的结婚礼物。直到后半夜，米永、池田一伙人还不时来骚扰我们。天亮的时候，鉴于我们新婚，热情的炊事员小金把早饭送到了房间。

他们都是热情而善良的人，他们的美丽心灵，像在战火和苦难交织的崎岖道旁夺目盛开的可爱的小花。

在北京勤务期间，我们当中有名叫裕己的少年。当时大约有 8 岁。他和小良有着同样悲惨的过去。裕己君的父亲在日本战败前夕因病去世了。地点好像是大栗子沟。母亲也在战败后不久抛下两个孩子随父亲而去。裕己君有一个姐姐，当时正在女子学校读一年级，是个年龄不满 15 岁的学生。姐弟两个的年龄加到一处也不足 19 岁。战败后，不知出于何种动机，俩人在通化加入了八路军。之后的岁月里，俩人同我们一道开始历时八年，长达 6000 千米的艰苦行军生活。其间，姐姐一边从事护士工作，一边照顾弟弟。军队里过的是集体生活，不能自己想怎么样就怎么样，年幼不懂事的弟弟也因此在班里闯了不少祸，让姐姐头疼。每当那时，姐姐训斥弟弟的神态，犹如父亲一样威严。但当弟弟在外边被大人欺负、受到委屈伤心哭泣的时候，姐姐的眼里又流露出慈母一样的关切之情。尽管如此，军营内的生活环境十分严酷，姐姐也不能随时随地呵护弟弟。八年来，姐姐所承受的痛苦也许要超出我们常人两倍甚至三倍。当年顽皮不懂事的小人——裕己君已经年过 40，并成了两个孩子的父亲。而既当爹又当娘拼命照顾他的姐姐，如今依然从事护士职业，一个人过着缺少欢乐的孤独生活。

最近受到社会广泛关注的中国遗留孤儿问题，也从小良、裕已君的事情上使我有了新的认识。遗留在中国的儿童，大多尽管有父母或亲人，却因某种原因被滞留在中国。他们当中 40 岁上下的人居多，小良和裕已君也属于他们的同龄人。同那些遗留孤儿相比，小良没有母亲，裕已君更是早早失去了双亲。年龄不足 15 岁的姐姐和三岁半的弟弟相依为命，在战乱的异国土地上，在汹涌的社会波涛中努力生存。应当怎样理解他们那 8 年岁月？没有上过幼儿园，也没有上过一天小学，没有机会和同龄儿童一起玩耍，终日混迹在大人堆中。在裕已君的头脑里，童年究竟给他们留下了何种回忆？如果时光可以倒流，真希望能再给他一次童年。但时代的车轮不可逆转。错误的时代车轮碾碎了姐姐的花样年华，无情轧过了弟弟原本应该快乐的童年，还使他们过早失去了父母的疼爱，只有故国日本严酷的生活在等待着他们。回到日本，已经过了将近 30 年。不知是谁教给他，抑或是他从哪里得到的生存智慧，他茁壮成长并建立了幸福家庭。看到带着两个孩子笑容可鞠站在眼前的裕已君，谁又能相信那就是当年顽皮的小可怜。两个孩子和父亲当年长得十分相像，看着他们的小脸，回忆仿佛又将我带到了 30 年前北京的大有庄。

永 年

遵照来自北京公安部的命令，我和妻子告别设在万寿山麓大有庄的医院，前往一个未知的新地方。在北京整整工作了两年。从 1946 年开始，和伙伴们已经朝夕相处了七年，每一位工作人员都像自己的兄弟姐妹一般。短暂的北京生活给我留下了众多回忆。木村在公安部长家从事保姆工作的时候，曾多次向上级提出希望早日回到医院；裕己君考虑到自己的将来，到颐和园附近的一所小学校任教；小笠和小时结婚去了南方。在北京期间的工作特别繁忙。离开北京前夕，在安达博士居所附近的小山上，全体日本人为我们召开了欢送会。可惜时间太短，没有办法尽诉离别之情。出发那天，我们将一个塞满书籍的木箱扛在肩上，步行到万寿山后山的莲池旁，等待前来迎接我们的汽车。门屋夫妇抱着刚出生不久的小淳也前来送别。他们眼里充满了寂寞。我也有着同样的心情，但不得不告别他们出发了。不知道此行要前往哪里，也不知道要去干什么，内心不但充满了不安，更重要的是离开众多日本人感到心痛。

通往西郊机场的那条道路铺垫得十分平整。两行足有百年以上树龄的巨大垂柳，用低垂着的青绿色枝条夹着道路。道路两旁是成片成片的莲池，正在盛开的洁白荷花娇艳欲滴。那地方是个非常浪漫的场所。不久，前来迎接我们的汽车缓缓驶来。告别战友我们踏上了未知的旅途。走完平整的大道，汽车开进了一条土路，又经过了很长时间，才在一座乡村小镇停了下来。看来距离北京有相当远的距离。眼前是一片由高墙围绕的古旧村落。已经有很多日本人先期到达那里了，他们纷纷上前迎接我们，并帮忙把我们的行李扛到班里。班员们一一做了自我介绍，我也成了那个班的成员之一。班员之中有曾在最前线同国民党军英勇战斗的工兵队员，有来自空军部队及汽车部队的优秀战士，有大干部的司机，甚至还有在解放战争中取得巨大功绩的战斗英雄，毛泽东奖章获得者以及在国民党统治区组织中国人队伍而让蒋介石寝食不安的游击队长。

集中到此的日本人被分散到各个中队进行政治思想学习。学校里男女分班，不允许夫妇同居。妻子被分到尽是女性的班里，而我被分到了尽是男性的班里。那里完全执行战斗部队的规定，生活环境十分严峻。起床以后，立刻要进行30分钟的跑操，然后各自拿着像无釉陶锅一样的脸盆领水洗脸刷牙。每天的饭食由各班派值日生轮流协同准备。吃完饭以后是学习时间，内容主要是思想教育。教育及学习工作由中国干部负责实施，但我们的直接负责人是由日本人担任的中队干部及班长。来到学校后的第一感觉是日本人特别多。

从前我们只知道各医院间的一些事情，原来前线部队的各军、各连也分散着许多小的日本人集团，他们同中国士兵一道参加战斗。那些人几乎全是第四野战军或第二野战军的战斗骨干，没有几人像我们这样众多的日本人在同一单位工作。他们大多一人或几人一伙混杂在中国士兵当中在战场厮杀，几年来也很少使用日语。正因为那个原因，他们的生活作风也似乎已经中国化了。日本人中队干部全部已是中国共产党党员。向我们传达会议方针的时候，以及举行班会的时候，嫌用日语讲不清楚或讲起来麻烦，干脆使用汉语。在讨论会上发言的时候，也是日语夹着汉语，遇到难词不知道用日语该怎么说，用汉语反倒好让人理解。不可思议的是，尽管用的语言不伦不类，但大家居然还都能听懂。学习结束后一直到熄灯的那段时间，令人感到快乐自由。大家互诉战场往事及自己知道的新鲜事，很多次过了时间都不知不觉。每当那个时候，大家简直忘记了自己是谁。

永年是缺水的地方。洗头、洗衣服都要到离镇子很远的一处小河去。因此，一周一次，每个星期天被规定为洗涤日。一到星期天，河沿上蹲满了洗衣服的人，岸边的田野里也搭满了待干的衣物。由于肥皂在河水中不能很好溶解，洗涤起来十分困难。特别是洗头的时候简直让人犯愁。在头发上怎么擦肥皂也不见泡沫，不仅如此，清洗的时候，肥皂沾在头发上又洗不下来，弄得头发一根根竖起像刺猬一样难看，用手摸也感觉又硬又涩。后来，不知谁发现了一个妙招，把生蛋黄和肥皂一齐涂抹在头发上，不但可以起泡，还很好清洗干净。于是大家赶紧买来鸡蛋试了一试，果真事后不但没成刺猬，而且头发还洗的十分干净。那也许是从当地的老百姓那里得到的智慧，我们受益匪浅。

到现在也不知道永年离北京城到底有多远。永年老百姓很少，商店也没有几家。在小镇附近农村居住的乡下人，有的还没有见过日本人，他们感到很好奇。有一个笑话说，一名裹脚大娘由于想看一看日本鬼子长什么样，居然专门从乡下远巴巴赶来镇里。这个大娘拖着腿，晃着腰，一边长途跋涉，一边在想，日本鬼子到底是不是头上长着角，如果角大的话，一定要拿一根回村里给邻里都开开眼界。但到镇里找了一圈，也没有见到一个头上长角的日本鬼子。于是向镇里人打听道："听说镇里有日本鬼子，我怎么没见到一个头上长角的日本人。到底有没有？"

镇里人告诉她："大娘，这镇里有日本鬼子，也有为解放咱中国出了力的日本解放军，就是没有头上长角的日本人。"接着还说道，"过去的日本鬼子经过劳动和思想改造，现在已经认罪啦，他们现在还在责怪自己过去造了孽，还有的日本人参加了解放军，是解放全中国的好日本人，比您儿子还要有出息，您还要谢谢他们呢！"

大娘听了以后，嘴里咕哝着："日本人不和中国人长得一样吗？"又摇摇晃晃地回去了。

永年有两类日本人。其中，一类是犯人，即战争罪犯。他们在日本军国主义时代，在占领区充当帝国主义的爪牙，对中国人民造成极大伤害，作的恶数也数不清。日本帝国主义被打倒以后，他们又参加了蒋介石国民党军，在军中占据高位，再次犯下罪恶。解放战争中他们成了人民解放军的俘虏。他们中有很多已经年过五旬，头顶的毛发也已稀稀拉拉。这些人在永年主要是接受思想改造和劳动改造。作为劳动改造内容之一、有时到我们宿合修理桌椅，补修墙壁房顶。他们被禁止说话，只能默默干活。他们来的时候，有手持上了刺刀的步枪的士兵，在身后严密监视着他们，并把他们使唤来使唤去。和我们擦肩而过的时候也不照面，头一直低着，失去自由的样子看起来像丧家之犬。曾几何时，他们脚蹬长靴，佩带金质肩章，腰悬日本刀，一副普天之下唯我独尊的样子，对中国人驱使奴役，想怎么样就怎么样，但现在已丝毫看不到当日的身影。被和自己儿子同龄的军人用枪顶着后背，强制修理打扫同是日本人的我们的宿舍。那样子可怜之极。时代的变迁，权利的变化，比想象更可怕，好像奴隶主变成了奴隶。那都是他们对中国人民犯下深重罪行的必然报应。

学习生活

不知叫无名学校还是叫训练所合适，永年的日常生活有些像延安的工农学校。最初不太适应，但过了十天半月，就渐渐习惯了那里的生活。这时，在北京分别不久的友人也来到了永年。河野、伊吹、山崎、米永、大冢、后藤、内田、沟井、岩井、木村，还有更多的人现在已经记不清了。虽然分别不久，隐约也有隔世的感觉。我们班级不同，宿舍也不在一个地方。学习空余，赶紧向他们打听后来医院以及朋友们的一些事情。

我离开医院以后，立刻有一位日本人政治指导员被调来，负责日本工作人员的生活工作，这先让我了却一桩心事。但不久之后，日本人就被分散成两部分，一部分来永年，一部分去了太原方向。我暗暗预感到大概有什么重大事情要在日本人身上发生。

我刚入校的时候，学校人数很少，有些让人寂寞。但随着日子一天天过去，人数也不断增多，生活渐渐显现出活力来。但在一段时期，很多人会突然消失，不知去了何处，人数又变得很少。班里变得静悄悄的，之后不久，又会有很多人入校。就这样，人员进进出出不断变动。后来才知道，当时的变动是由于日本工作人员被分割成了归国组及遗留组，离开永年的人 1953 年乘归国船回到日本，而遗留组的人在中国一直滞留到 1958 年。

归国组及遗留组的人员，均在永年将自己长期保存的勋章、纪念章、照片、证明书等重要物品打包添名，办理了交由政府保管的手续。没有人能将那些重要物品带离永年，归国组离开永年十天左右后，又有大批日本人集中到那里。那些日本人来自南方，包括 1950 年在常德、衡阳方向同我们分别的人。他们风采依旧，山西干事和木田干事也在里面。旧友久别重逢，大家先是十分吃惊，不知到底是怎么回事，因为都没有想到还能在中国再见。但不管怎么说，都还健在比什么都好。大家互相用力拍着肩膀，紧握双手，高兴异常。已经不是三年前在南方告别时那冰冷潮湿的手心，每双手都那么温暖，暖流一直袭遍全身，但接下来还会发生什么事情，没有人知道。

迎接新同志以后，学校重新编班，并忙着为他们准备日常必需品。班中既有来自前线战斗部队的人员，也有我们这些后勤部队的人员，干部、士兵、医生、护士被打乱混编，学校也一下热闹起来。大家互相交流前线故事、医院生活等各种发生在自己身边的事情。一切都像是刚刚发生在昨天，星星点点地回忆着解放战争的足迹。不管怎样，永年使分散在全中国的日本人集中到了一起。

谈话间突然想起，几个星期前大批日本人突然离开永年不知去向。那些人当中有我的旧友，包括在北京同我共事的大冢君、沟井君、山崎以及宫本护士长。如果后来的人早些从南方北上，或许还能见他们一面，那一定会让双方很惊喜。也许这就是所谓的命运，每当想到那些，内心总感到酸楚、悲哀又无奈。有时只好自己安慰自己，反正大家最终的目的地都是日本，有些人或许在船上会再见，有些人在中国或许已不能再见，但只要大家都活着，他日在祖国日本一定会有重逢的机会。

当日本工作人员开始频繁移动的时候，那些日本战犯也像突然消失一样不见了踪影。那些战犯大多是日本战败以后，在蒋介石及冈村宁次的交易下，参加到阎锡山部队的日本军人。侵略战争年代，他们曾在山西地区作恶无数，战败以后，他们不但没有反省自己的罪恶，反而在国共内战开始以后，参加国民党部队，最终在华北地区成为解放军的战俘。一部分工作人员被派去照料战犯的日常生活，并指导他们进行思想改造、劳动改造。那些工作人员曾异口同声地说："那些战犯称得上恶贯满盈，他们的恶行简直让人不敢相信是人干的事。"那些人丝毫没有罪恶意识，也根本不反省。其中，有的战犯称自己过去强奸中国妇女像家常便饭，强奸以后再把她们杀掉。有的战犯自己杀的人太多，数量已经记不清了。负责战犯生活的工作人员感叹有时也会遇上危险。比方说战犯端来的饭菜不敢放心吃，因为说不定里面被他们偷偷掺了什么东西，从饭菜中挑出钉子和缝衣针是常事。

归国组的日本工作人员相继离去，南方的旧友们又纷纷前来。一个月之后，又有一大批日本人来到了永年。这批日本人大多曾在伪满、东北地区的民间部门工作，原鹤岗煤矿矿务局、技术部门及民主新闻社的人居多，并且还有很多从日本秘密逃亡到中国的职业革命家。人员已经到齐，学校又重新编排中队，正式的学习体制被确立，大家开始集中精力学习。

入校初期的学习以思想教育为中心，干部全部由战斗部队出身的人员担任。地方及后勤部队出身的人员只能充当普通班员，很多人由长期的领导者地位沦为被领导者地位。对于新干部。大家意见很大，干部作风强硬，“自高自大”“不能和同志打成一片”之类的批评意见在班里一时间闹得沸沸扬扬。他们虽然没有经受过正规理论学习，但在战场上出生入死，不但勇敢而且思想坚定，并且由于在中国共产党组织中接受过锻炼，对工作无限忠诚。他们完全和中国解放军军人别无两样，反而有些不像是日本人。

我们尽管同他们一样来自军队，但由于分别来自后方和前线，自然有很多不同点。射杀敌人是他们的主要目的，全员年龄都不大。他们遵从的是一切行动听指挥的原则。由于我们在后方工作，生死紧张度相对较小，行动也不甚敏捷，而且男女老少一起生活，什么样的人都有，但都很善良热情，经常替别人着想，经常帮助别人。令人感到吃惊的是，我们这类人有妻室的比较多。从入学那天开始，夫妻被分别编入不同班级不能见面。妇女在妇女班，男人在男子班，相互之间难以联络。当有急事的时候，通过男子班的班干部和女子班的班干部联络，把事情转达过去。学校作风纪律十分严格。

到了每周六，夫妻被允许同宿一室说说私房话。中国人把周六叫“礼拜六”。我们由于每天十分繁忙，经常会忘记礼拜六，但班长绝对不会忘记。每当到了礼拜六的傍晚，班长会安排房间，并指示班员帮有妻室的人把行李搬到那个房间。有时回到班里突然发现自己的行李不见了，一问其他同学才知是怎么回事。有人会半开玩笑地说："今天是礼拜六嘛，你的房子在某某处。"到了星期天晚上，自己会把自己的行李搬回原班，没有任何踌躇。造成这种良好气氛的原因，大概是因为人们能相互体谅他人困难。这种人与人之间的关系，是在生死边缘徘徊时，相互帮助的战火纷飞的战场上培养出来的伟大的同志爱。

进入新学习阶段的同时，学校进行了重新编班。日本共产党的领导取代了中国共产党支部的领导，逃亡者处于权利中心，鹤岗组紧随其左右，从中队长到班长几乎所有的重要职务都被他们占据。前一阶段的班干部们反过来成了班员。我在后方机关工作时属于下级干部，到永年的时候自然成了班员，而随着领导层的变化，我被任命为班长，但丝毫没有实权，班员中的逃亡者及鹤岗组才是重要人物，学习情况及思想内容均由他们向中队部报告。不符合日共作风的人员被他们视为异己分子。进行学习讨论的时候，日共派同遗留组（中共派）之间往往会展开激烈争论，我这个班长被夹在中间左右为难。日共系统以外的人员大部分出身军队，将近七年的军队生活，使他们的中共作风溢于言表。另外，新的人事安排又对出身军队人员不利。首先，他们在各机关工作时，作为政治干事、民族干事曾长期负责日本工作人员的领导工作。在这一过程中，在思想教育和理论宣传方面他们都扮演了重要角色。但这些成果和原来的地位被抹杀，他们突然被降格为班员。其次，成为班员以后，他们经常受到不公正的批评，什么“领导意识强烈”“对日常生活的积极性不足”之类的帽子，被扣到他们头上。

这样一来，日共型的领导体制使学校内部一片混乱。随着政治学习的深入进行，日共派对遗留组的说教意识不断表面化、高压化。争论愈演愈烈，日共派叫嚷：“你们为哪里革命？”遗留组立刻会反唇相讥：“你们以为光凭自己就能革命？”双方意见很难统一。遗留组最初曾对日共派有过高度评价，并且十分尊重他们，但渐渐开始失望，最后演变成班级内不团结的现状，甚至有人已开始要求重新分班。

我认为遗留组在不了解日本、不能讲正确日语、文学及文艺活动完全中国化、自创自演的娱乐活动缺乏民族性等一些方面，确实存在一些缺点，可这并不能说他们完全错误。但日共派把他们全盘否定，轻视并尖锐指责他们的做法，只能使双方矛盾不断加深。不了解革命真实状况的日共派，同不了解日本实际情况的遗留组之间的鸿沟，30 年后的今天依然没有填平。这集中表现在当今日共宫本体制民族主义、官僚主义、评论家主义及反中国主义的现状上。

造成对立的最大原因在于，日共派轻视遗留组所付出的努力，所取得的功绩，他们以一种高高在上的态度对遗留组进行教育，这自然产生负面效果。尽管我属于遗留组的一员，但我认为遗留组没有充分认识到将中国革命成功同日本社会实际相结合的意义及关系。认为只要努力工作就能对日本产生良好影响的思想，将导致忽略民族特殊性。但当时处于领导的日共派成员，无视遗留组为中国革命不惜生命做出巨大贡献的做法，更加错误，他们忘记了国际主义精神，走进了狭隘民族主义的死胡同。他们忘记了重要原则，不了解什么是艰苦的革命，刚刚接触工人运动和农民运动一部分情况的时候，立刻振臂高呼，他们已经掌握了革命运动的全部经验，并且站在高处向他人说教。这是造成对立的根本原因。他们忘记了一切问题都具有普通性和特殊性，只强调其中一个方面，使问题解决更加困难，双方隔阂越来越深。

学生内部复杂的思想状况，同学之间隔阂的感情，成了学校的一大问题。带着这些遗留问题，校园迁往新址。那里同永年简直有天渊之别。为使学生能静心学习，学校设施在反复设计的基础上，配置得十分完善。宽阔的土地上坐落着壮观的建筑物。建筑物以研究室为中心，两旁是学生宿舍和教室，还有可以容纳千人的讲堂，学生在那里接受讲解。为方便妇女们学习，学校一隅还建有保育所，保育所占地面积很大，而且外部喷涂得非常美丽。保育员们照顾着众多儿童。保育所实行全托，儿童们除每周可以回到父母身边一次以外，其他时间都过集体生活。另外，学生宿舍附近还修建有两处公共浴池，男女分开使用，一次可以满足几十人同时入浴。更令人高兴的是，为保护学生及工作人员健康，方便病人治疗，产妇生产，学校里还有一座像样的二层楼医院。有了这些保障，我们可以安心学习了。

学校图书馆藏有数万册藏书，完全可以满足我们预习、复习以及提高理论时的需求。学校内部发行的报纸、听课时使用的讲义以及教材全部由学校印刷厂完成。体育活动也十分活跃，宽阔的操场上棒球、篮球、排球、羽毛球设施齐备，还有一个 50 米游泳池，夏天可以游泳，冬天可以当溜冰场用。几乎每天学习结束以后，各中队之间都要进行体育比赛。学校有几座可以容纳数百人同时进餐的大食堂，连中国干部都不能轻易吃到的上等饭菜，每天都出现在餐桌上。伙食科根据学生们的要求偶尔会做出一些特殊饭菜来，但总体上以中餐为主。有一次学生们提出要求，希望吃一顿金刀比罗牛蒡（日本菜名），伙食科的人立刻到街上去购买。在中国，菜市场上找不到牛蒡，想要的话只能去中药店购买。由于中药店没有大量存货，据说伙食科只买回了少量牛蒡。但虽说是少量，要让一千几百名人员都吃到那菜，其数量可想而知。中方对我们的照顾已经不是用“周全”二字能概括的了。

学校内部各部门除食堂和理发室以外，几乎全有日本人参与工作。食堂的中国服务员服务十分周到。教育部门分政治经济学、马列主义、中国问题、日本问题等四个研究室。政治及马列两个学科由从莫斯科大学派遣来的教授执教，中国问题由中国教师主讲，日本问题临时由高仓照担当。研究室内部还设有专门资料室，资料十分齐备。内部资料包括日本的左翼报刊、工会通讯、地方新闻报刊及各种周刊。文化方面由原太郎指导的文艺活动在学生及工作人员的文娱生活中占有重要地位。学生之中还有两个特别课堂，一个是俄语班，一个是汉语班。记得俄语班由来自苏联的一名叫阿波齐尼科娃的女教师授课。这两个课堂的存在，大概是为日本将来革命武功做准备，需要提前培养一批精通中俄两种语言的人才。

另外，还有一个俄语翻译室，数名职业翻译在那里工作。其中一人是日本人神利夫。可以说学校在设施、资料、教师队伍、环境等方面无可挑剔。学习内容主要是苏联革命、中国革命的经验，目的是培养在理论上和思想上都过硬的人才。龟山幸三所著《战后日本共产党的两本账》一书中曾这样写道：“尽管接受了中国共产党精神和物质两方面大量援助，但在那所学校学到的东西，对日本革命的进展却没有派上任何用场。”并且还写道，“当时从日本前往中国的大部分人（流亡派），现在作为宫本（前日共书记长）的急先锋，正拼命进行反中国宣传。”事实就是这样。但我们不能忽略造成这一事实的原因。当时从日本前往中国的日共党员，大部分是职业示威狂，他们根本不具备做领导者的资格。他们不但压根没有耐心，反而去误导他人，盲从他们的人被认为是好人，不服从他们领导的被认为是坏蛋。他们不具有自我反省的意识，而恰恰是这些人掌握了学校的领导权。正因如此，直到学校解散为止，同遗留组之间的鸿沟也没有填平，思想不统一，甚至陷入不可调和的状态。学校开学以后，由于双方对立不断尖锐化。河田贤治曾一度重新评价遗留组对中国革命的贡献，并反省过日共的领导。但那只算是表面的修缮动作，其实根本没有发自内心的觉悟。正因为当时没有真心学习中国革命的经验，才有了现如今的日共宫本体制以及反中国的现实。造成现在这种状况的根源在 30 年前。大概预见到可能造成这种不良结果，中国干部曾说过这样一段话：“革命事业不但严酷，而且具有长期性，它是用无数宝贵生命的牺牲换来的。革命不是一场简单的胜负游戏。日本战败后，工人、农民、市民及学生的运动处于自然高发期，在这一时期踊跃跻身共产党行列的人，事实上不具备夸大自身功绩的资本。奉劝有些人应该杜绝自我满足的倾向，认真学习中国革命的经验。”但令人遗憾的是，他们根本听不进这样的忠告，只一味强调日本的特殊性，最后干脆全盘否定马克思列宁主义，忘记运动原则，向议会至上主义一步步蜕化。有正义感的进步人士已先后离开他们，现在的日共只是靠一些类似二三流演员名气的政客，尸居在议会里。当反映国民大众要求的“安保斗争”（根据《日美安全保障条约》，美国在日本大肆建立军事基地并驻军，从而引发了日本民众的一系列示威活动）爆发时，他们不但不积极参加，反而非难高涨的大众运动为极“左”冒进主义。“羽田斗争”的举动被人讽刺为《红旗节》，一帮人与其说示威不如说像过大年一样，面带笑容挥舞红旗喊跳了一阵了事，让路边旁观的人弄不明白他们到底在干什么。最近讨论财政、议会、公务员削减问题时，他们由于担心自己政党的议员数减少而在议会畏畏缩缩，可见已经蜕化到了什么地步。

宫本曾称中共当时向日共指示了极“左”冒险主义的武装斗争方针。侉田里见在其著作《致昨日同志宫本显治》一书中也有这样的记述：“包括家属在内、有大约

2000人的伪满开拓村幸存者及来自日本本土的流亡者，在马列主义学院留学。这所学校是在武装斗争高涨时期，在中国政府的援助及指示下、以军事教育为主开设的学校。然而，由于武装斗争破产，学校被改组为学习马列主义的教育机关。”

其实，事实根本不是这样。日本共产党领导层在进入50年代后，曾向中国共产党提出两项要求。一项是开播《自由日本》广播；一项是开设一所培养日共军事干部的学校。中国有关文献提到，关于开设干部学校一事，德田书记长（当时日共最高领导）向中共提出培养军事政治干部的要求，但王稼祥部长的态度是“可以培养政治干部，但拒绝培养军事干部”。无论袴田怎样巧舌如簧，也改变不了我们从未接受军事教育的事实。

当时不清楚日共的方针是什么。但在学校期间，既没有接受过军事教育，也未曾听说过这回事。关键在于，中国没有将日本人集中起来进行军事训练的理由。无论资产阶级革命还是工人革命，为的都是权力问题。夺取权力有两种途径，一种通过武力，另一种通过和平方式。后一种途径在世界历史上没有先例。但那并不说明武力万能。落入狭隘经验主义怪圈的富本和袴田，不但不虚心学习中国革命的深刻内涵及意义，反而信口开河杜撰历史。

更应该批判的是他们的思想。所谓“伪满开拓村的幸存者”，是旁观者，他们是从旁观者的角度看待加入中国人民解放军的日本籍士兵为争取中国革命胜利而付出努力的。但实际情况是，遗留组并非消极地生存，而是积极加入到中国革命的进程。我有一个友人，他13岁那年在中苏边境的一处开拓村迎来了日本战败。日本战败的同时，附近村庄起火，村子在一瞬间成为火海，很多日本人被烧死。狼群被烧焦尸体散发出的恶臭引来，尸体被狼群叼得七零八落。他从业已毁坏的房屋门缝中目睹了那一惨象。那场大火中他失去了双亲，劫后余生的他参加了八路军。回忆起他们参加国内革命战争的漫长岁月，他们在解放军中所经历的不仅仅是幸存二字所能代表的。

连处于高位的领导者都持有这种大众观点，学校日共领导阵营的素质就可想而知了。他们自以为自己就能肩负起日本的一切，不但不认真进行思想改造，而且未将学到的理论和自身实际结合起来。他们认识不到社会运动要靠广大民众来完成，对前途充满不安。令人遗憾的是这段时期，他们中有人从学校逃跑，甚至还有人自杀未遂。

在学校的学习主要是理论学习，马克思列宁主义、哲学、政治经济学原著的学习，是其主要内容。这是考虑到我们没有长时间系统学习理论知识的机会，才这样安排的。但在教学方法上苏联教授同中国教授截然不同。苏联式的教育方法，认为马列主义是科学，作为纯理论来学习就可以了，没有必要生搬硬套地和实践相结合。中国式的教育方法，认为实践是理论的基础。必须将理论和实践有效结合起来。两者之间有很大不同。由于要在研究室指导学生，我费了很大力气来理解两者之间的不同点。也许我的认识不全面，我认为，造成苏联式的原因是因为，苏联革命成功已经过了 30 多年，社会发展阶段、革命方式均已发生变化，于是他们认为理论应作为理论问题来对待。而中国式教学方式，其目的不是为了培养理论家，而是为了培养将来的活动家、实干家。

从日本前来的流亡派及鹤岗组，积极响应莫斯科方式，他们主张理论同实践不能结合，认为同实践相结合会使理论认识片面化，会最终导致轻视理论。那些人当中，以立木洋最为积极。理论和实践相结合的法则是列宁主义的本质，是辩证唯物主义的根本。斯大林去世，赫鲁晓夫政权诞生以后，开始了对斯大林的批判。来自莫斯科大学的教授们当时由于无法对斯大林做出准确评价，面对学生的提问十分苦恼。他们苦恼的是自身不知道应该怎样认识斯大林批判问题。而那时，中国领导者却明确地区分了斯大林的功过，做出了七三分的评价。

苏联教授们在获知这一评价以后，动摇的思想才得以平复，安心开始教学工作。看来纯理论行不通。

一直以来，那些人一讲到理论就强调列宁、斯大林的话，从没有尝试将社会运动和理论、理论和思想统一起来。他们学习、学习、再学习，学习了几年，结果却不言自明，回国以后，是谁背叛了日中友好，是谁抛弃了马克思列宁主义，又是谁炮制出虚假理论来误导国民大众？！在学校的时候，他们鼓吹革命即破坏旧的国家机构，建立新的国家机构，简直要把嘴皮说破。曾几何时逢人便强调在旧地基上建设不出新家园的工藤晃，如今对自己从前的理论只字不提，依附在宫本左右，成了彻底的议会至上主义者。过去宣扬“理论是灰色，实践是绿色”，并强烈反对教条主义的神利夫，现在却堕落成改良主义，成了虚假理论的制造者。还有曾严肃强调自我改造重要性，踊跃参加三门峡工程建设，并宣称要为日中友好努力的韩君（日共成员），现在却成了反中国的先头兵。

尽管在学校内部存在思想对立，大家仍埋头进行理论学习和时事学习。遗留组为补足自身对战后日本缺乏了解的缺陷，对日本问题显示出了极大兴趣，并认真努力研究。应他们的要求，为了使他们切身体会到祖国现状，学校组织放映了许多日本电影。包括《这里有泉水》

《二十四只眼睛》《米》《警察日记》《姐妹》等多得数不清。另外，还在学校礼堂欣赏了除美国以外世界各国的电影、歌剧及芭蕾舞。五一劳动节时，全体学员集中到学校大操场，根据日本时间组织了游行及纪念演讲。8月的盂兰盆节临近时，大家早早着手练习富有日本各地特色的盂兰盆舞，场面十分热闹。盂兰盆节那天，各中队之间展开了盂兰盆舞比赛，大操场上挤满了人。已经几乎被忘记的民族气息又迎面吹来。在悠扬的钟鼓声中，大家忘情地载歌载舞，一时间仿佛忘记了自己身在异国。

为帮助学员加深理解和认识，研究室偶尔还举办一些工人运动资料展，召集学员前来观看。资料以图片居多，大部分从报刊画册上剪辑而来，也有一部分是手工制作的图片。在手工图片的设计及绘图过程中，秋山良照出过不少力气。那个人对政治似乎不太关心。说他是老干部却在学校没有担任主要职务，但他也不像其他学员那样终日学习。偶尔在研究室露面，也是来指导我们叠纸人。从他回国后发表的《中国土地体验记》中才得知，他是受日本人解放同盟委托秘密来中国的。由于他同日本人解放同盟有牵连，在马列主义学院才一直没有受到重视。学校中还有很多像他一样，在日本战败前的40年代，在中国大地同日本帝国主义侵略军英勇作战的日本人解放同盟的勇士。由于他们当时大多使用假名，我们这些局外人不可能十分清楚。

在马列主义学院度过几年的校园生活以后，再次又到了和学校、和旧友分别的凄凉时刻。我要离开教研室去上海复旦大学历史系进修。和我一同前往的还有后来成为历史学家的犬丸义一。他本希望去北京大学，但没有被批准，为此还有一些情绪。后来在我们的劝说下，服从了上级指示。研究室给我开了送别宴会，但那段时期，由于流亡派的人即将回国，他们似乎更关心自己回国前的善后事宜。对我来说，最后见一见分散在各中队、各班的解放军时的战友才更加重要。老朋友们又聚到了一起，大家开心地拉着旧事家常。三宅、米永、伊吹、河野准备了酒菜，宣教部的山西干事还专门从小卖部买来了一瓶白兰地。记得那是一个黄昏，欢笑和悲伤在宿舍中交替出现。

这次离别不像以前在公安部队时那样匆忙，大家碰着杯互道珍重，并相约下次在日本重逢。漫长的中国生活即将结束，那是我们在青春的故乡——中国大地上的最后一次道别，多少有些让人失落惆怅。从那时起，他日日本严酷的生活已经慢慢向我们走近，每个人内心都是激动中又夹杂着一丝不安。

在上海复旦大学

和古都北京不同，昔日的国际都市上海处处飘曳着一种现代化都市的情调。市民身上穿的衣服也颜色各异、十分华美。这里同清一色人民服的北京不同。妇女们不但嘴唇涂着口红，手指甲、脚指甲上也涂着指甲油，时常能看到她们光顾豪华美容院的情景。到底是上海，尽管革命已经成功，生活方式却不可能在一朝一夕之间完全改变。我的住所在黄浦公园附近和平饭店前边一栋挂有华侨银行破旧招牌的楼房四层。房间配有西式卫生间，但供热水的设备是坏的，泡不成澡，不过楼下附近就有人卖热水，想泡澡的时候，只要掏钱，热水店的主人会将热水用木桶运到房间来。楼里有电梯，楼层再高运水也很方便。将热水倒入浴盆，再通过自来水管兑一些凉水，将水温调到合适温度，就可以舒舒服服洗澡了。

从南京路坐电车，渡过外白渡桥，穿过上海大厦的宏大建筑，就可以到达学校。这条路上除有电车以外，还有公共汽车，我可以根据自己的时间，灵活选择交通工具。由于全部是国营，用同一张月票，既可以乘电车，也可以乘公共汽车，而且一天往返多少遍都没有关系，对我来说再方便不过。复旦大学教职员工加学生约有5000人。抗日战争时期，曾有200名左右的学生，因和十九路军并肩作战而壮烈牺牲，是一所有历史渊源的综合大学。由于上海当时还存在很多公私合营的工厂、商店，不少资本家的子弟仍在学校上学。受其影响，学校除身着蓝色人民服的学生外，还时常能见到许多衣衫靓丽的估计是富家子弟的学生。学校还处于过渡期，教职人员中既有解放前的教师，也有新教师。教授们没有多大权利，实权掌握在校党委会手中。

我在复旦的日常生活及学习由党委会负责。当时，历史系教授们的平均工资为100元以下，讲师为50元左右。我能得到75元补贴已经相当不错了。那些著名教授不但住着豪华公寓，还能每月拿到200元工资，多者甚至达到250元，考虑到当时政府副总理也就还不到200元，著名教授们显然受到特别优待。

上海是一个工业、商业、贸易等各方面都处于中国领先地位的现代化城市，同时也是资产阶级生活方式依然浓厚，思想落伍的城市。其中一点是，经常能在电车站、汽车站见到成堆的儿童站在那里，怀着兴趣驻足观看，才发现原来他们在检查下车乘客的车票。上海的公交车辆，前门开在驾驶席附近，司机一个人既开车还要售票，但不在车内来回走动。开关前后门都由司机手边的一个装置自动控制。上了车的人可以随意在哪一站下车，只要能避过司机目光，就可以不买票，很多人因此逃票。孩子们聚集在车站是为了检查有无人逃票。这种使国家蒙受损失的行为，是最可耻的行为。这一点在上海十分普遍，尽管已实行公私合营，但在政治方面、思想方面仍浓厚地残留着资本主义的不良习气。男女对待爱情问题的态度也还和旧社会时一样大胆。人民公园、黄浦公园一到傍晚，树丛里、长椅上，到处可见紧紧相拥在一起卿卿我我的男女，那些情侣简直成了公园里的一景，以致黄昏到公园去散步的正派人，常常不知道自己的眼睛应该往哪里看。

有些少年看不惯那种颓废行为，经常到近处去骚扰那些情侣。少年们或者坐在他们旁边不时观望，或是站在他们面前盯着看，甚至还有直接出言指责的，致使那些情侣不能在大庭广众之下恣意拥抱，或进行更出格的动作。这一点，中国少年和日本少年不同，表现得十分积极。

男女交际过程中的过激大胆行为，使我对国际都市上海又有了新的认识。利用学习余暇，我走访了日本帝国主义登陆时同抗日军队发生激战的海岸及昔日的日本租界，留下最深刻印象的是，老租界内日本帝国主义陆战队及日本神社旧址。这两处建筑还保留着旧时的外观，周围是一片能使人联想到日本田园风光的低矮的木造住宅。那些地方其实很让我反感。据当地中国人说，当年租界里住着很多日本人，他们过着奢华的生活。但租界外中国人聚居区时常有抗日游击队出没，日本人时刻面临危险。日本军人、政商乘洋车外出，有时会连人带车被掀进黄浦江中淹死。还有过有人到租界外理发而一去不复返的情况发生。看来上海人的抗日意识很强。

1957 年开始了历时八年的反右派斗争。在复旦大学，我们也被集中到大礼堂每天进行关于整风运动的学习。记得曾认真学习过后来成为党总书记的胡耀邦的文章《人民是我们伟大事业的决定因素》。不久，学校领导阶层的右派分子被揭发出来，运动情绪不断高涨。一些被指责对教学没有诚意的老教授甚至被吊了起来。校门附近的记事板上不断有大字报张贴出来，反右派斗争成了潮流。尽管如此，讲课时间仍被严格遵守，教室的教学依然正常进行。一天的学习被分为八个课时，每课时变更一次学习内容。学生们课间紧张地穿梭在各教室之间。从学生们忙碌的身影上，可见解放后的大学生有着强烈的上进心。

有亚洲史讲课的时候，我会同中国学生坐在一起听课，学生们认真的学习态度，似乎象征着新中国的前途。课间休息时间，教学楼走廊里挤满了来往的学生，有的往东，有的往西，混杂得像战场一样。那时我深切地感受到学习必须那样努力才行，学生们那充满活力和希望的眼神，给我留下了深刻印象。由于有朋友在上海师范大学，我也曾去过那所学校，并且还去过浙江大学。两所学校的建筑都比复旦大学更加宏伟，设备也更加先进。那两所学校的学生也都同样充满活力地的学习和参加运动，但穿在身上的衣服表明，他们还没有从贫穷中解放出来。

看来学生的出身构成，同学校的新旧程度有关。那两所较新的大学的资产阶级子弟比例较小，而工农子弟的比例较大。尽管工农子弟在政治上得到解放，但经济状况依然窘迫，一切都从他们的服装上表现了出来。解放后，他们的经济状况虽然同解放前已是天壤之别，但远远称不上富裕。然而，他们似乎已经感到十分幸福。

反右派斗争开始的同时，还开展了一场从麻雀口中保护农作物的运动，上海人踊跃加入到运动之中。本来，上海市郊的农村地带有麻雀，市内高楼林立，几乎见不到麻雀。但随着运动开始，无数麻雀突然集中到了市内。全市人民必须参加，我们也不能例外。华侨大厦也张贴了消灭麻雀的通告。按照通告要求，我准备好工具，等待运动开始。

上海市所有楼房、平房的门口窗口都挤满了人。大家手中拿着木棒、空罐、脸盆、锣鼓等工具，有人甚至还准备了爆竹。农村和市内约定时间同时开始。当运动开始的警报拉响以后，市内所有建筑物上响起了敲击空罐、脸盆、锣鼓的剧响，受惊的麻雀会聚成群向四下飞去，但任何一个窗口都站着人，根本没有麻雀落脚的地方。麻雀们左来右往，像无头苍蝇一样乱飞乱撞，其中一部分飞往郊外农村的麻雀群，同从农村刚刚逃来的麻雀群半途相遇，又会合一处飞回了市内。当它们发现楼宇之间的空场是绝好避难地后，大举集中到了那里。但根本没有休息时间，周围立刻传来了锣鼓的声音，尽管如此，它们无动于衷地站在那里，默默地忍耐着。这时，楼上又有人扔下点燃的爆竹，强烈的爆竹响声使麻雀们不得不再次转移。

这次，麻雀们又转移到了屋檐里，但还没有来得及休息，消防车已经轰鸣而来，长长的消防梯一直架到屋檐下，受惊的麻雀们只好又一次转移，寻找其他安全场所。麻雀是活生生的动物，不是永动机，不可能永远飞行下去。飞行一段时间以后，必须让翅膀休息。但到处都是人，根本没有它们休息的地方，力量用尽的麻雀从天上一头栽了下来，眼睛翻白死了。人们在路边把死麻雀收集起来。

消灭麻雀的运动告一段落，大量麻雀被消灭。据说，在农村地区收集的麻雀尸体要用车拉。运动结束以后，城市里麻雀的踪影消失了，集体的力量实在已经大到了可怖的程度。空中自由飞翔的麻雀，在人类智慧及集体面前显得那样渺小和脆弱无力。消灭麻雀运动的最大起因在于，针对正在全国广泛开展的粮食增产运动，政府注意到了麻雀对其的重大危害。

一只麻雀一年要吃掉多少粮食？全国又总共有多少麻雀？假如说全国有数百亿只麻雀，那农民辛辛苦苦种的粮食不是被糟蹋干净了吗？农民们一定十分痛恨麻雀。于是政府应农民们的要求，开始了消灭麻雀运动。结果因麻雀导致的灾害基本消除了，病虫害反而迅速蔓延到了全国。究其原因，是因为没有了吃虫子的麻雀。事实证明，麻雀不光有危害，还有很大益处。

在中国搞一项运动的时候，只要政府出面一呼吁，全国人民立刻会举双手赞成，并积极参加，运动也立刻会在全国释放出巨大能量，像大海的汹涌波涛呼啸着朝着一个既定方向奔涌一样。消灭麻雀运动就是其中一例。另外一方面，反右派斗争的势头也不断高涨，最终演变成了“文化大革命”。要防止社会主义经济成长出现迟滞，首先要达到思想的社会主义化，这是最终使全国动荡不安的“文化大革命”的初期目标，但“文化大革命”运动的框架中途被挤散，造成了敌我不分的混乱局面。利用这一混乱局面，以江青为首的反革命集团大肆打压党和政府高层领导人以及众多善良的人们，他们想夺取政权，但最终等待他们的是可耻的失败。

消灭麻雀运动是为了发展生产力，改善生产关系，但由于只强调片面做得过火了。群众运动发展到极端的时候，经常会出现过火现象，很多国家的历史都证明了这一点。如果不断出现类似事件，我们就应该考虑，这是领导者的无能造成的，还是社会变化过于复杂造成的，抑或是人类的智慧跟不上社会发展进程造成的。总之，很多难题和教训都留待后世解决。

归 国

反右斗争不断高涨的时期，我们接到了归国的通知，期待已久的归国使我们喜悦无比。内心虽然有一丝不安，但不安怎能和喜悦相比。河野君和伊吹君就住在附近，得到喜讯后他们相约来到我的宿舍。我们兴奋地谈论着要带给家人一些什么礼物，并且展望回国后寻找工作的事情。离开日本已经过了16个年头。日本现在是什么样子，我们谁也不清楚。印象里的日本，只是孩提时的故乡山水，以及战争状态下穷兵黩武的紧张空气。从一些人的传言及报章文献中了解到，日本已经是没有战争的和平国度了，并且经济正高速发展，找工作并不容易。尽管日本是生养我们的故乡，但我们仿佛即将要去一个未知的国度。我们终日徘徊于市内各大百货商店及友谊商店之间，购买要带往家乡的土特产。这时，伊吹君突然生病住院。他得了胸部疾病，而且病得不轻。医生说要做切开手术。那是个要从背部切开的大手术。手术前，作为他的朋友，我在手术单上签了字。我胡思乱想着万一伊吹君要出什么事该怎么办？但事到如今只有相信医生的医术和伊吹君的体力，为伊吹君默默祈祷。手术进行得非常成功。后来我还多次到病房去看望他，祝他早日康复。他身体复原很快，但背部留下一个长长的伤疤，手术时和术后一定十分疼痛，但他能康复就是不幸中的万幸。长期以来，伊吹君头脑里想着为伤病员服务的事情，没想到回国在即的时刻，自己却被病魔袭倒，不得不推迟归国日期。将正在养病的伊吹君留在上海的医院，独自踏上归国旅途，使我万分心痛。但唯有将他托付给复旦党委会和医院。中方人员一再向我保证："不要担心，我们一定让他早日康复，并把他安全送回日本。"几天之后，河野君首先离开上海，接下来我也出发赶往天津。和他们两人在中国相处的时间最长。到上海以后，伊吹君还常常给我们做他拿手的咖喱饭和醋章鱼吃。他们两人是值得我怀念的友人，永生不忘的战友。

离开上海四年以后，在"长白会"上又见到了伊吹君。他的身体已经复原，而且养得又白又胖。从他那里，我了解到后来的一些情况。他乘最后一艘归国船告别中国，回到日本。但回国不到一个月，胸部旧病再次复发，去了很多医院都找不到病因，医院于是告诉他，要在上海手术时留下老伤口上再一次切开检查。伊吹君听到这话吓了一跳，他不想再次承受那种痛苦，但不切开就找不到病因。正当愁苦万分的时候，他突然想起在上海手术的往事。于是赶快给上海原先自己做过手术的那家医院写了一封信，请求他们把当时的诊断书及透视片邮寄到日本。很快，他要的东西就从上海寄来了。拿着那些资料，他立刻去医院找医生。多亏从中国寄来的那些资料，医院没有再度开刀，就查明他的病因，并给予了他有效治疗。伊吹君说："要是中国的资料没有及时送到，背上肯定要再挨一刀，那样一来，不但身体要遭受痛苦，整个生活估计都要垮掉。中国的医院是我的救星。"我当时在想"为伤病员服务"这句话，包含的不只是为解放军战士服务这一狭窄范畴，应该理解为所有的人，不分民族、国度差异，包括那些弱小的人、身体有疾病的人以及正在遭受苦难的人，为他们全心全意的服务。尽管同中国之间有大海相隔，但我感到有一座看不见的美丽长桥，一直从彼岸延伸到日本。那是美丽的友谊之桥。同时，我也暗下决心，一定永远保护那座桥，使它不被破坏。

归国前夕，我们离开沙市路的华侨大厦，住进了上海大厦。那座宏伟的建筑物高达17层，坐落在外白渡桥畔，由英国人所建，是殖民地时期的产物。解放后，上海大厦依然是高级宾馆，拥有多间豪华客房，环境幽雅宜人。透过宾馆房间的窗户眺望长江景色，更是别具一番情调。黄昏时刻，满载货物繁忙进出港口的船只“呜——呜——”地鸣着汽笛，如云的船只使原本宽阔的江面看起来略显狭窄。眼下是30年代十里洋场韵味十足的外白渡桥，不时有汽车从桥上匆匆驶过。桥头空地和黄浦公园人来人往，广场上一群市民正在做中国体操。我们在那座豪华宾馆里，度过了离开上海前的最后一段日子。那是我有生以来第一次进入西洋式客房，宽大松软的双人床、摆设考究的家具、豪华奢侈的卫生间，一切都和西洋电影中出现的房间一模一样，我的妻子简直有些不知所措。

离开上海的前夜，复旦大学讲授亚洲史的苏乾英老先生，在南京路的一家餐厅，给我们一家举行了送别宴会。虽然和他认识的时间并不长，但我感到他是一位非常热情、非常有学识的长者。在学校期间，我也曾到苏老家拜访，同他就日本近代史的若干问题交换意见。他在日本问题上的造诣十分高深，李纯青的《日本资本主义》以及张香山的论文，都曾受他的影响。他对日本文化很感兴趣，常说有机会的话，希望到日本京都看一看。离开上海以后，我们依然保持书信来往，他还经常将中国书籍邮寄给我。最后的来信中说："我老了，估计去不了日本了。"并且还告诉我，"大儿子留学去了西德，小儿子最近刚刚结婚。"末了还未忘记写上，"你送我的富士山图案的刺绣，装饰在我的书房里，我一定会善藏。"苏老人情味浓厚的书信，使我感受到日本人和中国人之间共通的感情。每当想起他，我总忘记我们身属不同国度。

在上海期间，有个叫郭华江的日本女性经常到我家来。她是中科院原院长郭沫若的儿媳妇。由于和我妻子在一个单位工作，她们渐渐成了要好朋友。也许她很久没有遇到日本人了，经常和我妻子聊一些日本的事情，或一起上街。我们回国以后，起初她还会来信说一些医院的事情，并寄过孩子的照片，但后来就失去了联系。

告别难忘的上海生活，前往天津的时候是 5 月中旬。黄浦公园树木绿意盎然，黄浦江水被温和的阳光照射得暖融融的，长江的水波舒缓地拍打着堤岸。列车从上海站缓缓驶出，车上坐满了中国旅客，他们每个人脸上都带着微笑。我们的心情也同样好，因为思绪早已飞到了天津港。奔跑的列车发出有节奏的声响，透过明亮的车窗眺望广阔大地，已经多次走过的这条道路上留下了我们无数回忆。那是战火中追敌南下的道路，同时也是获得和平后北上北京的道路，现在又成了中国发展社会主义建设的道路。新中国经历的巨大变迁历历在目，她正像我们乘坐的列车一样，朝着远大的未来昂首迈进。

到达天津的时候，很多政府要人前来迎接我们一行。在一间大会议室稍事休息以后，我们被安排购物。一位中国负责人前来询问我们："离开中国之前的最后一顿饭，有没有什么特别想吃的食物，有的话，尽管提出要求。"经过商量，大家一致认为，该吃的好东西现在都吃过了，最想吃的是天津的饺子（日本人普遍认为中国最好吃的东西是饺子）。中方立刻答应了我们的要求。他们准备了足够量的饺子，让我们吃了个肚胀溜圆。味美无比的虾仁馅、猪肉馅天津饺子，成了我们漫长中国生活的最后一餐。

"白山丸"号像在催促我们启程，将它巨大的船体横靠在码头上。据说，那条船在日本战败以前，曾经是朝鲜和日本下关之间的联络船。1942 年（昭和十七年）的同样季节，我乘联络船在釜山登陆。也许是机缘巧合，在同样的季节，我又乘同样的船再次回到日本。中国政府要人、有关人员及许多市民前来为我们送行，其中还有从远道赶来的朋友们。离别之际，大家流下了伤心的泪水。曾经照看儿童生活的中国保姆们，像爱抚自己的孩子一样，流着眼泪用脸颊轻轻摩擦着孩子们的小脸。

码头出现了各式各样的别离场景。不久，船顶喇叭上传来了萤烛雪花的乐曲（日本客船抵离码头时放的音乐），客船离开天津港向日夜思念的祖国日本出航。码头被客船低沉的汽笛声笼罩，归国者全员站在甲板上，挥舞着手中的手帕、帽子，向送别的人们大声告别。送别的友人们一直站在码头，直到最后从视野里消失，也许这一别永远都不能再见。但不知何故，我却没有永别的念头。14 岁时一个人来到中国东北，年过 30 岁的时候，一家三口又回到日本。到此为止的人生中，一半在日本生活，另一半在中国生活。但后一半的 17 年，是我的青春时代，是我真正成长的时期。如此珍贵的时期，是中国人养育了我。吃的、穿的以及生活所需的一切物质，都来源于贫穷的中国老百姓。可以说，生我是日本，养我是中国。换句话说，有一个生我的祖国，还有一个养我的祖国。两个祖国在我心中占有同样重要的地位。因此，我深信即使别离，即使有大海相隔，终有一天我们会重逢。

归国船破浪向日本前进，船尾留下了一条绵长的白色浪带。令我怀念、令我朝思夜想的日本，17 年以后，我终于能再次投入祖国的怀抱。感慨不已之时，辽阔美丽的中国大陆正渐渐消失在水平线中，那是我青春的故乡。不久的将来，社会主义建设定会绽放荣光，我也定会带着笑容，流着美丽的眼泪，再次拥抱你。我祈祷今后两国永远不再战火交接，祈祷两国永远亲如兄弟，永远不与中国为敌，那才应是我们对那些长眠在中国大陆的友人应该履行的诺言。

我十万分喜欢“祖国”这个字眼。人们在提起祖国的时候，有的人会想到在田园里挥舞农具辛勤耕作的农夫，有的人会想到在机器轰鸣的工厂汗流浃背工作的工人，有的人会想到天安门上迎风飘扬的五星红旗，有的人会想到父母兄弟或昔日好友，还有的人会想到自己童年时代曾经玩耍的山川田野，而对我来说，祖国是一切美好事物的总称。